AF39500

Ester D. Jones ist das Pseudonym der niederösterreichischen Autorin Bettina Kiraly. Geboren 1979 wuchs Bettina Kiraly in einem kleinen Ort im Bezirk Hollabrunn in Niederösterreich auf und lebt hier noch immer mit ihrem Mann und ihren beiden kleinen Töchtern. Im Mittelpunkt von ihren Geschichten stehen außergewöhnliche, starke Charaktere.

Katherine Collins lebt mit ihren zwei kleinen Töchtern in einem kleinen Dörfchen inmitten des Vest. Seit 2014 veröffentlicht sie historische Liebesromane sowohl in Verlagen, als auch als Selfpublisher. Unter dem Pseudoym Kathrin Fuhrmann schreibt die Autorin Liebesgeschichten, die mal mit Crime und mal mit Fantasy unterlegt sind.

ESTER D. JONES
und KATHERINE COLLINS

Das Erbe von Abbington Hall

Überarbeitete Neuausgabe April 2025
Copyright © 2025 dp Verlag, ein Imprint der
dp DIGITAL PUBLISHERS GmbH

Made in Stuttgart with ♥
Alle Rechte vorbehalten

Das Erbe von Abbington Hall

ISBN 978-3-98998-640-4
E-Book-ISBN 978-3-98998-656-5

Copyright © 2019, dp Verlag, ein Imprint der
dp DIGITAL PUBLISHERS GmbH
Dies ist eine überarbeitete Neuausgabe des bereits 2019 bei
dp Verlag, ein Imprint der dp DIGITAL PUBLISHERS GmbH
erschienenen Titels Der Fluch von Abbington Hall
(ISBN: 978-3-96087-685-4).

Covergestaltung: Jasmin Kreilmann
Umschlaggestaltung: Christin Peulecke
Unter Verwendung von Abbildungen von
depositphotos.com: © serezniy, © boroda, © chungking, © faestock,
© StefanHuman
shutterstock.com: © cristina pietraperzia, © Cristian_Nastase
Lektorat: Astrid Rahlfs
Satz: dp DIGITAL PUBLISHERS GmbH
Druck und Bindung: Books on Demand GmbH, Norderstedt

Vorwort des Verlags

Dies ist eine überarbeitete Neuauflage des bereits erschienenen Titels Der Fluch von Abbington Hall von Ester D. Jones und Katherine Collins.
Da wir uns stets bemühen, unseren Leser:innen ansprechende Produkte zu liefern, werden Cover sowie Inhalt stets optimiert und zeitgemäß angepasst. Es freut uns, dass du dieses Buch gekauft hast. Es gibt nichts Schöneres für die Autor:innen und uns, zu sehen, dass ein beständiges Interesse an ästhetisch wertvollen Produkten besteht.
Wir hoffen du hast genau so viel Spaß an dieser Neuauflage wie wir.
Dein dp-Team

1. Kapitel

England, Frühjahr 1895

Wenn auf dieser wankelmütigen Welt irgendetwas sicher war, dann die Tatsache, dass Viscount Andrew Abbington, Erbe des Earl of Linnley, ein unverbesserlicher Schürzenjäger war.

Gemma schlug die Hand weg, die Andrew auf ihren Po gelegt hatte. „Lass das!", fauchte sie. „Es könnte jederzeit jemand hereinkommen."

Er lachte. „Das erhöht doch den Reiz eines Stelldicheins."

Ihr Blick huschte zur Tür, während sie weiterhin so tat, als würde sie die Figuren über dem Kamin im Wohnzimmer reinigen. Andrews Absätze verursachten ein leises Klackern auf dem Holzboden, als er hinter sie trat. Sie versteifte sich. „Bitte, Andrew."

„Ich mag es, wenn du dich so spröde gibst. Das steigert meine Sehnsucht nach dir ins Unermessliche."

Das war ihr nur zu deutlich bewusst. Je länger sie seinen Avancen nicht nachgegeben hatte, umso beharrlicher war er geworden. Wenn sie ihm das Gefühl gab, kein leichtes Spiel mit ihr zu haben, war sie für ihn interessant. Als sie seinem Drängen nachgegeben hatte, war seine Begeisterung abgeflacht. Doch jetzt arbeitete sie für seine Familie. Er hatte sie Tag für Tag vor Augen und durfte sich ihr nur nähern, wenn sie allein waren. Plötzlich hatte er sich wieder um sie bemüht.

„Verrate mir lieber, wie du Mister Reginald erklären willst, warum du dich nicht im Studierzimmer aufhältst."

Andrew schnaubte. „Mich interessiert dieser Buchhaltungsfirlefanz nicht." Er lehnte sich nach vorne, bis er seine Lippen auf ihren Hals drücken konnte.

„Du kannst dir deine Mühe sparen. So eine bin ich nicht."

„So eine?", fragte er zwischen zwei Küssen.

Gemma rückte eine vergoldete Statue gerade und senkte die Hand mit dem Putztuch. „Eine deiner üblichen Eroberungen. Ich lasse mich nicht von jemandem in flagranti mit dir erwischen."

„Wie schade." Seine Arme legten sich um ihre Taille. „Dabei hätte ich gerade große Lust, Dinge mit dir anzustellen, die uns richtig in Schwierigkeiten bringen würden."

„Darin bist du gut", murmelte Gemma. Die Worte schmeckten bitter. Sie rieb über die Verzierungen des Kamins.

„Das stimmt wohl. Aber nicht gut genug, um dich von deiner Arbeitswut abzulenken."

„Ich muss froh sein, dass deine Familie mich angestellt hat." Eine gute Tat, die die Familie vermutlich bald bereuen würde.

Angst schnürte ihr die Kehle zu. Die Zukunft erschien ihr wie ein dunkler, undurchdringlicher Wald voller unvorhersehbarer Hindernisse. Sie hatte die Fähigkeit ihrer Mutter geerbt, in die Zukunft blicken zu können. Doch seit sie ihr Herz an Andrew verloren hatte, war diese Gabe nicht mehr so ausgeprägt wie zuvor. Die Liebe zu ihm hatte ihre Sicht benebelt. Als sie zuletzt einen Blick in die Zukunft gewagt hatte, war da nichts gewesen als Schwärze und Kälte, die bis in ihre Seele gekrochen war. Es gab einen Grund, weshalb die Wahrsagerinnen ihrer Familie üblicherweise darauf verzichteten, ihr eigenes Schicksal vorauszusagen.

Sie tauchte unter seinen Händen hindurch und öffnete den mit Intarsien verzierten Glasschrank, um nach und nach das gute Geschirr herauszunehmen, auf dem Esstisch abzustellen und vorsichtig zu reinigen.

Andrew folgte ihr und stützte sich mit vor der Brust verschränkten Armen auf dem Tisch ab. „Der Tod deines Vaters kam unerwartet. Mein Vater wusste, wie schwer es euch gefallen ist, das gepachtete Land zurückzugeben."

„Wenigstens haben wir unser Zuhause nicht verloren." Die ersten Gläser konnten zurück in den Schrank.

Als sie erneut Gläser zum Tisch trug, schlang er einen Arm um ihre Mitte und zog sie näher zu sich heran. Durch den Stoff ihrer Schürze und ihres Batistkleides konnte sie die Wärme seiner Haut fühlen.

Er stellte sich wieder hinter sie. Seine Nase rieb über die Locken, die sich hinter ihrem Ohr aus dem Häubchen gelöst hatten. „Du riechst so gut."

„Das werde ich nicht mehr, wenn mir der Schweiß ausbricht, weil ich mich beeilen muss, um trotz deiner Ablenkung alle Aufgaben von Mrs Brown zu erledigen." Sie schloss die Augen, als sie seinen Atem in ihrem Nacken spürte. Sie sollte ihn wegschicken und sich auf ihre Aufgabe konzentrieren. Das hier war keine gute Idee. Andrew war keine gute Idee.

Ihr Vater hatte Hoffnungen auf ein anderes Leben in ihr geweckt. Da er gestorben war, bevor Gemma sie in die Tat umsetzen konnte, hatte sie ihre Träume anpassen müssen. Keine Bildung, keine freie Wahl, stattdessen eine Anstellung als Mädchen für alles. Die Umstellung war ihr schwer genug gefallen. Weil sie sich in einen Viscount verliebt hatte, stand ihre Welt schon wieder Kopf.

„Warum musst du immer so pflichtbewusst sein?"

„Es ist Teil meines Charakters", erklärte sie trocken.

„So vernünftig ..."

„Normalerweise schon. Ich weiß gar nicht, weshalb ich auf dich hereingefallen bin."

Er lachte leise auf. „Das kann ich dir beantworten: Weil du alle deine guten Vorsätze vergisst, sobald ich dich berühre."

Wie recht er hatte! Während er sich immer noch gegen ihren Rücken presste, begannen seine Hände an ihrer Taille hochzuwandern.

Gemma keuchte auf. „Andrew!" Sein Name endete in einem Stöhnen, als seine Handflächen über den Stoff über ihren Brüsten rieben.

„Beweis erbracht", meinte Andrew mit einem Lachen in der Stimme. „Du hast meinen Jagdinstinkt geweckt, weil du dich am Anfang geziert hast."

„So etwas ist dir wohl vorher noch nicht passiert."

Er lachte erneut. „Nein. Wie dankbar ich bin, dir dennoch einen Kuss gestohlen zu haben. Danach war es um uns beide geschehen."

Seine Worte klangen wunderbar romantisch. Ob Gemmas Vater ihre Mutter genauso um den Finger gewickelt hatte? Ob die sich genauso für unbesiegbar gehalten hatte, als sie in den Armen ihres Geliebten gelegen hatte? Die Liebe von Gemmas Eltern musste jedenfalls etwas Besonderes gewesen sein. Sonst hätte ihre Mutter ihre Familie niemals verlassen, deren Mitglieder als Hellseher und Zauberer durch das Land zogen. Sonst wäre sie niemals sesshaft geworden, um ihr Leben mit Gemmas Vater verbringen zu können. Die Liebe auf den ersten Blick hatte sie alles aufgeben lassen.

Gemma hätte für Andrew Ähnliches fertiggebracht. Sie wäre ihm überallhin gefolgt. Um mit ihm zusammen zu sein, hätte sie alles riskiert. Doch er war vermutlich bei weitem nicht so fasziniert von ihr, wie er den Anschein erwecken wollte. Sie war nur ein Spielzeug für ihn. Bald würde sie diesbezüglich die Wahrheit erfahren. Sie musste ihm ihr Geheimnis anvertrauen. Und dann wäre sie vielleicht nicht mehr als ein Klotz am Bein für ihn.

Sie drehte sich in seiner Umarmung herum. „Andrew, wir müssen reden."

Seine Augenbrauen hüpften. „Mir wäre eher nach küssen."

Mit beiden Händen drückte sie seinen Oberkörper auf Abstand und drohte dabei zu stolpern. Auch wenn ihr sein beständiges Werben schmeichelte, konnte er manchmal etwas zu aufdringlich sein. „Das merke ich", seufzte sie.

Die vertraute Schwäche in den Knien machte sich bemerkbar, als er den Griff um ihre Taille verstärkte. Ihr

Putztuch verursachte Staubflecken auf seiner Brokatweste, doch das war ihr egal. „Aber es gibt etwas, das ich dir sagen muss. Dringend."

„Was meinst du?"

Sie schüttelte den Kopf. „Nicht hier."

„Heute Abend im Gartenhäuschen?"

„Ja, wie immer." Das Strahlen in seinen Augen brachte sie zum Lächeln. Mit den Fingerspitzen strich sie durch sein blondes Haar. Die einzelne dunkelbraune Strähne direkt über seiner Stirn stand für das Abbington-Erbe. Diese Haarsträhne trat in jeder Generation auf. Auch die Kinder, die Andrew gezeugt hatte – und es zerriss ihr Herz, dass bereits mehrere solcher Kinder existierten –, trugen dieses Zeichen mit dem Sprießen der ersten Haare.

Wie sehr sie ihn liebte! Wie wichtig er ihr war. Ob er jemals ahnen würde, was sie alles für ihn tun würde?

Sie legte ihre Lippen für einen kurzen Kuss auf seinen Mund und löste sich dann von ihm. „Jetzt lass mich arbeiten, damit ich nicht doch noch Schwierigkeiten bekomme."

Mit einem breiten, zufriedenen Grinsen zog er von dannen.

Der Mond leuchtete Gemma den Weg, als sie durch den Garten schlich. Sie duckte sich hinter einen Busch, als sie ein Geräusch vernahm. Doch das Knacken stammte nur von einem Vogel in dem Baum über ihr. Gemma erhob sich wieder. Ihr Blick schweifte zum Haus zurück. Die meisten Fenster waren dunkel. Niemand hielt sich im Freien auf. Niemand außer Gemma und ihrem liebeskranken, besorgten Herz.

Diese Geheimnistuerei war so demütigend. Sie musste sich wie ein Dieb aus dem Haus stehlen, um sich mit ihrem Geliebten zu treffen, der ihr Verhältnis wohl niemals legalisieren würde. Gemma hatte Andrew ihre Jungfräulichkeit geschenkt und von ihm dafür neue Lebensfreude erhalten. Doch langsam begann sie sich zu fragen, ob der Preis nicht zu hoch war.

Nach wenigen Augenblicken erreichte sie das Gartenhäuschen. Der Gärtner bewahrte seine Geräte dort auf, weshalb neben den Kästen und Regalen lediglich Platz für einen kleinen Tisch mit zwei Stühlen war.

Gemma entzündete eine bereitstehende Öllampe, in deren Licht sie vertraute Einzelheiten des Raumes erkannte. Die Decke, die Andrew immer ausbreitete, damit sie es bequem hatten, lag in einer Ecke. Gemma überlegte, danach zu greifen und sie zurechtzulegen wie sonst Andrew. Aber es würde den falschen Eindruck erwecken. Stattdessen nahm sie auf dem Stuhl Platz.

Wie lange würde sie wohl warten müssen? Sie legte ihre gefalteten Hände in den Schoß, presste sie zusammen, lockerte den Griff wieder. Ihr Herzschlag trommelte so laut, dass man ihn vermutlich noch in der nächsten Stadt hören konnte.

Das Knirschen von Kies. Schritte die sich näherten! War er da?

Mit einem leisen Quietschen öffnete sich die Tür einen spaltbreit, und Andrew schob sich hindurch.

Gemma sprang auf. „Andrew!"

Er schloss die Tür hinter sich. Dann war er mit zwei Schritten bei ihr und hob sie hoch, um sie stürmisch zu küssen.

Ein paar Sekunden genoss sie das Gefühl seiner Lippen auf ihren. Irgendwann schob sie seinen Oberkörper auf Abstand, während sich ihre Röcke um Andrews Beine bauschten.

„Warte." Sie musste einen klaren Kopf behalten.

„Ich habe das hier vermisst", murmelte er und versuchte, sie erneut zu küssen.

„Noch nicht", bat sie. Sie musste ein paar Minuten die Kontrolle behalten, obwohl ihre Knie so weich waren, dass sie sicherlich nicht alleine stehen konnte.

Er knabberte an ihrem Ohrläppchen. „Worauf warten?"

„Zuerst muss ich dir etwas sagen."

Endlich ließ er sie mit einem Seufzen los. Andrew setzte sich auf den Stuhl und zog Gemma auf seinen Schoß.

„Was bedrückt dich?"

Gemma zögerte vor den Worten, die alles ändern würden, die eine Wand zwischen ihnen errichten könnten. Sie wollte die Last ihres Wissens nicht mehr allein tragen, auch wenn sie Angst hatte, Andrew dadurch zu verlieren.

Andrew Abbington war eine Krankheit, die sich in ihrem Körper eingenistet hatte. Gemma musste seine Nähe nur erahnen, und ihr Herzschlag beschleunigte sich. Er musste sie nur ansehen, damit sie nichts mehr hörte als seine Stimme und alle anderen Anwesenden verblassten. Und wenn Andrew Gemma berührte, breitete sich Fieber in jeder Faser ihres Körpers aus.

Mit diesen Überlegungen zögerte sie das Unvermeidliche nur hinaus. Sie holte tief Luft und sprach es aus. „Ich erwarte ein Kind."

Er starrte sie an. Dann stellte er sie langsam auf den Boden. „Sag das noch mal."

„Ich bin schwanger." Während sie auf seine Reaktion wartete, wagte sie nicht zu atmen.

„Das kommt unerwartet."

Gemma musste schlucken. Das Ende drohte. „Das weiß ich. Und ich weiß auch, wie du üblicherweise ..."

Als er ihr über die Wange strich, verstummte sie. Der Schock stand ihm immer noch ins Gesicht geschrieben. „Damit habe ich nicht gerechnet. Ich hatte keine Ahnung, dass du ... Ich weiß gar nicht ..."

Tränen traten ihr in die Augen. „Es tut mir leid, dass das passiert ist. Aber ich wollte es dir nicht verschweigen. Bald werden es alle sehen. Lange werde ich meinen Zustand nicht verheimlichen können. Du solltest es vor allen anderen erfahren. Ich weiß, ich habe dich enttäuscht."

„An deiner Situation trage ich Mitschuld. Es wäre auch meine Aufgabe gewesen, an die Folgen unserer ... unserer Treffen zu denken. Es ist ja nicht so, als würde ich nicht wissen, was geschehen kann, wenn ich meiner Leidenschaft nachgebe."

Die Erinnerung an all die Frauen vor ihr, die bereits ein Kind von ihm unter dem Herzen getragen hatten, schnürte ihr die Kehle zu. Noch vor einem Jahr hätte sie niemals gedacht, sie würde so leichtfertig sein. Nun musste sie die Konsequenzen tragen. Und auch wenn sie wünschte, das würde nicht bedeuten, Andrew zu verlieren, bereute sie keine Sekunde, die sie mit ihm verbracht hatte. Könnte sie nur ändern, welche Position er innehatte. Wenn er doch nur ein einfacher Mann ohne die Verantwortung eines Titels wäre! Sie würde auf alle Annehmlichkeiten verzichten, um mit ihm zusammen zu sein.

„Ich weiß, was jetzt von mir erwartet wird. Ich kenne meinen Platz und werde keine Schwierigkeiten machen. Nur um eines bitte ich dich: Schick mich nicht weg. Lass mich in deiner Nähe bleiben."

„Dich gehen lassen?" Er runzelte die Stirn. Sein Blick glitt immer wieder über ihr Gesicht. „Dich nicht mehr in meinem Leben haben? So weit wird es nicht kommen."

Sie schluchzte dankbar auf. „Vermutlich will deine Familie mich nicht mehr in diesem Haus haben. Dein Vater wird mich davonjagen. Ohne deine Hilfe werde ich nicht bleiben dürfen."

Der Ausdruck auf seinem Gesicht änderte sich. Er wirkte mit einem Mal entschieden. „Du musst dir keine Sorgen machen. Ich stehe zu dir, Gemma. Wir werden heiraten."

„Heiraten?" Ihre Stimme überschlug sich.

Er lächelte und nickte.

„Aber ... ich weiß, dass ich nicht die Erste in ... in dieser Lage bin."

„Du bist etwas ganz Besonderes für mich."

Diese Worte veränderten alles. Gemmas Herz sprengte den Schutzwall, den sie darum errichtet hatte. Ihre Hoffnung kehrte zurück. „Was wird dein Vater sagen?"

„Meine Wahl wird ihn nicht erfreuen. Aber die Tatsache, dass ich mein Leben selbst in die Hand nehme, wird ihm gefallen." Andrew drückte Gemma fest an sich.

Sie fühlte sich wie betäubt. Er hatte ihr einen Heiratsantrag gemacht! Nun ja, nicht richtig. Es hatte wie eine Feststellung und nicht wie eine Frage geklungen. Aber sie würde seine Ehefrau werden! Andrew liebte sie. Naja. Er hatte es nicht mit diesen Worten ausgedrückt. Aber er hatte gesagt, dass sie etwas Besonderes für ihn war! Was wollte sie mehr?

Andrew war der Mittelpunkt von Gemmas Universum. Sie hatte gewusst, worauf sie sich eingelassen hatte, welches Risiko sie eingegangen war. Sie hatte geglaubt, Andrew durch die Konsequenzen ihres Tuns zu verlieren. Doch nun schien Andrew das erste Mal in seinem Leben bereit, die Verantwortung zu übernehmen. Dank ihm musste Gemma ein Dasein in Schande nicht fürchten. Er war ihr Retter, ihr Held.

Gemmas Blick tastete über sein so vertrautes, geliebtes Gesicht. Ihre Augen nahmen jede Einzelheit auf, als sähe sie ihn das erste Mal. Diese dunkelbraune Strähne direkt über seiner Stirn in seinem blonden Haar! Gemmas Kind würde dieses Zeichen ebenfalls tragen. Das Kind von Andrew. Ihr gemeinsames Kind!

Sie schlang ihm die Arme um den Hals und schluchzte dankbar auf. „Ich liebe dich", flüsterte sie ihm ins Ohr.

Andrews Griff wurde fester. Er zog an Gemmas Haar, bis sie ihren Kopf in den Nacken legen musste. Seine Lippen legten sich mit zärtlichem Drängen auf ihre. Für Gemma war es ein Schwur, ein Versprechen für eine gemeinsame, glückliche Zukunft.

2. Kapitel

Lady Perdita Eleonore Sophie Elizabeth Camden-Barnet war mit Sicherheit eines: mutig. Mit fünf Brüdern und ohne weibliche Gesellschaft aufzuwachsen, hatte sie gelehrt, standzuhalten. Die Späße ihrer älteren Brüder stoisch zu ertragen, ebenso wie den meist jammervollen Bitten der jüngeren nicht zu erliegen. Sie fürchtete sich weder vor Spinnen, noch vor Dreck oder wilden Tieren. Lediglich der Gedanke, nie ihrem Elternhaus entfliehen zu können, bereitete ihr ein gewisses Unbehagen. Ein wenig, denn es stand nicht zu befürchten, dass sie die diesjährige Londoner Ballsaison ohne adäquaten Verlobten abschloss. Ihre Familie war vermögend, sie hübsch anzusehen und mit allen weiblichen Fertigkeiten ausgestattet. Nein, es war so sicher wie das Amen in der Kirche, dass Lady Perdita Camden-Barnet schon in Bälde vor dem Traualtar stünde. Mit einem Adligen aus bestem Hause. Mit einem Gentleman par excellence.

Nun jedoch galt es, erste Schritte auf einem weniger heißen Parkett zu machen. Bevor sie in der Obhut der Tante und vor dem entnervten Auge ihres ältesten Bruders London im Sturm eroberte, sollte sie sich bei einer Hausgesellschaft erproben: auf Abbington Hall, dem Landsitz des Earl of Linnley im malerischen Kent.

„Perdita, meine Liebe, es gibt keinen Grund zur Aufregung", haspelte die Tante, Lady Henriette Waxwell, und fächelte sich frenetisch Luft zu. Perdita hob belustigt eine Braue.

„Selbstredend nicht, Mylady."

„Drei Jahre intensiver Ausbildung ... in Gesang, Tanz, Konversation ...", zählte die dickliche Tante auf und streckte sich dann, um dem Mädchen die Hand zu tätscheln. „Optimal. Und so lieblich anzuschauen! Ganz die Frau Mama!"

Das hoffte Perdita doch, kam die Tante doch ganz nach Perditas Vater, dem verstorbenen Earl of Southberry, genau wie drei ihrer Brüder. Sie waren eher rundlich, kahl und rotwangig. Perdita lächelte milde.

„Verehrte Tante, es gibt in der Tat keinen Grund zur Besorgnis."

Die Lady seufzte schwer, ließ das Thema aber auf sich beruhen. Die Kutsche passierte ein schmiedeeisernes Tor. „Da sind wir schon!" Wobei *schon* nach dreitägiger Reise bedeutete.

Perdita richtete ihren Blick ebenfalls aus dem von der Tante geöffneten Kutschfenster und gewahrte die mannshohe Backsteinmauer, die das Gehöft einzugrenzen schien. Vor ihnen standen Bäume Spalier und lockten mit reifen Früchten. Sie ratterten gemächlich über die lange Auffahrt, und Perdita genoss die malerische Aussicht. Ihr eigenes Heim bestach durch große Flächen totbringenden Moores.

„Meine liebe Perdita, seine Lordschaft, dein Bruder, der uns so schmählich im Stich ließ ..."

Southberry hatte es nach der dritten Unterbrechung der Reise am zweiten Tag nicht mehr ausgehalten und hatte die Reise allein zu Pferd fortgesetzt. Lady Henriettes Fächer wedelte so schnell wie die Flügel eines Kolibris vor der mit kleinen Schweißtropfen bedeckten Nase herum. „... wird uns, so hoffe ich inständig, bereits erwarten, und unsere Strapazen werden schlussendlich ein Ende haben."

Perdita verbiss sich ein Grinsen. „Ich bin mir sicher, dass Lady Linnley alles vortrefflich vorbereitet hat und unsere Ankunft freudig erwartet."

Lady Henriette seufzte erneut und wechselte die Hand. „Diese unerträgliche Hitze!", murmelte sie dabei, und dieses Mal konnte Perdita ihr Lachen nicht mehr verbeißen.

„Oh Tante, lassen Sie mich Ihnen helfen."

Sie streckte die Hand aus, um den Fächer zu übernehmen, als die Kutsche zum Stehen kam. Lady Henriette ließ den Fächer zuschnappen und richtete sich gerade auf. Das Doppelkinn stolz erhoben, schließlich war sie die Marchioness of Gainsport.

Der Lakai öffnete ihnen den Wagenschlag und half beiden Ladys, aus dem Gefährt zu klettern. Perdita sah an dem Gebäude empor. Klassisch, gradlinig und doch beeindruckend. Säulen fassten die Tür ein und wiederholten sich einige Fuß entfernt zu beiden Seiten. Rundbögen gaben den Buntglasfenstern ein majestätisches Flair. An beide Seiten des Hauses schlossen sich burggleiche Flügel an.

„Wie lang ist Abbington Hall in Familienbesitz?", fragte Perdita die Tante, die ihren in einem zweiten Wagen mitgereisten Zofen einen Schwall Aufträge erteilte.

„Wie meinen, mein liebes Kind?"

„Das Haus? Wie lang befindet es sich bereits im Familienbesitz?", wiederholte Perdita und wandte sich dazu der Tante zu. Dem Gebäude gegenüber befand sich eine große, begrünte Fläche mit Rosensträuchern in allerschönsten Farben.

„Wie wunderschön es hier ist."

„Welch merkwürdige Fragen du stellst, meine Gute."

„Seit 350 Jahren", bekam sie eine unerwartete Antwort, allerdings nicht von der Tante. Ein Gentleman lehnte lässig am Hinterrad der zweiten Kutsche und schlug sich eine Gerte in die Hand. Sein helles Haar war akkurat gekürzt, und lediglich eine Strähne, eine dunkle Strähne, fiel ihm in die Stirn. Seine blauen Augen fuhren herausfordernd an ihr herab, und auf seine Lippen legte sich ein zynisches Grinsen. Perdita hob irritiert eine Braue. Er mochte seiner Herkunft nach ein Gentleman sein, sein Gebaren jedoch war unangemessen.

„Ah! Abbington! Hush, hush, machen Sie sich nützlich!"

„Sehr wohl, Mylady!" Er salutierte vor der Marchioness und nahm eine Hutschachtel von Perditas Zofe entgegen. Dabei grinste er die Bedienstete an, dass es Perdita die Sprache verschlug. Ein Lächeln machte seine strengen Züge weicher. Seine Augen strahlten, und Perdita streckte die Finger nach der Säule neben ihr aus. Ihre Kniegelenke waren eigentümlich unbeständig.

„Abbington!", mahnte die Tante und schlug nach dem Arm des Lords. „So melden Sie uns schon Ihrer werten Frau Mama!"

Perdita atmete tief ein. Der Sohn des Hauses und nicht minder beeindruckend. Erbe? Junggeselle?

Er zwinkerte der Zofe zu und wandte sich dann an die tadelnde Lady. „Zu Diensten, Lady Gainsport!"

Seine Aufmerksamkeit schwenkte zu ihr, und Perdita ließ die Hand fallen.

„Mylady." Wieder wanderten seine Augen aufreizend langsam über sie hinweg. Eine dreiste Unverschämtheit! Perdita wartete. Seine Augen kehrten zu ihren zurück. Sie hielt seinem Blick stand, bis das unverschämte Grinsen wackelte.

„Sir."

Nun ließ sie ihren Blick abwandern. Er trug gediegene Reitkleidung, ländlich, praktisch, und lediglich die auf Hochglanz polierten Knöpfe verwiesen auf einen Hauch Eleganz. Seine Reitstiefel waren schlammverdreckt, und ein leichter Grünschimmer zierte seine Knickerbocker auf Kniehöhe. Sie hob eine Braue und versagte ihm den erneuten, direkten Blickkontakt. Ihre jüngeren Brüder wüssten ihre Geste einzuschätzen, aber Abbington?

Er räusperte sich, und aus dem Augenwinkel bemerkte sie, wie er ihrer Tante einen Blick zuwarf.

„Mylady, darf ich mich erbieten, die Damen ins Haus zu geleiten?"

„Oh, wie außerordentlich freundlich von Ihnen, Abbington! Sehr gern, sehr gern!"

Hatte er eine Vorstellung erhofft, so blieb diese aus. Perdita versagte sich ein Schmunzeln, schließlich wollte sie die unausgesprochene Schelte nicht zunichtemachen. Abbington reichte der Marchioness den

Arm, geleitete sie zur Tür, wo er auch Perdita seine Begleitung anbot und sah einen Moment zu lange auf ihre Finger herab, die sich sacht auf seinen Arm legten. Keine richtige Berührung, und sie wahrte auch einen unnötigen Abstand. Ihre Brüder hätte sie schlicht stehenlassen, allerdings wären drei von ihnen bereits nach dem Blick eingeknickt und hätten um Verzeihung gebeten.

Salon von Abbington Hall, am nächsten Tag

Die Hausgesellschaft unterhielt einundzwanzig Gäste. Unter ihnen gleich fünf junge Damen von Stand. Jede von ihnen himmelte den Sohn des Hauses an, jede bis auf Perdita. Schon am ersten Abend war ihr eines aufgefallen: Der Viscount Abbington war leidlich höflich und schnell mit Affronts. Die anderen jungen Damen verziehen es ihm und buhlten um seine Aufmerksamkeit. Um die des Barons und um die von Perditas Bruder, dem einzig anderen alleinstehenden Herrn in der Runde. Southberry reagierte ähnlich abweisend, wobei er jedoch höflich blieb.

„Southberry", grüßte Abbington und blieb neben dem Earl stehen. Er hatte Perdita offenkundig nicht gesehen, und sie hatte auch nicht vor, ihn zur Kenntnis zu nehmen.

„Abbington", murmelte Gordon und warf ihm einen schnellen Blick zu. „Sie stehen im Begriff auszureiten?"

„Verraten Sie mich nicht."

Perdita lauschte interessiert.

„Da müssen Sie mich schon mitnehmen", verlangte Southberry. „Sie können mich doch nicht mit all den

Damen hier zurücklassen." Der Earl richtete sich betont gleichgültig die Ärmelaufschläge. „Sie sind Hyänen."

„Wählen Sie eine, dann haben Sie Ruhe", murmelte Abbington. „Und ich bin bereits verabredet."

Gordon seufzte mitleiderregend. „Ich bitte Sie!"

„Vielleicht keine schlechte Idee, Southberry", mischte sich Perdita ein. „Sie könnten Ihren Brüdern mal ein Vorbild sein."

Southberry wich unmerklich etwas zurück und gab Perdita damit dem erschrockenen Blick des Viscounts preis. „Ich bitte dich, Perdita, es gibt keinen Grund, einen solchen Schritt zu übereilen!"

„Selbstredend nicht", räumte Perdita ein. „Ein solcher Schritt sollte wohlüberlegt sein." Sie musterte die derzeit zur Auswahl stehenden Damen. „Sehr wohlüberlegt."

Abbington fasste sich, räusperte sich und murmelte einen knappen Gruß: „Mylady."

Perdita neigte lediglich leicht das Haupt.

„Sie sind von der Auswahl meiner Mutter nicht erbaut?", erkundigte sich Abbington gepresst. Seine Haltung war ebenso steif, sogar die Arme waren auf den Rücken gelegt, und er warf ihr lediglich einen flüchtigen Blick zu.

„Die Auswahl entspricht Southberry nicht." Wieder betrachtete Perdita die Damen, die hübsch auf ihren Sitzgelegenheiten thronten und begierig versuchten, die Nachbarin in Grazie und Anmut zu überstrahlen.

„Aber mir?"

Nun musste sie ihn doch ansehen. Er sah erbost aus. Seine Lippen verkniffen sich und machten sein längliches Gesicht streng. Zu schade, aber sollte er unreflektierten Zuspruch suchen, konnte er sich an besagte Damen wenden. Sie senkte den Kopf noch etwas mehr zur Seite. „So scheint es", räumte sie ein. „Haben Sie Ihre Mutter nicht bei der Auswahl unterstützt?"

„Mitnichten!", knirschte Abbington und bewies damit Perditas Verdacht. Er war von der Situation nicht begeistert. Sie lächelte knapp. Damit hatte er sie indirekt beleidigt, schließlich war sie selbst aus dem gleichen Grunde eingeladen worden wie die anderen jungen Damen. Southberry ging dies auch auf.

„Mylord! Achten Sie auf Ihre Worte", grummelte er und legte Perdita eine Hand in den Rücken, um sie noch ein Stück nach vorne zu schieben. Das genügte, um Abbington eine Bitte um Vergebung abzuringen. Sie nickte, sparte sich aber die Worte. Er sah sie an. Anders als zuvor. Direkt, nicht abschätzend, nicht bewertend.

„Entschuldigen Sie mich nun, Mylord, ich möchte Sie nicht weiter mit meiner Gegenwart langweilen. Southberry."

Perdita entzog sich ihrer gesellschaftlichen Verpflichtung und huschte aus dem Musikzimmer. Sie hatte bereits ein Stück zum Besten gegeben und gab den anderen Damen nun die Gelegenheit, ebenfalls mit ihrem Können zu glänzen. Während ihres Beitrags war sie sich der Aufmerksamkeit des Viscounts gewiss gewesen. Seine Augen lagen auf ihr. Immer mal wieder. Deswegen suchte sie auch die Einsamkeit. Beinahe hätte sie ihren Auftritt verpatzt, und der Umstand ärgerte sie.

Perdita durchquerte den großen Salon, ihr Ziel: der Garten. Abbington Hall bestach durch ausgedehnte Gärten. Rosengärten, Nutzgärten, Bäume mit den wohlschmeckendsten Früchten und so vielem anderen. Sie schloss sacht die Verandatür und nahm die drei Stufen zur Rasenfläche. Die laue Spätsommernacht kühlte ihre Wangen. Sie schloss die Augen und ging blind weiter. Nur ein paar Schritte, dann blieb sie stehen. Sie atmete tief durch und öffnete die Lider. Sie schreckte zurück.

„Verzeihung", bat Abbington. „Ich wollte Sie nicht erschrecken."

Perdita hob das Kinn. „Sie haben mich nicht erschreckt." Nun musste sie ihn ansprechen, alles andere wäre sträflich unhöflich gewesen. „Lord Abbington."

Er schmunzelte und senkte den Blick. „Und ich glaubte schon, Sie wüssten nicht, wer ich bin."

„Ich werde nun nicht das Gegenteil beteuern, Mylord."

Er sah wieder zu ihr, mit einem Lächeln, das dazu angedacht war, den Atem zu rauben. Perdita versuchte es zu überspielen und wandte sich leicht ab, um über die Wiese zu sehen.

„Warum nicht?", fragte er und erschreckte sie nun doch. Er war nähergetreten, verboten nahe. Perdita hielt den Atem an und starrte zu ihm auf. Er hob die Hand, und seine Fingerspitzen fuhren leicht über ihre Wange.

Perdita fasste sich und trat zurück. „Mylord!"

„Verzeihen Sie, ich ..." Er stockte. Seine Stirn runzelte sich.

„Ich sollte wieder hineingehen", bemerkte sie fest, obwohl sie sich nicht nach Gesellschaft fühlte.

„Nein, bleiben Sie noch", bat er leise. „Wollten Sie nicht spazieren gehen?"

„Oh, ich benötigte lediglich etwas frische Luft", behauptete sie und wandte sich vollends ab. Eine junge Dame sollte sich nicht allein in Begleitung eines Herrn wiederfinden. Und sie hatte das Gefühl, dass es mit Lord Abbington doppelt anrüchig wäre. Nein, sie hatte die Gewissheit. Nur wenige Augenblicke, und er hatte bereits versucht, sie zu berühren! Nicht die Hand oder am Ellenbogen, wo es sich gerade noch so geziemt hätte, nein, ihr Gesicht. Und es hatte sich verboten gut angefühlt.

„Sie haben Angst, dass …", mutmaßte er leise, aber Perdita hatte ihn wohl vernommen. Sie unterbrach ihn sogleich: „Ich habe keine Angst!" Dabei wandte sie sich wieder zu ihm um und hob dabei herausfordernd das Kinn. Sie hatte keine Angst vor einer Berührung!

„Dann bleiben Sie. Spazieren Sie mit mir. Sie brauchen nicht befürchten …" Sein Blick senkte sich auf ihre Lippen, und er verstummte.

Perdita wurde schwül, aber sie versagte sich, ihr Accessoire zu verwenden. Ihre Finger suchten nach dem feinen Kirschholz und umschlossen das verdickte Ende des Fächers. Sie hob lediglich die Braue und überdeckte ihre Nervosität mit Sicherheit. „Das wäre Ihnen auch nicht zu raten, Mylord. Ich scheue mich nicht, Southberry von ihrem ungebührlichen Benehmen zu unterrichten."

Das rüttelte ihn auf. Er hob die Hände. „Ich verspreche Ihnen …"

„Sie sind gewarnt, Mylord!" Perdita deutete über die Rasenfläche. „Darf ich bitten?"

Abbington lachte auf, und die Spannung zwischen ihnen schwand. „Mögen Sie mir Ihre Hand reichen?"

„Nein", schlug sie aus und machte sich auf den Weg. Abbington holte auf.

„Sie werden keinen Erfolg haben, wenn Sie Gentlemen so offen abweisen", versuchte er sie zu ködern.

Perdita schüttelte den Kopf.

„So? Was verstehen Sie unter Erfolg?", erkundigte sie sich belustigt. „Ich denke, unsere Ansicht ist da sehr unterschiedlich."

Abbington musterte sie von der Seite. „Sie erwarten einen Antrag, das sehen wir beide als Erfolg, oder irre ich mich da, Mylady?" Er klang ebenso amüsiert, wie sie war. Perdita gönnte ihm ein kleines Lächeln und ließ die Peitsche nachschnellen: „Von Ihnen? Mitnichten."

Das sichere Grinsen fiel ihm aus dem Gesicht, und er stockte im Schritt. Perdita ging unbeirrt weiter. Sie vertraute darauf, dass er ihr folgte, so er es wünschte.

„Ich bitte Sie, Perdita …"

„Lady Perdita!", korrigierte sie sofort. „Unterlassen Sie unangebrachte Vertraulichkeiten."

„Lady Perdita", ging er auf ihre Rüge ein. „Ich bin Viscount, wohlhabend, anziehend. Selbstverständlich wäre es ein Erfolg, gewännen Sie mich für sich!"

„Ich bin die Tochter eines Earls, Lord Abbington."

„Und ich werde einmal ein Earl sein!" Er klang aufgebracht und verwirrt zugleich. Perdita warf ihm einen Blick zu.

„Ich entstamme einer der ältesten Adelsgeschlechter Englands", hob sie hervor und wusste natürlich, was er kontern würde.

„Mein Vorfahr diente bereits King Henry VII!" Damit war sein Geschlecht nicht weniger erlaucht. Sie unterdrückte ein Grinsen.

„Mein Bruder hält 1/24 des englischen Grundbesitzes."

Es blieb still neben ihr, was Perdita verwunderte. Linnley war unter den fünfundzwanzig begütertsten Adligen des Landes, ebenso wie Southberry. Um der Wahrheit die Ehre zu geben, er war ein guter Fang, aber es einzugestehen, mochte derzeit ein Fehler sein.

Abbington kaute auf seiner Zunge herum.

„Womöglich liegen Sie nicht falsch, Lady Perdita, und Southberry ist tatsächlich die bessere Partie."

Wenn er mal nicht an dem Eingeständnis zugrunde ging. Perdita ließ ihn schmoren, sah fröhlich in die Ferne und schlenderte über das weiche Gras.

„Oh ja", flötete sie zufrieden.

„Aber er ist Ihr Bruder."

„So ist es."

„Sie können ihn nicht heiraten", stellte er zufrieden fest.

Ein Blick bewies, dass er breit grinste. Perdita räumte es ein und gab ihm, wonach es ihm dürstete: „Damit sind Sie der begehrtere Junggeselle ..."

„Mögen Sie mir nun doch Ihre Hand überlassen?"

Perdita lachte auf. „Nun werden Sie übermütig, Mylord."

„Und wenn ich eingestehe, dass Sie die sicherlich begehrteste der jungen Damen sind, die meine Mutter geladen hat?"

Wieder lachte sie auf und hob den Fächer, um ihm zu drohen: „Sie benehmen sich, oder ..."

„Ich schwöre es, bei meiner Ehre!" Es klang neckisch, aber etwas in seinem Blick sprach von Aufrichtigkeit. Sie überließ ihm ihre Hand, die er sacht drückte, bevor er sie auf seinem Arm platzierte.

„350 Jahre?"

„Wie meinen?", haspelte er.

„Das Haus. Sie sagten, es befände sich seit 350 Jahren in Familienbesitz, aber Teile des Südflügels scheinen deutlich jüngeren Ursprungs zu sein." Perdita deutete zum angesprochenen Trakt. „Obwohl der Klassizismus fortgeführt wurde, sind die barocken Einschläge augenfällig."

„Klassizismus?"

„Der Baustil. Mylord, ich kenne keinen Herrn, der sein eigenes Heim dermaßen ..."

„Verzeihen Sie, Mylady. Ich war lediglich überrascht, dass eine feine Dame wie Sie über Architektur spricht."

Perdita blieb stehen und nötigte ihn dazu, ebenfalls stehen zu bleiben. „Tatsächlich? Kent scheint mir nicht fernab der Zivilisation. In London und Oxford werden Damen bei den Vorlesungen geduldet, auch wenn ihnen verwehrt wird, den Magister zu machen."

Er starrte sie perplex an, und Perdita schüttelte missbilligend ihre Lockenpracht.

„Also schön, Mylord", lenkte sie ein und suchte nach einer Plattitüde: „Eine herrlich sternenklare Nacht."

Abbington starrte sie weiterhin an. „Die Frauen, die Oxford besuchen, sind nicht ...“

„Von adligem Geblüt?“, fuhr sie gelassen fort. „Dies ist mir bewusst, Mylord. Ich bin auch nicht dort gewesen oder plane es gar.“ Welch unsinniger Gedanke, schlösse sich doch dadurch die Tür zu ihrem gesellschaftlichen Leben, so Southberry es ihr gestatten würde. Was nicht der Fall wäre. Eine Dame hatte auf einer Universität nichts verloren. Sie half ihren Brüdern lediglich aus, so sie nicht weiterkamen. „Mylord, ich denke, ich sollte mich nun wieder hineinbegeben.“

„Warten Sie. Warum Architektur? Es ist so ein dröges Sujet“, fragte er und schob eine Bitte hintenan, ihm seine Neugierde zu vergeben.

„Geoffrey ist Architekt. Southberrys derzeitiger Erbe.“ Und ihr zweitältester Bruder. Geoffrey war stets vertieft in seine Bauwerke, und suchte man das Gespräch mit ihm, wurde man über einiges belehrt. Die Unterschiede zwischen Klassizismus, Purismus und Ludwig XIV. waren so eklatant, dass er Stunden darüber schwadronieren konnte. Der Gedanke an den Verwandten ließ sie schmunzeln.

Abbington starrte sie einmal mehr an.

„Wir können uns gerne über ein Ihnen passenderes Sujet unterhalten, Mylord“, bot sie dieses Mal direkt an. „Was ist Ihr Steckenpferd?“

Abbington versteifte sich, und in seiner Miene konnte man ihm seine peinliche Berührung ablesen. Perdita überlegte fieberhaft, womit sie ihn brüskiert haben könnte. Er räusperte sich.

„Die Gärtnerei?", mutmaßte sie, da er immer noch still blieb und sich lediglich umsah. „Ich sah Sie den Schuppen betreten. Es gibt Gewächshäuser und so herrliche Beete und so viele Pflanzen", zählte Perdita auf. „Und der Schmutz auf Ihrer Kleidung am Tag unserer Ankunft. Sie müssen im Gras gekniet haben."

Perdita nahm sich vor, zukünftig den Mund zu halten. Sie hatte ihn nun noch mehr schockiert. Sie seufzte und erklärte erneut, ins Haus zurückkehren zu wollen. Dieses Mal hielt er sie nicht auf, und als sie an den Stufen zur Veranda noch einmal zu ihm zurücksah, starrte Abbington ihr immer noch hinterher.

3. Kapitel

Etwas stimmte nicht.

Eine riesige dunkle Wolke hatte sich direkt über ihrem Kopf zusammengeballt und raubte ihr alles Licht. Die Finsternis hüllte sie ein, drückte ihr die Luft ab und nahm ihr jegliche Hoffnung.

Etwas stimmte nicht.

Gemma konnte es in der Tiefe ihres Herzens spüren.

Sie schlich jetzt schon seit einer Stunde durch das Haus, versteckte sich hinter Vorhängen, wenn sich jemand näherte, sah in jeden Raum auf der Suche nach dem einzigen Lächeln, das ihre Besorgnis aus der Welt schaffen könnte. Doch es war ihr immer noch nicht gelungen, Andrew ausfindig zu machen. Seit Tagen ging er ihr aus dem Weg. Sie hatte eine Ewigkeit nicht mehr mit ihm allein gesprochen. Unsicherheit hatte sich in ihrem Herzen festgesetzt.

Seine Eltern waren von Andrews Ankündigung, Gemma zu ehelichen, von Anfang an nicht sonderlich erfreut gewesen. Andrew hatte allein mit ihnen gesprochen. Verständlicherweise hatte er sie vorsichtig auf die Neuigkeiten vorbereiten wollen. Dass er damit gescheitert war, hatte sie deutlich gehört, als das wütende Brüllen seines Vaters und das bitterliche Weinen seiner Mutter bis in den Garten gedrungen waren, wo sie auf

Andrew gewartet hatte. Wie hatte Andrew eine andere Reaktion erwarten können? Er hatte sich unerschütterlich gegeben. Nach einem innigen Kuss hatten sie darüber gelacht.

Ob er jetzt immer noch über seine Eltern lachte?

Stimmen näherten sich. Sie konnte hören, wie eine Frau mit jemandem schnatterte. Vermutlich eine der albernen Puten, die Andrews Eltern als Antwort auf die drohende Hochzeit von ihrem Sohn und Gemma in dieses Haus eingeladen hatten.

Rasch griff sie nach der Klinke der Tür, die sich direkt vor ihr befand. Diese öffnete sie mit zitternden Fingern und schob sich in den Raum, kurz bevor zwei plaudernde Frauen um die Ecke bogen.

Ihr Herz klopfte, als sie das Ohr an die Tür lehnte und nach draußen horchte. Nur ein wenig warten, bis die überheblichen Ladys fort waren. Dann würde sie die Suche nach Andrew fortsetzen. Sie musste mit ihm reden. Dringend. Wenn sie seine Stimme nicht hörte, wenn sie seine beruhigenden Worte nicht vernahm, dass alles zwischen ihnen in Ordnung wäre, könnte sie keine Ruhe finden.

Schritte kamen an der Tür vorbei. Eine der Frauen lachte, und Gemma verdrehte die Augen. Es klang wie ein perfekt eingeübter Laut der Freude. Bestimmt lernten die Ladys das bereits in ihrer Kindheit. Schließlich war es für sie wichtig, nicht zu viel Feuer zu zeigen. Gemma empfand beinahe Mitleid, weil Andrew sich mit diesen zarten Pflänzchen abgeben musste.

Nachdem die Versuche seiner Eltern, Andrew sein Vorhaben auszureden, gescheitert waren, hatten sie zu einer anderen Methode gegriffen. Sie hatten Monat für

Monat hübsche Ladys nach Abbington Hall gekarrt. Gemma war nicht dumm. Sie wusste, warum man die Ladys eingeladen hatte. Andrew sollte eine von ihnen heiraten. Doch wie sollten diese eleganten Damen ihrem Andrew das geben, was er wirklich brauchte? Wie sollte er in den Armen dieser unechten Gören Leidenschaft und Lebendigkeit finden, wie Gemma es ihm bieten konnte? Diese leblosen Puppen könnten ihn niemals so glücklich machen wie sie.

Zuerst war Gemma davon überzeugt gewesen, Andrew würde sich von der Schönheit der jungen Frauen nicht blenden lassen, er würde nicht schwach werden.

Doch dann war SIE gekommen. Andrew hatte Perdita vom ersten Augenblick an anders angesehen. Kurz zuvor war eigens ein Fotograf angereist, um ein Bild von Gemmas und Andrews Glück für die Nachwelt abzulichten. Stolz hatte sie es in seinem silbernen Rahmen auf die Kommode in ihrem Elternhaus gestellt. Gemma hatte Andrews Liebe für unbesiegbar gehalten. Perdita allerdings war nicht nur Traumschwiegertochter gewesen, sondern auch zu Andrews Traumversion einer Ehefrau geworden. Er hatte um die Zuneigung dieser Frau gekämpft. Und Gemma hatte sich schließlich eingestehen müssen, dass tatsächlich die Gefahr bestand, ihn zu verlieren.

Noch einmal horchte sie nach draußen. Die beiden Frauen schienen verschwunden zu sein. Vielleicht konnte sie ihre Suche nach Andrew jetzt fortsetzen.

Sie drückte die Klinke wieder hinunter und öffnete die Tür, um auf den Gang zu treten.

„Wo willst du denn plötzlich wieder hin?", fragte eine tiefe, grollende Stimme. „Kein Interesse an einer kurzen Unterhaltung?"

Ertappt fuhr sie herum und sah sich blinzelnd um. Halb zugezogene, schwere Vorhänge vor den Fenstern ließen nicht so viel Licht ein, wie sie könnten. Hinter einem wuchtigen Schreibtisch aus massivem Holz saß ein Mann, der sie mit grimmigem Blick bedachte. Die Hände hatte er über dem Bauch verschränkt.

Ein Schauer jagte über ihren Rücken. Bei ihrer überhasteten Suche nach einem Versteck hatte sie nicht darauf geachtet, in welchen Raum sie geflüchtet war und hatte ausgerechnet das Arbeitszimmer von Andrews Vater erwischt.

„Es tut mir leid, Sie gestört zu haben, Mylord. Ich werde Sie nicht weiter von Ihren Aufgaben abhalten."

Der Earl of Linnley schnaubte. „Du hast mir bereits mehr Schwierigkeiten gemacht, als ich erwartet habe. Dich in meinem Haus arbeiten zu lassen, habe ich für eine gute Tat gehalten, nach allem, was deine Familie durchgemacht hat. Inzwischen scheint es, als hätte ich unterschätzt, wozu Menschen in verzweifelten Situationen fähig sind."

In Gemma brodelte Scham hoch. „Ich wollte Ihre Großherzigkeit nicht ausnutzen. Dass ich mich in Andrew verliebe, gehörte nicht zu meinem Plan."

„Aber du hattest einen? Du hattest dir überlegt, wie du von meiner Nettigkeit profitieren könntest?"

„Nein! So habe ich das nicht gemeint. Ich bin Ihnen sehr dankbar für Ihre Hilfe. Das zwischen Andrew und mir hat mich selbst überrascht. Ich habe es nicht darauf angelegt."

Der Earl lachte. „Du weißt genau, was du zu sagen hast. Dieser manipulative Zug an dir ist mir zuvor gar nicht aufgefallen."

Wie konnte er so etwas zu ihr sagen? Wie konnte er behaupten, sie wäre hinter Andrew her gewesen, wenn es doch genau andersherum gewesen war? Ihr Gesicht erhitzte sich. „Die Schuld daran trage nicht ich. Ich habe mich zu Beginn gegen Andrews Annäherungen gewehrt."

„Willst du etwa behaupten, mein Sohn hätte sich dir aufgedrängt?" Die Stimme des Earls klang drohend.

„Nein, allerdings war er es, der sich an mich herangemacht hat. Ich wollte niemanden enttäuschen. Der Gedanke an meine Familie und an Ihre Großzügigkeit hat mich Abstand halten lassen. Es war nicht meine Absicht, Sie zu hintergehen. Doch irgendwann war die Anziehungskraft zwischen Andrew und mir nicht mehr zu leugnen. Ich bin schwach geworden. Aber ich habe keine Spielchen gespielt. Andrew wurde von mir nicht ausgenutzt."

Der Earl kniff die Augen zusammen und musterte sie, als wäre sie ein lästiges Insekt, das es wagte, seinen Weg zu kreuzen. Ihre Worte hatten seine Wut nicht besänftigt. Stattdessen war noch mehr Vorsicht in seinem Blick erschienen. „Ich will nicht behaupten, mein Sohn wäre ohne Fehl und Tadel. Wenn er ein hübsches Mädchen sieht, funktioniert sein Verstand nicht mehr so, wie er sollte. Er denkt mit dem falschen Körperteil, wenn er erst einmal Feuer gefangen hat."

Hoffnungsvoll atmete Gemma auf. Andrews Vater verstand, wie es abgelaufen war. Anscheinend gab er ihr nicht mehr die Schuld an der Situation. Dennoch musste sie eine Sache klarstellen. Sie machte zögernd einen Schritt auf seinen Schreibtisch zu.

„Zwischen Andrew und mir ist mehr, als zwischen all den anderen Frauen, mit denen er bereits das Bett geteilt hat. Er liebt mich."

Das dröhnende Lachen des Earls füllte den Raum. „Er begehrt dich. Wenn überhaupt, liebt er deinen Körper. Irgendwie kann ich ihn sogar verstehen."

Ein grummeliges Gefühl entstand in ihrem Magen. Und das hatte nichts mit dem kleinen Wesen zu tun, das in ihrem Bauch heranwuchs. „Es ist mehr als das. Sonst hätte er mich nicht darum gebeten, seine Frau zu werden."

„Das ist tatsächlich eine spannende Entwicklung. Bislang hat Andrew solche verrückten Pläne nicht gehegt. Er hat seine Bastarde mitsamt ihren Müttern brav abgeschoben. Niemals ist er auf die Idee gekommen, sie bei sich zu behalten."

Gemma nickte, auch wenn die Erinnerung an Andrews bisherige Taten ihr in der Seele wehtaten. Sie legte ihre Hände auf ihren Bauch. „Ich bin etwas Besonderes für ihn. Dieses Kind bedeutet ihm mehr als alle anderen."

„Wie hast du das angestellt?", fragte der Earl of Linnley.

Sie blinzelte. „Wie bitte?"

„Wie hast du es geschafft, ihn zu einem Antrag zu bewegen? Bestimmt haben auch die leichtfertigen Mädchen vor dir ihn um eine Hochzeit gebeten. Vermutlich haben sie wie du versucht, ihn mit Tränen zu einem unüberlegten Versprechen zu verleiten. Warum ist er bei dir schwach geworden? Weshalb hat er bei dir den Kopf ausgeschaltet und seine umtriebige Männlichkeit entscheiden lassen?"

„Ich habe gar nichts getan." Die Worte des Earls waren eine Beleidigung. Sie spürte, wie sie bis in die Zehenspitzen errötete. „Ich musste ihn nicht austricksen. Zu meiner eigenen Überraschung hat er mir die Ehe von ganz allein angetragen."

„Eine angenehme Überraschung, bei der du bestimmt nachgeholfen hast. Wurde er von dir verhext? Hast du ihn mit einem Zauber belegt?"

„So etwas würde ich niemals tun! Niemals würde ich Andrew dazu zwingen, mich zu wollen! Zu so etwas wäre ich gar nicht fähig!"

Der Earl betrachtete sie ungerührt. „Dann hat deine Mutter ihre Finger im Spiel? Hat sie meinen Sohn mit ihren Schwarzen Künsten verlockt?"

Gemma schüttelte den Kopf. Ihre Mutter hätte es vielleicht sogar schaffen können, Andrews Schicksal mit dem von Gemma zu verweben. Möglicherweise wäre es ihr gelungen, Andrews Herz für die Liebe empfänglich zu machen, um ihre Tochter vor der Schande eines unehelichen Kindes zu bewahren. Gemma hatte ihrer Mutter allerdings noch nichts von ihrer Schwangerschaft erzählt, als Andrew ihr den Antrag gemacht hatte. Was wohl passiert wäre, wenn Gemma sich ihr anvertraut hätte?

Jesemy Lakojka war eine beeindruckende Frau. Sie war in der Lage, Magie zu benutzen, um das Glück in das Haus einer Familie zurückzubringen. Sie hatte die Fähigkeit, die Zukunft vorauszusagen, auch wenn sie das nicht bei ihren Kindern tat. Als sie das fahrende

Volk verlassen hatte, um mit Gemmas Vater zusammen zu sein, war die Verbindung zu den Vorfahren abgebrochen, die ihr die Gabe hinterlassen hatten. Ohne diese Verbindung wollte Jesemy ihre Fähigkeiten nicht mehr so oft nutzen wie zuvor. Die Macht wohnte allerdings immer noch stark in der Seele von Gemmas Mutter.

„Sie hat nichts getan, um mir zu helfen", stellte Gemma klar. „Das war nicht notwendig, damit Andrew sich in mich verliebt."

„Liebe hat ihn nicht zu interessieren. Er ist der künftige Earl of Linnley. Als solcher muss er tun, was für die Familie am besten ist. Sich mit einem dummen kleinen Ding abzugeben, das es nur auf sein Geld und seinen Titel abgesehen hat, gehört nicht dazu."

„Ich bin nicht ..."

Mit einer wegwerfenden Handbewegung wurde sie vom Earl unterbrochen. „Er kann kein Nichts wie dich heiraten. Und das hat er inzwischen auch selbst eingesehen. Also halte dich besser von ihm fern."

Ihre schlimmsten Befürchtungen bewahrheiteten sich. Sie hatte geahnt, Andrew könnte auf Druck seiner Eltern seine Meinung geändert haben. Es zeugte nicht von seiner Stärke, wie er sich von den Regeln der Gesellschaft beeinflussen ließ. Sie hatte gewusst, dass sie nicht auf der gleichen Stufe standen, dass sie nicht auf den ersten Blick füreinander vorgesehen waren. Doch Andrew hatte ihr Hoffnungen gemacht, er könne darüber hinwegsehen. Er hatte sich trotzdem ganz allein dazu entschieden, ihr die Ehe anzutragen. Wie konnte er sein Versprechen einfach vergessen? Wie konnte er es wagen, sie einfach zu ignorieren, ohne den Mumm zu zeigen, ihr die Wahrheit ins Gesicht zu sagen?

„Geben Sie mir bitte die Gelegenheit, mit ihm zu sprechen", flehte sie trotz ihrer Befürchtungen. „Holen Sie ihn her. Dann zeige ich Ihnen, dass Sie sich irren. Ihm ist wichtig, was wir miteinander geteilt haben. Er wird mich nicht verlassen."

„Das ist nicht notwendig. Er will dich nicht mehr heiraten. Er wird sich für eine der Ladys entscheiden, die ich ihm vorgestellt habe."

Gemma ballte die Hände zu Fäusten. „Nein! Das kann er mir nicht antun! Nicht, nachdem er mir etwas anderes versprochen hat."

Der Earl grinste nur. „Mach dich ruhig lächerlich, und flehe ihn an, zu dir zurückzukommen. Er wird dir sagen, nicht mit dir zusammen sein zu wollen. Sein Titel hat größere Priorität für ihn."

„Das ist nicht wahr! Er ist nicht so oberflächlich. Vermögen und Titel bedeuten ihm nicht mehr als ich!" Das durfte nicht der Fall sein. „Selbst wenn er alles verlieren würde, könnte das meine Liebe zu ihm nicht schmälern. Ich werde ihn heiraten, selbst wenn wir nichts besitzen als die Kleidung, die wir am Körper tragen. Ich werde überall mit ihm hingehen. Ich werde ihn glücklicher machen als alles Geld dieser Welt."

Jetzt begann Andrews Vater zu lachen. Schallend. Aus ganzem Herzen. Beleidigend. Sein Bauch hüpfte, als er sich nach vorne beugte und den Kopf schüttelte. Für einen Moment wich alle Härte aus seinem Blick, doch das hielt nicht lange an.

Als sein Lachen langsam abebbte, sah er sie an. „Offensichtlich kennst du meinen Sohn kein bisschen.

Oder du willst den Tatsachen nicht ins Auge blicken. Niemals würde er für dich oder irgendjemanden sonst auf die Privilegien verzichten, die sein Titel ihm bietet."

„Aber ..."

„Ich gestehe dir zu, dass er irgendetwas in dir sieht. Du bist hübsch und besitzt eine Menge Mut. Doch das reicht nicht aus, um einen flatterhaften Geist wie ihn auf Dauer zu fesseln oder gar zu binden. Schlag ihn dir aus dem Kopf. So ist es besser für dich."

Tränen traten in Gemmas Augen. Sie fühlte sich gedemütigt, hilflos, enttäuscht. „Bitte! Sie müssen mich zu ihm lassen. Was soll ich denn ohne Andrew tun? Was soll aus mir und seinem Kind werden?"

„Das hättest du dir überlegen sollen, bevor du zu ihm ins Bett gestiegen bist", antwortete der Earl of Linnley hart. „Aber mach dir keine Sorgen. Du wirst das bekommen, was auch die anderen vor dir erhalten haben, damit sie Andrew nicht mehr behelligen."

„Was soll das sein?" Ihr Herz schmerzte so sehr. Jegliche Hoffnung war daraus entschwunden. Selbst wenn es ihr gelingen sollte, Andrew allein zu erwischen, würde er sie nicht anhören. Das war ihr inzwischen klar geworden. Sie hatte bemerkt, wie er die Ladys angesehen hatte, die sein Vater ihm vor die Nase gesetzt hatte, um ihm den Kopf zu verdrehen.

„Geld. Es wird ausreichen, damit deine Familie mit dir von hier weggehen kann und ihr euch irgendwo anders ein Leben aufbauen könnt."

Übelkeit stieg in ihr hoch. „Ich habe mehr verdient als das."

„Wusste ich es doch. Also willst du mit mir feilschen? Denkst du, du bist mehr wert als die Frauen vor dir?

Vielleicht werde ich dir mehr als den üblichen Betrag geben, aber denk bloß nicht, du kannst den Preis noch weiter in die Höhe treiben."

„Ich will Ihr Geld nicht! Ich will Andrew!" Ihre Kehle schnürte sich zusammen.

Der Vater des Mannes, den sie liebte, schüttelte den Kopf. „Das steht nicht zur Diskussion."

„Aber … er hat gesagt, ich sei etwas Besonderes für ihn. Er kann nicht wollen, dass ich bloß mit Geld abgespeist werde. Ihm ist bestimmt wichtig, dass es seinem Sohn gut geht. Dieses Kind ist schließlich das Enkelkind eines Earls!"

„Davon gibt es leider auch schon mehr, als es der Fall sein sollte", erklärte der Earl mit einem Seufzen. „All diese Kinder gelten zum Glück als Bastarde. Sie haben keinen Anspruch auf mein Erbe. Diese Karte kannst du bei mir nicht ausspielen. Nimm das Geld und sieh nach vorne."

„Nein!"

„Schön. Lass dir mein Angebot in Ruhe durch den Kopf gehen. Vielleicht änderst du deine Meinung. Die Sicht auf Dinge kann wechseln. Du siehst ja an Andrews Beispiel, wie leicht das passieren kann."

Wie gemein, sie noch einmal an das zu erinnern, was sie verloren hatte! Gemma schluchzte auf und lief aus dem Raum. Sie nahm sich nicht die Zeit, die Tür hinter sich zu schließen. Längst war sie nicht mehr so behände wie früher, doch sie ließ sich von dem zusätzlichen Gewicht und ihren schweren Beinen nicht aufhalten. Während ihr Tränen über das Gesicht liefen, eilte sie durch die Gänge, die Stufen des Hauses hinunter bis nach Hause.

„Es ist aus", schluchzte sie und trat in das kleine Haus, in dem sie mit ihrer Mutter und ihren beiden Brüdern lebte. „Ich habe ihn verloren."

„Beruhige dich", sagte ihre Mutter, trat mit besorgtem Gesichtsausdruck vom Herd zu ihr und führte sie zu einem Stuhl.

Tränen rannen über Gemmas Gesicht. Ihr Innerstes befand sich in Aufruhr. In ihrem Kopf wirbelten einerseits eine verwirrende Vielzahl von Gedankenfetzen herum. Andererseits herrschte gleichzeitig eine Leere, die sie betäubte. Sie klammerte sich an die Hand ihrer Mutter und sah zu ihr hoch. „Ich kann mich nicht beruhigen. Nie wieder! Es ist so schrecklich! Die Traurigkeit zerreißt mir schier das Herz."

„Was ist geschehen? Du machst mir Angst."

„Sein Vater ... der Earl ... er hat mir Geld geboten, damit ich aus Andrews Leben verschwinde, damit wir die Sachen packen und alles hinter uns lassen. Wie kann er so etwas Schreckliches nur vorschlagen?"

Das Gesicht ihrer Mutter zeigte ihre Wut. „Das wird Andrew nicht zulassen! Weiß er von dem Angebot seines Vaters?"

„Ich glaube nicht. Das alles ..." Gemma schüttelte den Kopf, versuchte den Kloß in ihrem Hals, der ihr die Worte raubte, hinunterzuschlucken.

Statt ihre Stimme wiederzufinden, verschwamm ihre Sicht, und die Luft wurde aus ihren Lungen gepresst. Ihr drohten die Sinne zu schwinden. Das Gehörte war einfach zu viel. Sie konnte, durfte nicht glauben, dass sie sich in Andrew geirrt hatte.

„Warum hat er nur diese Frau kennenlernen müssen?", schluchzte sie. „Er hat mich geliebt. Hat mir aus freien Stücken die Ehe angetragen. Doch jetzt will er mich nicht mehr sehen. Und das alles nur wegen ihr."

„Welche Frau?"

„Diese eingebildete Puppe. Diese steife Lady ohne Herz. Diese ... diese Perdita."

Ihre Mutter zog sich einen Stuhl heran und setzte sich neben sie. „Wer ist sie?"

„Sein Vater hat sie nach Abbington Hall eingeladen. Bei ihr handelt es sich um eine der Frauen, die Andrew wie Karotten vor die Nase gehalten werden, damit er sie und nicht mich heiratet."

„Dann wird sie dir nicht in die Quere kommen."

„Das glaube ich nicht, Mutter. Du hast nicht beobachtet, wie er sie ansieht, wenn er mit ihr spricht."

„Ein Versprechen, das man gegeben hat, muss man halten." Ihre Mutter tätschelte ihre Hand. „Wenn er ein Ehrenmann ist, wird er seine Pflicht dir gegenüber erfüllen."

Erneut wurde Gemmas Herz zusammengedrückt. Andrew ein Ehrenmann? Er mochte bei seinesgleichen als solcher gelten. Aber warum sollte er sich jemand Unwichtigem wie ihr verpflichtet fühlen?

„Mach dir nicht so viele Sorgen, Kind. Alles wird sich weisen."

„Aber er hat sich in sie verliebt!" Sie schrie es beinahe. Der Schmerz in ihrem Herzen war einfach zu groß. So musste es sich anfühlen, wenn es einem bei lebendigem Leib herausgerissen wurde.

Der Blick ihrer Mutter verdunkelte sich. „Wie kommst du auf diese Idee?"

„Ich habe es in seinem Blick gelesen. Vermutlich ist es ihm nicht einmal selbst bewusst, aber sie bedeutet ihm mehr, als sie dürfte. Sein Herz sollte mir allein gehören. Er hat kein Recht, es noch einmal zu verschenken, nachdem er es mir versprochen hat."

„Du musst dich mit ihm unterhalten. Wenn er bemerkt, was er dir damit antut, dich glauben zu lassen, diese andere Frau wäre ihm wichtiger, wird er alles wieder ins rechte Lot bringen. Davon bin ich überzeugt."

Gemma fehlte diese Sicherheit. Ihr Herz schien die Wahrheit zu wissen. Es flüsterte ihr zu, dass es zu spät war. Doch so einfach würde sie nicht aufgeben. Es würde ihr gelingen, mit ihrem Geliebten zu sprechen, ohne dass sein Vater etwas dagegen unternehmen konnte. Eine Unterredung unter vier Augen hatte sie sich verdient. Andrew hatte sich in sie verliebt, weil sie eine starke Frau war. Es konnte ihn nicht überraschen, dass sie nicht einfach zur Seite trat.

Die Kraft von allen ihren weiblichen Vorfahren floss durch ihre Adern. Die Macht der Frauen ihrer Familie stärkte ihr den Rücken. Die Magie der Lakojkas lebte in ihr weiter. Sie würde all das benutzen, um nicht zusammenzubrechen und Andrew anzuflehen, sie zurückzunehmen. Sie würde diese Niederlage überstehen, ohne sich weinerlich an ihn zu klammern. Dafür besaß sie zu viel Stolz.

Nein, sie würde ihm in Würde gegenübertreten. Doch sie würde ihm nicht ersparen, ihr die Änderungen seiner Absichten ins Gesicht zu sagen.

„Ich werde eine Erklärung von ihm fordern", stellte sie klar. „Die Wahrheit muss ich aus seinem Mund hören. Er soll die Verantwortung für dieses Kind übernehmen. Wenn er sich weigert ..."

Jesemy Lakojka nahm ihre Hand. „Ja?"

„Dann wird er es bereuen. Ich werde nicht aus seinem Leben verschwinden. Ich werde nicht fortgehen. Tag für Tag werde ich ihm die Schändlichkeit seiner Handlungen vor Augen führen."

„Andrew wird zur Besinnung kommen. Mach dir keine Sorgen."

Gemma schüttelte den Kopf. „Es tut mir so leid, dass ich dich enttäuscht habe. Dass ich Schande über unsere Familie gebracht habe. Mein Herz hat die Führung übernommen. Damit muss ich leben. Ich kann meine Zukunft bereits vor mir sehen. Ich glaube, Andrew kommt darin leider nicht mehr vor."

4. Kapitel

Abbington Hall, Tag drei der Hausgesellschaft

„Geoffrey plant, Camden Hall einen weiteren Flügel hinzuzufügen", offenbarte Southberry am Dinnertisch und bannte damit das Interesse des Earl of Linnley.

„So?", bellte er, und fast alle Gespräche kamen zum Erliegen. Lediglich Miss Kincade kicherte weiter.

„Mein Verwalter hält Ausbesserungen an unserem Jagdsitz in Morcambie für unabdingbar."

„Camden Hall ist in der Tat lediglich ein kleines Anwesen, das meine Großmutter an Perdita zu übergeben plant. Es ist ihr Altersruhesitz und tatsächlich recht überschaubar."

„Ganz wie Chisham!", fügte der Earl laut an. „Meine Gattin wird dort ihren Lebensabend verbringen, ist es nicht so, Lady Linnley?"

„So ist es wohl, Lord Linnley", bestätigte die Dame des Hauses nicht weniger gut hörbar. Sie warf ihrem Sohn einen scharfen Blick zu. „So Abbington jemanden sonst findet, der ihm den Haushalt führt."

Abbington begegnete den Augen der Mutter mit sichtlichem Ressentiment. „Das steht außer Frage, Mylady."

„Geoffrey plant, den neobarocken Stil des Haupthauses mit ... wie nannte er es, Perdita?"

„Klassische Eleganz, Southberry, und sofern ich mich nicht irre, ist Camden Hall nicht Barock, sondern

48

stammt noch aus der Zeit der Renaissance. Die Säulen sind schlichter, die Fresken nicht mit Putten überladen und die Wandgemälde weniger opulent." Perdita lächelte lieblich. „Natürlich könnte ich mich irren, lieber Southberry, und Camden Hall ist Barock." Was absolut auszuschließen war.

Das behauptete nun auch Southberry: „Oh, sicherlich nicht. Geoffrey ist unaufhaltbar, ist er erst einmal in seinem Element, und Perdita ist so eine herausragende Zuhörerin! Sie irrt sich mit Sicherheit nicht. Und Camden Hall ist bedeutend älter als 300 Jahre."

„Die Halle soll in der Tat seit 374 Jahren stehen", bemerkte Perdita, stolz auf ihr Heim, auch wenn es landschaftlich gesehen keinen Blumentopf gewänne. „Große Teile der Anlage sind vor 1650 fertiggestellt worden und Geoffrey plant, den Grundplan beizubehalten. Er wird wohl ein Kastell aus Camden machen."

„Ein Schloss?", fragte Miss Kincade, wobei ihre Augen begeistert aufleuchteten.

Southberry sah mit gelinder Not von besagter Dame zu Perdita. „Nein, keineswegs. Lediglich ein kleines, bescheidenes Häuschen, das den einen oder anderen Raum zusätzlich benötigt. Was sagte Geoffrey gleich, wie lange die Bauarbeiten benötigen werden?"

Perdita schmunzelte sacht. „Einige Jahre", half sie bereitwillig aus. „Er stellte viel Dreck, Krach und Ungemach in Aussicht."

Miss Kincades Miene verzog sich, und Southberry wagte aufzuatmen.

„Der passende Zeitpunkt für Sie, das Weite zu suchen", bemerkte Abbington, wobei seine Augen einmal mehr beunruhigend fest auf ihr lagen. „Um Dreck, Krach und Ungemach zu entgehen."

Perdita begegnete seinem Blick mit leichter Unruhe. Wenn er sie so intensiv betrachtete, löste es ein warmes Prickeln in ihr aus, aber auch Unbehagen. Sie hob das Kinn, nicht willens, sich einschüchtern zu lassen. Seine Lippen zuckten verräterisch. Lockte er sie?

„Im Gegenteil, Mylord", hob sie reserviert an, was ihm ein Grinsen entlockte. „Ich sehe den Neuerungen in Camden Hall mit Freude entgegen und bedaure den Umstand, sie nicht mit eigenem Auge verfolgen zu können. Leider steht es außer Frage, den Umbau abzuwarten."

„Ich denke, dass auch Abbington Hall die eine oder andere Veränderung vertragen könnte."

Perdita stockte erschrocken, aber nur für einen Moment. „Möchten Sie ein Schloss daraus machen?", fragte sie herausfordernd und freute sich über Miss Kincades entzücktes Seufzen. „Oh, das wäre so wundervoll!"

„Nein!", widersprach Abbington fest, ohne den Blick von ihr zu nehmen. „Ich denke, ein Schloss wäre der völlig falsche Ort." Er ließ offen für wen, aber es schien niemand sonst zu bemerken.

„Seit wann interessieren dich bauliche Maßnahmen an Abbington Hall?", fragte der Earl of Linnley schneidend. „Oder an sonst einer unserer Liegenschaften?"

Abbington nahm die Augen von ihr. Sogleich schien die Hitze zu weichen, und sie fröstelte leicht.

„Sie stellen mich als Ignorant dar, Mylord, der ich nicht bin."

Eine eigentümliche Spannung lag in der Luft. Vielleicht lag es an Abbingtons Stimmlage. Er schien zumindest aufs Äußerste angespannt.

„So? Bisher schienen dich dergleichen Belange zu langweilen."

„Linnley, vielleicht mag Lady Perdita uns mehr über die Neuerungen Camden Halls berichten? Möglicherweise finden sie auch hier Anklang?", intervenierte Lady Linnley sanft, aber bestimmt, ohne ihrem Sohn ein Wort zu gönnen oder ihn gar anzusehen. Lady Linnley war generell knapp, wenn es um den Viscount ging. Knapp mit Worten, mit Blicken oder gar Gesten. Es schien wenig Gefühl zwischen den beiden zu geben. Perdita runzelte die Stirn, nahm den Faden aber gern auf.

„Oh, Mylady, Sie schmeicheln mir. Vermutlich werfe ich die Epochen wild durcheinander und langweile die Herren wie auch die Damen mit meiner Unkenntnis." Was keinesfalls zu befürchten stand, was ihr Bruder sogleich hervorhob. Perdita schenkte ihm ein Lächeln voller geschwisterlicher Zuneigung.

„Bitte, Lady Perdita, folgen Sie Lady Linnleys Wunsch. Wird der neue Flügel lediglich Ruheräume beherbergen?" Wieder lagen Abbingtons Augen auf ihr und brachten sie ins Stocken, als sie ihnen begegnete.

„Keineswegs", murmelte sie, bevor sie sich fasste. „Southberry wünscht sich ein Studio mit Oberlicht. Geoffrey plant einen Wintergarten und drängt auf eine Verlegung von elektrischen Leitungen im ganzen Haus. Er meint, Gaslicht habe ausgedient." Sie lächelte gezwungen. „Außerdem lässt er gerade eine Telefonleitung verlegen. Die Zugangsstraße musste dazu aufgebrochen werden, aber nun werde ich ihn von London aus anrufen können, sollte ich seine Stimme vermissen."

„Telefon?", erkundigte sich der Earl of Linnley deutlich abgeneigt. „Doch nicht dieser neumodische Firlefanz?"

„Es löst die Telegrafie ab, Mylord", bemerkte Abbington. „Und ist deutlich schneller, als Nachrichten per Boten zu versenden."

„Die Royal Mail tut ihren Dienst! Dieses Telefon ist … nicht geheuer!"

„Strom und Telefon", fasste Abbington zusammen und ignorierte damit seinen Vater. „Es klingt sehr modern, Lady Perdita. Würden Sie sich da nicht unwohl fühlen, wenn Sie praktisch zurück in die Barbarei geführt würden? Wenn Sie – sagen wir – zukünftig an einem Ort wie Abbington Hall leben müssten?"

In Perditas Ohren rauschte es vernehmlich, und sie konnte fast hören, wie die jungen Damen am Tisch den Atem anhielten. Wie unglaublich ungehörig, so etwas so offen in den Raum zu stellen! Sie legte das Besteck zur Seite und überlegte sich ihre Worte genau.

„Vermutlich, Mylord. Aber dies habe ich in der Hand, nicht wahr? Ich entginge dem, wählte ich meinen Gemahl mit Bedacht." Sie hob erst den Blick, um seinem zu begegnen, dann eine Braue. „Und ich beabsichtige sehr gründlich abzuwägen, Lord Abbington."

Vierter Tag der Hausgesellschaft

Es war ein herrlich sonniger Nachmittag, perfekt für das veranstaltete Picknick. Perdita schlenderte über den Rasen, drehte ihren Schirm in der Hand und bestaunte die Botanik. Man hatte ein Terrain gewählt, das sowohl sonnige Plätze bot, wie auch Schatten durch einige Früchte tragende Bäume. Southberry und Abbington waren vollauf beschäftigt, die jungen Damen mit Getränken und Häppchen zu versorgen, und Tante Henriette hatte es nach einigen Runden zu Lady Linnley gezogen. Perdita genoss die Einsamkeit. Die Stille, die lediglich vom Zwitschern der Vögel unterbrochen wurde, vom Surren der Bienen ... und dem schrillen Gekicher der jungen Damen.

Perdita entfernte sich noch weiter von der Picknickgesellschaft und erreichte die Mauer. Parallel zu dieser spazierte sie weiter bis zu einem Kirschbaum, der sie mit herrlich roten Früchten lockte. Sie streckte die Hand aus, konnte den unteren Ast aber nicht erreichen.

„Darf ich?", murmelte Abbington hinter ihr.

Sie hatte seine Stimme gleich erkannt, schrie dennoch erschrocken auf. „Lord Abbington!", hauchte sie, die Hand an die Brust gepresst.

„Nun fürchten Sie sich doch vor mir?", fragte er und zog den Ast herab. Er pflückte eine Kirsche und bot sie ihr dar.

„Sie haben mich erschreckt, Lord Abbington. Dies ist nicht mit Furcht gleichzusetzen!" Sie hob das Kinn und nahm die Frucht entgegen. „Danke."

„Drei Prozent", sagte er, wobei er sie nicht aus den Augen ließ. „Linnleys Anteil am englischen Grundbesitz beträgt drei Prozent."

Perdita stockte, nicht sicher, wie sie der Feststellung begegnen sollte. „Mylord, wir stellten bereits fest, dass Sie derzeit tatsächlich der begehrtere Junggeselle sind."

„Derzeit?", wiederholte Abbington leise.

„Nun, in London wird die Auswahl wesentlich größer sein." Das war offensichtlich nicht das, was er hören wollte. Seine Miene verdüsterte sich.

„Linnley gehört zu den vermögendsten Adligen im Land", sagte er.

Perdita fehlten die Worte.

„Gut, das gilt nicht für mich. Mein Gut wirft gerade genug ab, um nicht zu darben."

Perdita fiel fast die Kinnlade herab, so verblüfft war sie von dem Eingeständnis. Einem völlig unangebrachten Eingeständnis. „Mylord ..."

„Mein eigenes Gut Crofton Abbey besitzt ebenso malerische Gärten wie Abbington Hall und seine eigene Brennerei. Der Umsatz ist, wie bereits gesagt, nicht unbedingt der Rede wert, aber er ist ausbaufähig." Er pflückte weitere Kirschen vom Ast, um sie ihr anzubieten. Perdita stopfte sie sich in den Mund, weil sie absolut nicht wusste, was sie zu seiner Bemerkung sagen konnte.

„Ich habe auch ein eigenes Stadthaus", fuhr er fort.

„Mylord, worauf wollen Sie hinaus?"

Das ließ ihn erneut stocken. Unsicher sah er zu der Gesellschaft zurück.

„Meine Mutter wünscht, dass ich eine junge Dame aus besten Kreisen heimführe", fuhr er leise fort, aber in seinen Worten schwang genug mit, dass sie seine Meinung dazu nicht zu erraten brauchte.

Perdita presste die Lippen zusammen und zwang sich, nicht zu keuchen. „Nein!" Es war raus, bevor sie sich zurückhalten konnte. „Widmen Sie sich bitte einer der anderen jungen Damen. Ich bin nicht interessiert."

Abbington riss die Augen auf, und sein Mund klappte tatsächlich auf. Er fasste sich schnell wieder. „Lady Perdita …"

„Guten Tag, Mylord!" Sie ließ ihn stehen. Sie sollte zurück in den Hort der Gesellschaft stoßen, aber Perdita war ganz merkwürdig zumute. Leicht im Kopf, aber mit schwerem Herzen. Mit schweren Füßen, die sich nur mühsam weiterbewegten. Das war keineswegs so abgelaufen, wie sie es sich vorgestellt hatte. Er hatte alles falsch gemacht!

„Lady Perdita!" Er stoppte sie, indem er nach ihrem Ellenbogen griff. Sie versagte ihm den Blick in ihr Gesicht, indem sie es fortdrehte. Sie war zu durcheinander und wollte nicht, dass er es sah.

„Mylady!" Er drehte sie zu sich um und hob ihr Kinn an. „Sie weinen ja."

„Sie irren, Mylord, und bitte, halten Sie sich zurück. Es ist unpassend …"

Den Rest verschluckten seine Lippen, die sich sacht auf ihre pressten. Sie riss die Augen auf. Empört. Verwundert. Und schloss sie wieder.

„Bitte weinen Sie nicht", hauchte Abbington, und sein Atem wusch über ihre Haut. „Lächeln Sie. Sie können lächeln wie eine Sphinx."

Perdita warf ihm einen vorsichtigen Blick zu. Hitze rötete ihre Wangen und wurde zu einem wahren Brand, als er diese federleicht streichelte. Ihr Herz trommelte wild in ihrer Brust, aber ihr Kopf war völlig leer.

„Bitte lächeln Sie, Perdita", raunte er. Sein Arm schlang sich um ihre Mitte und zog sie etwas näher an sich.

„Lord Abbington, ich habe Sie gewarnt", murmelte sie und versuchte nun, sich von ihm zu lösen. „Bitte entlassen Sie mich!"

„Bekomme ich dann ein Lächeln?"

„Mylord, bitte!" Sie legte die Hände auf seine Brust, um ihn fortzuschieben.

„Sonst sehe ich mich gezwungen, Ihnen noch einen Kuss zu stehlen, Perdita", warnte er und schickte ihr damit süße Schauer über den Leib. Verwirrt sah sie zu ihm auf. Er musste sie loslassen, und er durfte sie keinesfalls küssen! Ihr Blick senkte sich auf seine Lippen, die sich leicht verzogen, bevor er ihr entgegenkam.

„Mylord!", flüsterte Perdita erneut, dann war sie stumm, bis seine leichten Küsse sie seufzen ließen.

„Gehen Sie zu Southberry, Perdita", murmelte er an ihrem Ohr. „Oder lassen Sie mich zu ihm gehen."

„Mylord ..."

„Andrew!"

Sein Halt um ihre Mitte verstärkte sich, bevor er sie losließ und sich zu der Frau umdrehte, die seinen Namen gerufen hatte.

Die starrte ihn an, und Perdita konnte allerhand Gefühle aus dem Gesicht der Frau ablesen: Schock, Unglaube, Schmerz. Tränen sammelten sich in deren Augenwinkeln. Perdita sah zu Abbington. Er presste grimmig die Lippen aufeinander.

„Andrew ...", begann die Frau erneut. Sie legte die Hand auf den geschwollenen Bauch.

„Gemma, wenn Linnley dich entdeckt! Komm!" Abbington trat zu der Frau und griff nach ihrem Arm, dann wandte er sich an Perdita: „Mylady, verzeihen Sie diesen Zwischenfall. Entschuldigen Sie mich bitte für einen Moment."

Perdita nickte, unfähig etwas zu sagen, und blickte ihnen einen Moment nach. Die Frau sah zu Abbington auf, der starr geradeaus starrte. Abweisend und uninteressiert. Nachdenklich wanderte Perdita zurück zu der Gesellschaft und entschuldigte sich bei der Tante und der Hausherrin dafür, dass sie sich mit Kopfschmerzen zurückziehen wollte.

Tante Henriette komplimentierte Perdita in den Tanz, und sie folgte Lord Abbington zögerlich. Sie hatte sich noch nicht entschieden, wie sie dem Viscount nun begegnen sollte. Nun, da alles anders war. Nun, da sein Anblick ihr die Wangen rötete und sie sich linkisch und fehl am Platz fühlte, wann immer er zur Sprache kam.

„Ich wollte Sie erneut um Vergebung bitten", murmelte er, als sie Tanzstellung bezogen. „Für die Unterbrechung ..."

Ihre Augen zuckten zu seinen hoch. Für die Unterbrechung – wo er sich besser für seine unangebrachte Annäherung entschuldigen sollte! Sein Blick wanderte unruhig über ihr Antlitz.

„Sie haben nicht mit Southberry gesprochen? Erlauben Sie mir, es zu tun?", fragte er leise und kam ihr noch etwas näher. Sein Blick war so intensiv, dass sie vergaß, dass sie nicht allein waren.

„Mylord ..."

„Die Frau ... sie bedeutet nichts."

Perdita hatte scheu die Lider geschlossen und hob sie nun überrascht wieder. Die Frau. Sie runzelte die Stirn.

„Sie bedeutet nichts, Perdita."

Seine hellen Augen lagen unverrückbar auf ihr. So etwas wie Not sprach aus ihnen. Wenn ihre Brüder zu sehr auf einen bestimmten Umstand drangen, war es meist eine Lüge.

„Wer ist sie?", murmelte Perdita, weil ihr nichts anderes einfiel. Wollte sie es wissen? Musste sie es wissen?

„Die Tochter eines Pächters. Sie ist unbedeutend."

„Lord Abbington", versuchte sie es erneut, „ich möchte nicht, dass Sie mit Southberry sprechen." Das wollte sie in der Tat nicht. „Ich denke, Sie sollten sich tatsächlich auf die anderen Damen besinnen. Jede von ihnen besticht durch Anmut und Charme ..."

„Ich hatte nicht vor, eine der Damen um ihre Hand zu bitten", unterbrach er sie eindringlich. „Ich hatte es mit Sicherheit nicht vor."

Er war verflixt uncharmant, dabei war sie gewarnt worden. Ihre Tante hatte sich keiner genauen Beschreibung bemüßigt, hatte sich lediglich mit Andeutungen begnügt. Aber Perdita war dementsprechend davon ausgegangen, es mit einem wortgewandten, freundlichen Gentleman zu tun zu bekommen. Sie solle sich keine allzu großen Chancen ausrechnen, Abbington sei wählerisch.

„Aber Sie haben mich anderen Sinnes werden lassen."

Perdita blinzelte verblüfft. „Mylord."

„Ich weiß, was Sie sagen werden: Ich kenne Sie kaum."

Zu Perditas Erleichterung verklang die Musik. Damit hatte Abbington nicht gerechnet, er tanzte noch einige Schritte weiter, bevor er bemerkte, dass sich die Tanzfläche leerte.

„Verflixt! Mylady, ich ersuche Sie um ein Rendezvous. Heute Abend."

Das war schier skandalös! „Mylord!"

„Sie brauchen sich nicht zu fürchten, Perdita! Ich schwöre Ihnen bei allem, was mir heilig ist ...", flehte er sie an und weckte doch gelinde Furcht in ihr. Und noch etwas anderes. Ihr Nacken prickelte, und die Leichtigkeit des Nachmittags in ihrem Kopf war zurück.

„Treffen Sie sich mit mir. Heute Nacht!"

Sie sollte entrüstet ausschlagen. Allein das Ansinnen war skandalös! „Ja."

„Der Rosengarten, wenn es Mitternacht schlägt?", schlug er drängend fort, und Perdita nickte. Dann ließ sie ihn stehen, um bei Tante Henriette Schutz zu suchen. Bald schon, viel zu bald, stand das Treffen an, zu dem sie ganz sicherlich nicht erscheinen sollte. Und doch schlich sie um Mitternacht aus dem Haus.

Southberry House, London, Herbst 1895

Perdita strich sich, um ihre Aufregung zu kaschieren, über den geblümten Brokat ihres Vormittagskleides. Southberry stand vor ihr und berichtete von Lord Abbingtons Gesuch. Es verwunderte sie nicht. Sie hatte darauf gewartet, und obwohl sie es ihm an jenem Tag angesehen hatte, wie schwer es ihm gefallen war, Zurückhaltung zu wahren, hatte er ihr die drei Monate Bedenkzeit eingeräumt. An jenem Abend im Rosengarten Abbington Halls, als er sie um ihre Hand bat, unzeremoniell wie er war, und sie ihm die Wahrheit abverlangt hatte. Und da war diese unbedeutende Frau, die keineswegs so unbedeutend gewesen war. Sie hatte ihn abgewiesen, seiner Treue nicht gewiss. Seiner Zuneigung nicht gewiss.

„Ich bin bereit, mit Lord Abbington zu sprechen, Southberry", räumte Perdita recht atemlos ein. Und ihm die Antwort zu geben, die er sich erhoffte. Sie war bereit. Sie war sich sicher. Etwas, was an jenem Abend im Garten nicht der Fall gewesen war. Sie war verwirrt gewesen ob ihrer merkwürdigen Gefühle. Nun war sie sich sicher.

Southberry räusperte sich. „Fein", murmelte er. „Perdita ..." Ein Runzeln huschte über seine Stirn. „... ich habe Erkundigungen eingeholt. Vielleicht solltest du wissen, dass Abbington ... eine recht lose Moral besitzt."

Perdita senkte den Blick auf den Teppich. Lose Moral war untertrieben. Aber sie wusste, worauf sie sich einließ.

Wieder räusperte sich der Bruder. „Er soll ... nun, du solltest ein Auge auf eure Bediensteten haben."

„Danke, Southberry", murmelte Perdita ungeduldig. Sie wusste es bereits, und er hatte ihr geschworen, dass es vorbei wäre.

Southberry entließ sie, und Perdita flog dem Salon entgegen, in dem Abbington es dieses Mal, so hoffte sie, nicht vergeigte. Vor der Tür blieb sie stehen, fächelte sich frenetisch Luft zu und mahnte sich zur Ruhe.

Abbington wanderte unruhig im Zimmer auf und ab und blieb stehen, als sie eintrat.

„Perdita!" Seine Stimme war rau vor Empfindungen. Einen Moment sah er sie einfach nur an, und allein das versöhnte sie bereits. Wie er sie betrachtete, ganz als könne er nicht fassen, dass er sie zu sehen bekam.

Dann kam er zu ihr und zog ihre Finger an seine Lippen, um sie zu liebkosen. Eine intime Geste. Eine Geste, die ihr nicht nur die Hitze ins Gesicht schießen ließ, sondern auch an andere Orte. Dennoch entzog sie ihm die Hand und brachte Raum zwischen sie.

„Mylord möchten Sie sich setzen? Ich werde nach Tee …“

Er ließ sie nicht ausreden, folgte ihr schnell und überrumpelte sie, um einen Kuss zu erlangen. Einen Augenblick lang sank sie ihm seufzend entgegen, dann drückte sie sich von ihm fort.

„So legen Sie Benehmen an den Tag, oder ich werde Sie vor die Tür setzen müssen, Abbington!“ Eine hohle Drohung, aber machtvoll.

Er bat um Verzeihung.

„Tee?“

„Nein. Perdita …“ Wieder griff er nach ihrer Hand, dieses Mal, um sie zu drücken, dann ging er in die Knie, und ihr Herz hüpfte wie verrückt in ihrer Brust.

„Perdita.“ Ihr Name schien ihm die Worte zu nehmen, und eine Weile sah er schweigend zu ihr auf. „So vieles, was ich sagen möchte“, murmelte er schließlich, „und alles, was ich über die Lippen zu bekommen scheine, ist: bitte.“

Perdita musste sich erst die Lippen befeuchten, bevor sie betont leicht wiederholte: „Bitte?“

„Heirate mich. Mach mich zum glücklichsten Mann auf dieser Insel.“

„Nur der Insel?“ Süße Freude rieselte durch ihre Adern.

„Oh Perdita, spiele nicht mit mir“, bat er rau. „Ich habe deinem Wunsch entsprochen. Ich habe dich drei Monate lang missen müssen, ich ertrage keinen weiteren Moment.“

Er klang so aufrichtig, dass Perdita ihm einfach um den Hals fallen wollte. Stattdessen wandte sie ihm den Rücken zu.

„Sie standen mir Bedenkzeit zu, Mylord, und ich habe mich entschieden."

„Mein Gott!", hauchte er und war bei ihr, bevor sie sich zu ihm umdrehen konnte. Seine Hände umklammerten ihre Oberarme, und er zog sie an sich. Aber nicht zu einem Kuss, wie sie es fast erwartet hatte, sondern um sie fest zu umarmen.

„Perdita, ich habe meine Fehler. Ich habe sie eingestanden, obwohl ich ahnte, dass ich dich damit verlieren könnte. Du musst mir glauben: Ich liebe dich! Ich will weder meine Tage mit jemandem sonst verbringen, noch meine Nächte. Verstoße mich nicht ob meiner vergangenen Taten. Achte mich wegen meiner Gegenwärtigen. Liebe mich für meine Zukünftigen!"

„Du bereust es?", hauchte sie ergriffen und lehnte den Kopf an seine Schulter.

„Worte können meiner Reue nicht gerecht werden", stellte er dunkel fest. „Ich betrachtete es als Spiel, um meiner Langeweile Herr zu werden. Weil ich meinte, mich gegen Linnley auflehnen zu müssen! Ich habe Buße getan, Perdita, und gelobe mich weiter zu bessern, um deiner würdig zu werden."

„So sei es denn", raunte sie leise, hob das Gesicht, um ihm einen sachten Kuss auf die Wange zu drücken. „Ich setze all mein Vertrauen in dich."

Einen Moment wurde er ganz starr, dann lachte er. Er hob sie auf, um sie im Kreis herumzuschwingen, bevor er sie küsste. Perdita sank in seine Umarmung. Was auch immer die Zukunft brachte, so wollte sie doch in

ihn vertrauen. Und in sich. Dem Gefühl, nach dem es
keinen anderen für sie geben konnte als Andrew Abbington.

5. Kapitel

Abbington Hall, Herbst 1895

Die beiden waren hübsch anzusehen. Zwei junge, schöne, wohlhabende Menschen, die die Augen nicht voneinander lassen konnten. Die Liebe brachte ihre Gesichter zum Strahlen. Das Glück der beiden schnitt in Gemmas Herz.

Andrew trat mit seiner frisch angetrauten Frau aus der Kirche, während Gemma sich in den Büschen versteckte. Der weiße Stoff des Hochzeitskleides wurde von der Sonne zum Glänzen gebracht. Andrews dunkelgrauer Anzug harmonierte mit den Schleifen am Blumenstrauß in den Händen seiner Frau. Dunkelrosafarbene Rosen mit Schleierkraut. Dafür hätte Gemma sich wahrscheinlich auch entschieden, wenn sie die Wahl gehabt hätte.

Die Wahl war ihr abgenommen worden. Sie schlang die Arme um ihren dicken Bauch und konnte ein Schluchzen nicht unterdrücken. Sie fühlte sich so verloren. Nicht einmal das Treten des Babys spendete ihr Trost.

Vielleicht sollte sie Wut empfinden. Doch da war nur Trauer. Andrew hatte geschworen, für sie da zu sein. Er hatte geschworen, zu seinem Heiratsversprechen zu stehen. Gerade mal ein halbes Jahr hatte er sein Wort ihr gegenüber gehalten.

Andrew und seine Frau ließen sich gratulieren. Dieses schreckliche Weib lachte und legte ihren Kopf an Andrews Schulter.

Gemma wandte sich ab und wischte sich die Tränen von den Wangen. Es schien an der Zeit, nach Hause zu gehen.

Der Weg war lang für einen Fußmarsch. Schon nach wenigen Schritten spürte sie einen scharfen Schmerz in der Magengegend. Sie blieb stehen und strich beruhigend über ihren Bauch, als das Baby zu treten begann.

„Es wird alles gut", murmelte sie.

Doch wie sollte das möglich sein? Ihr gebrochenes Herz würde irgendwann zu heilen beginnen. Sie trug nun allerdings Verantwortung für einen anderen Menschen. Ihr Baby hatte einen Vater verdient. Was sollte nun aus ihrem ungeborenen Kind werden? So hatte sie sich den Rest ihres Lebens nicht vorgestellt.

Während sie weiter vorwärts schritt, trat Schweiß auf ihre Stirn. Das Ziehen in ihrem Bauch wurde stärker. Sie hätte der Festgesellschaft nicht folgen sollen.

Hinter ihr kam das Geräusch von Hufen näher. Sie drehte sich um und entdeckte ein Pferdegespann, auf dem ein mürrisch wirkender Mann saß. Gemma trat zur Seite, während das Gespann näherkam. Ihr Bauch wurde bei der nächsten Welle aus Schmerz hart. Sie schlang die Arme um ihren Körper und wartete.

„Entschuldigt, Sir", brachte sie schließlich hervor.

Der Mann auf dem Anhänger, in dem sie nun Stroh erkannte, hielt an. Sein Blick heftete sich auf ihren Bauch, und er hob eine Augenbraue. „Was willst du, Mädchen?"

„Es geht mir nicht gut. Ich muss nach Hause."

„Das ist nicht mein Problem."

Sie fühlte sich so schwach. Allein würde sie es niemals nach Abbington schaffen. „Können Sie mich mitnehmen? Ich sitze gerne hinten auf dem Anhänger."

„Du siehst aus, als würdest du mir Schwierigkeiten bringen." Er hob die Hände mit den Zügeln an.

Würde er einfach weiterfahren? Gemma machte rasch einen Schritt nach vorne, um sich ihm in den Weg zu stellen. „Nehmen Sie mich nur ein Stück mit. Ich werde keine Umstände bereiten."

Der Mann schien unschlüssig. „Wo musst du überhaupt hin?"

Sie nannte die Adresse des kleinen Hauses, in dem sie mit ihrer Mutter lebte.

Seine Stirn blieb gerunzelt. „Wann ist es soweit?" Er deutete auf ihren Bauch.

„Es dauert noch", versicherte sie. „Das Baby kommt erst in ein paar Wochen."

„Wochen?", erkundigte er sich ungläubig, als sie beide Hände um ihre Mitte legte, die sich neuerlich schmerzhaft zusammenzog.

Sie lächelte. „Der Weg war nur anstrengender als erwartet."

„Das werde ich bestimmt bereuen." Er seufzte und stieg dann von seinem Sitz. „Ich helfe dir hinten rauf."

Sie ergriff seine Hand, um auf den Wagen zwischen die Heuballen zu klettern. Kurz darauf ruckelte das Gefährt los.

Gemma versuchte es sich bequem zu machen, was dank der stechenden Strohhalme mehr als schwierig war. Nachdenklich strich sie über ihren Bauch, der sich neuerlich zusammenkrampfte. Gemma machte sich endlich die Wahrheit bewusst. Sie hatte behauptet, die Geburt stünde noch Wochen bevor. Doch dieser immer wiederkehrende Schmerz in ihrem Bauch ängstigte sie. Das Baby wollte seine Mutter kennenlernen. Es war viel zu früh!

Die Wehe wurde so schlimm, dass sie einen Aufschrei nicht unterdrücken konnte.

„Hast du etwas gesagt?", kam die Stimme des Mannes von vorne.

„Nei… nein", keuchte sie. Oh Gott! Sie brauchte die Hilfe ihrer Mutter.

Der Wagen rumpelte durch ein Schlagloch und schüttelte Gemma durch. Sie biss sich auf die Unterlippe, um keinen Laut von sich zu geben.

Dann spürte sie Feuchtigkeit zwischen ihren Schenkeln. Sie ahnte, was das bedeutete. Ihre Mutter hatte sie vorbereitet.

„Alles wird gut", flüsterte sie sich und dem Baby zu. Nicht mehr lange, dann wäre sie daheim und bekäme Unterstützung.

Leichter Schwindel machte ihre Gedanken langsam. Sie versuchte eine angenehmere Position zu finden und rutschte zur Seite. Ihr Blick fiel auf die Stelle, an der sie zuvor gelegen hatte. Die Flüssigkeit auf dem Stroh wirkte ziemlich dunkel. Wenn sich der Mann umwandte, würde er ihren Zustand sofort bemerken.

Mit zittrigen Händen zupfte sie Stroh aus einem der Ballen, um es auf ihrem vorherigen Lager zu verteilen. Als sie die Hand ausstreckte, um noch ein paar Halme zu holen, bemerkte sie die Farbe auf ihrer Hand.

Sie schien das Feuchte berührt zu haben. Doch die rötliche Farbe irritierte sie. Sollte sie wirklich jetzt schon zwischen ihren Schenkeln bluten?

Aus der Nervosität wurde pure Angst. Vielleicht sollte sie sich nicht bis nach Hause bringen lassen. Abbington Hall war viel näher als ihr Elternhaus. Im Herrenhaus würde sie früher Hilfe erhalten.

Nach einem Räuspern richtete sie ihre Bitte an den Mann, der sofort zu fluchen begann.

Gemmas Mutter
Jesemy

Ich spüre den Hass unter meine Haut kriechen. Dieses Gefühl breitet sich in meinem Körper aus und verbrennt alles andere zu Staub. Auf dieser Asche kann nichts Gutes mehr gedeihen.

Sie haben mir alles genommen: meine Tochter Gemma, mein Enkelkind. Dafür wird meine Rache über die Abbingtons kommen. Wiedergutmachung, nach der Sitte meiner Vorfahren.

„Mir gefällt dein Gesichtsausdruck nicht, Mutter."

Unter meinem wütenden Blick zuckt Fendy zusammen. Doch er senkt die Augen nicht.

„Gemma ist bei der Geburt seiner Tochter gestorben", fauche ich. „Er hat mir mein Enkelkind weggenommen. Er will es für sich behalten. Wie sollte ich etwas anderes sein als voller Trauer?"

„Es heißt, das Baby sei tot zur Welt gekommen. Wir müssen uns damit abfinden, dass uns nichts von Gemma bleibt."

„Nein!" Nein, das darf nicht stimmen. Das würde bedeuten, dass ich keine weiblichen Nachkommen haben würde. Niemand, an den ich meine Fähigkeiten würde weitergeben können. Meine Gabe würde ohne eine weibliche Nachfahrin an Macht verlieren. Gemma habe ich bereits verloren. Dieses Kind muss leben. Ihre

Tochter muss zu mir zurückkehren. Sonst ist alles vergebens gewesen.

Fendy legt eine Hand auf meine Schulter. „Wir alle trauern um den Verlust unserer Schwester. Aber mich beunruhigt mehr, was du planst, Mutter."

Ich sehe ihn aus zusammengekniffenen Augen an und schüttle ihn ab. „Seine Familie wird büßen."

„Das würde Vater nicht wollen."

„Er ist nicht mehr da. Mein Leben lang habe ich nach seinen Regeln gespielt. Ich habe mich an die ruhige, besonnene Rolle gehalten, die von einer guten Frau erwartet wird. Doch jetzt fordern meine Vorfahren ihr Recht ein. Sie flüstern mir nachts ihren Wunsch nach Gerechtigkeit ins Ohr. Ich bin immer noch eine Lakojka, ein Mitglied dieser Zauberfamilie. Es ist an der Zeit, dass das auch die Abbingtons erfahren."

Francesgo kommt durch den Garten auf mich zu. In den Gesichtern meiner Söhne erkenne ich Trauer aber auch Besorgnis. Sie haben so viel von ihrem Vater. Vielleicht hätte ich ihnen auch meine Welt näherbringen sollen.

Ich stehe also allein vor dem Haus, in dem so lange Glück gewohnt hat. Es ist nicht besonders groß. Doch für meine rastlose Seele bietet es Platz genug. Nun erfüllen mich die einfachen Steinwände mit Trostlosigkeit. Meine Tochter habe ich in all meine Geheimnisse eingeweiht. Sie sollte einmal ihre eigene Tochter das Wissen lehren können, das von Generation zu Generation an die weiblichen Nachkommen weitergegeben wird. Nun werden meine Söhne diese Aufgabe übernehmen müssen.

Ich stehe allein vor dem Haus, in dem ich mir mit bloßen Händen ein neues Zuhause erschaffen habe. Meine Familie hat mich verstoßen, weil ich mich für dieses Leben entschieden habe. Mein Mann ist als Erster von mir gegangen. Gemma hat sich ihm viel zu früh angeschlossen. Meine Enkelin soll ebenfalls tot sein. Die Toten in meinem Leben werden immer mehr. Ich habe viel riskiert, um Glück zu finden, das mir nun beinahe zur Gänze geraubt worden ist.

Ich stehe allein vor dem Haus, dessen Anblick mich niemals wieder einfach nur mit Zufriedenheit erfüllen wird. Es wird mich immer an meine Verluste erinnern. Gemmas Tod wäre vermeidbar gewesen. Hätte Andrew sich um sie gekümmert, wäre ihr nichts passiert. Straflos werden die Abbingtons damit nicht davonkommen.

Einen von ihnen zu ermorden, steht nicht zur Debatte, doch lebenslanger Schmerz ist ohnehin die größere Strafe. Ich will meine Enkelin zurück, die sie vor mir verstecken. Langsam formt sich eine Idee, wie ich meine Rache umsetzen könnte.

Ich nickte und gehe ins Haus. In dem Zimmer, das ich mir viel zu kurz mit meinem Mann geteilt habe, steht eine Truhe mit Dingen aus meinem alten Leben. Ich hole die Kleidung hervor, die mein ehemaliges Ich symbolisiert. Ich schlüpfe in ein weites, flatteriges Kleid in Rot-, Orange- und Gelbtönen, binde mir die Haare mit einem fransigen Tuch aus dem Gesicht und schlinge ein Tuch um meine Taille. Meine Augen umrande ich mit Kohle, bevor ich meine Ketten um Hals und Arme lege.

Als ich meine Söhne suche, klingen die kleinen Glöckchen bei jedem Schritt. Die Töne sind Musik in meinen

Ohren. Ein zufriedenes Gefühl schummelt sich in mein wundes Herz. Ein grimmiges Lächeln stiehlt sich auf mein Gesicht.

Francesgo und Fendy sitzen in der Küche. Bei meinem Anblick springen sie auf. Sie wirken regelrecht schockiert.

„Was hast du vor, Mutter?“

„Ich statte den Abbingtons einen Gratulationsbesuch ab. Ihr beiden bleibt hier.“

Fendy will sich mir in den Weg stellen. „Mutter ...!“

„Es muss sein. Die Tradition erwartet es von mir.“ Ich umrunde ihn und mache mich auf den Weg.

Andrew Abbington und seine Frau haben die Hochzeitsreise verschoben. Ob das mit dem Tod meiner geliebten Tochter zusammenhängt, wage ich nicht zu glauben. Sie hat ihm nicht genug bedeutet, obwohl sie sein Kind unter dem Herzen getragen hat. Weshalb sollte ihr Tod etwas daran ändern? Mir reicht es zu wissen, dass er nun für meine Rache in Reichweite ist.

Der Fußmarsch dauert über eine Stunde. Die Zeit nutze ich, um meine Wut zu schüren, um die passenden Worte zu finden, um den Fluch zu perfektionieren. Meine Füße tragen mich, während ich mich in meine Gedanken zurückziehe. Erneut kriecht der Hass unter meiner Haut. Ein Gefühl wie tausende von Spinnen weckt in mir das Bedürfnis, mich zu kratzen, bis ich blutig bin.

Diese dunkle Energie zapfe ich an, als ich Abbington Hall vor mir sehe. Auf der breiten Kieseinfahrt bleibe ich stehen.

„Andrew Abbington! Kommen Sie raus. Ich habe mit Ihnen zu reden!“

Die breiten Türen, die von Säulen eingefasst sind, werden geöffnet, und der Butler kommt heraus. „Lord Abbington ist im Augenblick nicht zu sprechen."

„Dann warte ich hier auf ihn."

Der Mann hebt eine Augenbraue. „Er ist für Sie nicht zu sprechen", präzisiert er.

„Andrew Abbington!"

„Seien Sie still." Der Butler eilt die Stufen hinunter. Als er bei mir anlangt, greift er nach meinem Arm und will mich wegziehen.

Ich stoße ihn von mir, sodass er ins Stolpern gerät. „Dieser Lügner soll rauskommen und sich seinem Schicksal stellen. Er hat kein Glück verdient. Weder mit seiner frisch angetrauten Frau, noch mit irgendjemand anderem."

„Machen Sie sich nicht lächerlich." Der Butler kommt wieder auf mich zu.

„Ich will meine Enkelin zurück!"

Der Hass verändert meine Seele. Dunkelheit brodelt in mir. Ich breite meine Arme aus, schließe die Augen und heiße die schwarze Energie willkommen. Ich bin das Zentrum eines Strudels aus Kraft.

Erst als leises Gemurmel meine Konzentration stört, öffne ich meine Augen wieder. Dunkle Wolken haben sich über mir und Abbington Hall zusammengebraut. An der Tür des Gebäudes haben sich Gäste versammelt. Sogar hinter den Buntglasfenstern haben sie sich gedrängt. Vergeblich suche ich Andrews Gesicht in der Menge.

Die Zuschauer werden nicht enttäuscht sein. Die Zeit für den Zauber ist gekommen.

„Ich verfluche Sie, Viscount Abbington!"

Endlich tritt er zwischen den Menschen hindurch aus der Tür. Doch die Stufen bis zu mir wagt er sich nicht herunter. „Wer sind Sie?“

„Ich heiße Jesemy Lakojka. Aber Sie kennen mich als Mrs Leigh, Mutter von Gemma und Großmutter Ihrer Tochter.“

Er erbleicht. „Was wollen Sie?“

„Ihnen zu Ihrer Hochzeit gratulieren. Wie ich gehört habe, war es ein rauschendes Fest.“

„D...Danke.“

Ich lache. „Warten Sie mit Ihrem Dank, bis ich mit Ihnen fertig bin. Ich verlange meine Enkeltochter zurück!“

Sein Blick sucht den einer Person in der Menge. Braucht er das Einverständnis seiner Frau? „Das Kind ist bei der Geburt gestorben. Man hat Gemma hierhergebracht. Wir haben nach einem Arzt schicken lassen. Aber es war zu spät.“

„Das ist nicht wahr“, fauche ich. „Mein Enkelkind lebt, und Sie haben es mir weggenommen.“

„Ich kann mir nicht vorstellen, wie groß Ihr Schmerz sein muss. Es tut mir furchtbar leid, wie alles gekommen ist. Der Schmerz macht Sie blind für die Wahrheit.“

„Sprechen Sie nicht mit mir, als wäre ich nicht richtig im Kopf. Ich glaube keines der Worte, die Ihren Mund verlässt. Statt um die Frau zu trauern, die Sie angeblich geliebt haben, werfen Sie sich in die Arme einer anderen. Das kann ich nicht akzeptieren.“

„Ich habe niemals behauptet, ich würde Ihre Tochter lieben. Das zwischen uns war ... es war ...“ Er verstummte, fand offensichtlich nicht die richtigen Worte.

„Es war nur Lust, wollen Sie sagen?", fauche ich. „Sie sind ein widerlicher Mann."

Scham ist auf Andrews Gesicht zu lesen. „Ich habe Fehler gemacht. Es tut mir leid. Wirklich. Aber geschehen ist geschehen."

Perdita hält hörbar den Atem an. Die Worte ihres Ehemannes scheinen sie zu treffen. Das Leben an der Seite solch eines Mistkerls wird nicht leicht. Überrascht wirkt sie allerdings nicht. Sie weiß, wer er ist, wie er ist. Und trotzdem liebt sie ihn.

„Bitte, gehen Sie jetzt." Andrew klingt flehend.

„Erst will ich wissen, wo mein Enkelkind ist."

„Ich werde den Arzt fragen, wo er es hingebracht hat."

Der Schmerz frisst sich in mein Herz. Immer noch nicht kann ich glauben, dass ich meine Tochter und mein Enkelkind verloren haben soll. „Nein! Nein. Sie können nicht beide tot sein."

„Es tut mir leid."

Mein Herz rast vor Wut. „Sie wissen nicht, wen Sie sich damit zum Feind machen! Ein Teil meiner Zaubererseele wohnt in dem Kind. Wenn Sie es von mir fernhalten, wird mein Zorn über Sie und die Ihrigen kommen."

Die Mitglieder der Abbington-Familie und die Bediensteten beginnen zu tuscheln. Das Wort Zauberer zeigt seine Wirkung.

„Davor habe ich keine Angst", behauptete Abbington.

„Die sollten Sie haben. Denn ich verfluche Sie für Ihre Taten. Der Tod meiner Tochter lastet auf Ihrer Seele. Allein dafür sollten Sie in der Hölle schmoren. Doch Sie haben mir auch noch meine Enkelin genommen. Damit haben Sie Ihren Untergang besiegelt."

„Schweig!" Er klingt panisch. Langsam scheint er zu begreifen, was gerade passiert.

Ich lege all meine Wut in meine nächsten Worte. Brülle sie hinaus. „Die Deinen müssen die Meinen lieben, um das wahre Eheglück zu erfahren!"

Andrew starrt mich an. „Was meinst du, Hexe?"

„Sie bekommen Kinder mit Ihrer Frau. Doch Sie werden nicht lange genug leben, um sie aufwachsen zu sehen. Mit Ihnen wird es beginnen. Doch auch die Ehemänner der Töchter in Ihrer Familie werden allesamt Opfer meines Fluchs."

Ein Ausdruck von Entsetzen huscht über sein Gesicht. „Dazu bist du nicht in der Lage!"

„Wenn Sie sich dessen sicher sind, können Sie ja glücklich und zufrieden weiterleben. Bis zu Ihrem frühen Tod."

„Sei endlich still!" Er dreht sich um und läuft zurück zum Haus.

„Feigling!" Doch ich habe meine Genugtuung. Ich spüre die Dunkelheit, die alle Anwesenden umgibt. Sogar der Himmel ist noch immer schwarz. Mein Fluch entfaltet seine Kräfte.

Perdita Abbington kommt Andrew entgegen. Sie legt eine Hand auf seine Schulter und wirkt dabei besorgt. Sie könnten ein schönes, glückliches Paar abgeben. Wenn ich nicht wäre.

„Denkt an meine Worte!", rufe ich ihnen zu. „Den Ehemännern in dieser Familie ist kein langes Leben beschieden. Nur meine Familie ist in der Lage, diesen Fluch aufzuheben."

Das Ehepaar sieht sich an. Ich kann die Unruhe spüren, die von ihnen ausgeht. Sie werden sich noch wünschen, sie hätten sich nicht kennengelernt. Diese Familie hat Tod über meine gebracht. Ihre Nachkommen werden es büßen. Dank mir gehört der Tod jetzt zu ihrem Leben. An diesen Moment werden sie noch lange zurückdenken.

Ich hebe die Hände hoch. Ein starker Wind kommt auf und schlägt den Zuschauern ins Gesicht. Blätter wirbeln hoch. Der plötzliche Sturm lässt die anderen zurückweichen und ins Haus flüchten.

„Die Deinen müssen die Meinen lieben, um das wahre Eheglück zu erfahren!", brülle ich noch einmal, bevor sie aus meinem Sichtfeld verschwinden. Doch vor meiner Rache können sie sich nirgends verstecken.

Die Dunkelheit nimmt zu. Der Sturm rüttelt an den Fenstern. Blitze entladen sich. Einer schlägt ganz in der Nähe ein. Ich kann die Energie spüren, die sich bis zu mir ausbreitet, und nutze sie, um meinem Fluch weitere dunkle Magie hinzuzufügen. Die Erde erbebt unter dem Ansturm meiner Zaubermacht.

Der nächste Blitz spaltete den Baum neben dem Eingang von Abbington Hall. Dann lässt die Dunkelheit langsam nach.

Ein Lachen erscheint auf meinem Gesicht. Ich weiß, meine Vorfahren sind zufrieden zu mir. Mein Werk ist vollbracht.

6. Kapitel

Abbington Hall, Herbst 1902

Jeder Schritt war mühsam. Perdita keuchte und legte den Arm um ihren rundlichen Leib.

„Darling." Andrew stützte sie sogleich und stoppte sie mit einer Umarmung. „Du solltest dich nicht mehr anstrengen." Er drückte weich die Lippen auf ihre Stirn. „Komm, ich bringe dich zurück in deine Räume." Fürsorglich umschlang Andrew Perdita und drängte sie sacht zum Haus.

„Andrew", beschwerte sie sich mit einem Lachen. „Ich möchte ein wenig spazieren." Trotzdem drehte sie sich nicht aus seiner Umarmung, sondern lehnte sich in sie. „Du weißt, wie sehr ich mich an dem Ausblick erfreue, den Abbington Hall bietet."

„Wie wahr", murmelte er dunkel. Sie musste zu ihm aufsehen, um sein Grinsen zu bemerken. „Stets frage ich mich, ob du mich nur nahmst, weil dir Abbington Hall so gefällt."

Perdita kicherte wie ein junges, unbedarftes Mädchen und fühlte sich einmal mehr federleicht und losgelöst von der Härte des Lebens. Oh, sie stand kurz davor, einem weiteren Kind das Leben zu schenken. Eines, das wie seine Geschwister blondes Haar haben würde und diese prominente, dunkle Strähne, die widerspenstig jeder Mühe trotzte, gezähmt zu werden.

„Nur des Hauses wegen, mein Lieber." Sie tätschelte seine Brust. „Und weil du drei Prozent des britischen Landes besitzt." Sie grinste breit zu ihm auf, als er erneut stehen blieb und sie grimmig ansah.

„Nun also zeigst du dein wahres Gesicht? Ich armer Tropf! Sieben Jahre huldigte ich dem falschen Weibe!"

Perdita lachte aus voller Kehle und warf sich ihrem Gemahl an den Hals. „Oh, du mächtiger Dummkopf!"

Andrew beugte sich vor, sodass sie bequem stehen konnte, und legte seinen heißen Mund auf ihren. Sein Kuss war sanft und voller tief empfundener Zärtlichkeit, sodass Perdita Tränen in die Augen stiegen. Und eine leise Furcht.

Perdita war glücklich, überglücklich sogar. Andrew hatte sich auch nach sieben Ehejahren und dreier Kinder nicht von ihr abgewendet, verehrte sie noch wie am ersten Tag, ihre Nachkommen waren kräftig und gesund und auch ihre Liegenschaften florierten. Aber etwas nagte an ihrem Seelenheil.

„Nun? Wird sich mein kluges Eheweib in ihre Räume führen lassen?", murmelte er schließlich, wobei er zart an ihren Lippen knabberte.

Perdita seufzte zufrieden. Auch wenn ihr Leibesumfang und die baldige Niederkunft einem ehelichen Näherkommen im Wege standen, versprach er ihr mit seinem inniglichen Blick seine Gesellschaft, und was konnte man sich als Frau schon sehnlicher wünschen?

Andrew geleitete sie gemächlich um das Haus herum und die Stufen der breiten Treppe hinauf.

„Jedes Mal, wenn ich diese Stufen erklimme, muss ich an dich denken", gestand er ihr. „An dem Morgen, an dem ich dich zum ersten Mal sah." Sein Antlitz wurde ganz rührselig und bewirkte, dass Perdita ebenso empfand. Ihr Herz schmolz einfach so dahin.

„Ach so?", zog sie ihn dennoch auf. „War es so denkwürdig?"

„Oh ja." Er grinste zärtlich auf sie hinab. „Jeder Moment mit dir ist erinnerungswürdig."

Das Schlimme war, dass sie ihm aus tiefstem Herzen glaubte und ebenso empfand.

„Du hast mich mit einem Blick durchschaut und mit jeder Geste, jeder Mimik wissen lassen, was du von mir hieltest." Andrew stieß die Tür weiter auf, damit sie nebeneinander in die Eingangshalle treten konnten. „Es war ernüchternd, und obwohl ich nicht hinsehen wollte, konnte ich mich von dir einfach nicht lösen."

„Oh Andrew, du ahnst nicht, was mir deine Worte bedeuten", wisperte Perdita ergriffen. „Nach all den Jahren und in diesem Zustand bange ich jede Minute, jeden Augenblick, du könnest dich einer jungen, hübschen Person zuwenden und meine Wenigkeit vergessen."

Am Fuß des Treppenaufgangs drehte Andrew Perdita zu sich und hob ihr zittriges Kinn. Tränen brannten in ihren Augen, auch wenn die angesprochene Angst in ihr nicht allein das Bohrende war, das ihr so manche Nacht den Schlaf raubte.

Sie blinzelte, wobei sie angestrengt schluckte.

„Häufig beteuerte ich, nur die Eine zu lieben, ohne zu ahnen, was es tatsächlich bedeutete. Erst die Zeit, in der ich dich missen musste, öffnete mir wahrlich die Augen." Andrew legte seine Stirn an ihre und schloss kurz die Lider. Mit einem Seufzen fuhr er fort. „Ich verlöre lieber eine meiner Gliedmaßen, als dich, meine Liebste!"

„So ergeht es mir auch", hauchte sie ergriffen. Ihre Tränen ließen sich nicht mehr zurückhalten und perlten heiß über ihre Wangen. „Ich wüsste nicht, wie ich ohne dich ..."

Es auszusprechen, wagte sie nicht, aber auch so hingen die Worte bereits wie ein Damoklesschwert über ihnen. Ein eisiger Schauer bewegte sich quälend langsam über ihren Rücken und ließ Perdita nicht mehr los.

Unheil lag in der Luft, und so sehr sie auch versuchte, an das Gute zu glauben, an Gott und ihr Schicksal, mit Andrew auf ewig vereint zu sein, gruben sich Stahlklauen immer tiefer in ihr Herz.

Wenige Tage später

„Meine Liebste", raunte Andrew und beugte sich über Perdita, um ihr einen Kuss auf die Stirn zu drücken. „Du siehst mich zutiefst erleichtert vor dir knien." Ein weiterer Kuss landete auf ihren spröden Lippen, die sie mühevoll in ein Lächeln zog.

„Andrew."

Seine dunkle Haarsträhne fiel ihm in die Augen. „Ich habe mich hereingeschlichen." Er sah zur Tür, als erwartete er, dass jemand hereinkam, um ihn zu vertreiben. Seine Finger strichen sanft über ihre glühende Stirn. „Aber ich musste dich sehen."

„Ich bin froh, dass du gekommen bist", hauchte sie. Die Lider wurden zu schwer, und Perdita ließ sie zuklappen. „Ich habe das Baby nicht gesehen. Ist es wohlauf?"

„Sorge dich nicht, wir haben eine kräftige, wenn auch recht laute Tochter, um deren Belange sich bereits zur

Genüge gekümmert wird." Sein Daumen rieb zärtlich über ihr Jochbein. „Nur deine Genesung steht noch aus."

Tatsächlich hielt Perdita ihren Zustand nicht für besserbar, brachte es aber nicht über sich, es einzugestehen. Stattdessen stimmte sie zu.

„Bald, Andrew."

Schatten umzogen seine Augen, und das Grinsen verschwand zusehends. „Schwöre es mir."

Da sie ihn nicht belügen konnte, schloss sie die Lippen. Andrew hob ihre Hand an seine und küsste erst jeden einzelnen Finger, bevor er einen weiteren Ton hervorbrachte.

„Man sagte mir, die Niederkunft sei bedeutend schwerer gewesen als die unserer Söhne, und es sei ungewiss, ob du dich erholen wirst. Aber was weiß schon die Hebamme? Wir hätten auf Dr Cunnings bestehen sollen."

„Scht, mein Liebster", wisperte Perdita und kämpfte mit sich, um die Lider zu heben und Andrew die Kraft zu geben, mit der Zukunft umzugehen, wie auch immer sie sich gestalten möge. „Sei frohen Mutes. Bedenke, wie glücklich wir sind."

„Ich bin nur glücklich mit dir, Perdita", widersprach Andrew fest. Er beugte sich über sie und sah ihr tief in die Augen. „Und ich weiß, dass wir uns nicht trennen werden. Noch nicht. Deine Zeit ist nicht gekommen. Du wirst dich aus dem Wochenbett erheben und unseren Kindern eine weises und mutiges Vorbild sein." Sein sanftes Lächeln kehrte in seine Augen zurück. „Und mir ein gehorsames Eheweib. Du wirst leben, mein Liebling. Für mich."

Perdita entfleuchte der Atem, aber zugleich drang etwas Mächtiges in sie. Zuversicht. „Ja", murmelte sie,
nicht weniger sicher als ihr Gemahl. „Für dich werde
ich leben."
Und nichts sollte es wagen, sich diesem Vorsatz in
den Weg zu stellen!

Tagebucheintrag von Perdita Abbington am 13. Oktober 1903

Sieben Tage lang sah ich mich nicht in der Lage, auch nur ein Wort zu schreiben. Doch nun ist es an der Zeit, das Geschehene zusammenzufassen, damit meine Kinder irgendwann aus meinen Aufzeichnungen lernen können. Sie sollen wissen, wer schuld an unserem schrecklichen Verlust ist. Noch immer mag ich nicht fassen, was geschehen ist. Wie ahnungslos ich mich auf Abbingtons Rückkehr gefreut hatte! Ach Andrew! Mein liebster Andrew!

Wenn er nur bei uns geblieben wäre, auf Abbington Hall, und nicht ständig seiner verwitweten Mutter zu entfliehen versucht hätte, dann müsste ich ihn nun nicht missen. Aber Lady Linnley bestand auf ihre Gegenwart. Sie bestand darauf, die Aufsicht über das Haus zu führen, während ich mich von Ambers Geburt erholte. Meiner süßen kleinen Amber, deren Geburt mich mit unerklärlicher Angst erfüllt hatte.

Nun war sie verflogen. Die Angst. Nein, nun war sie Gewissheit. All die Jahre, all die wenigen Jahre, die wir

gemeinsam hatten, war sie da gewesen. Die stille
Furcht, ihn zu verlieren. Sieben Jahre lang. Schreckliche, kurze sieben Jahre lang.
Ich bin dort gewesen, bei dieser Frau, die uns ins Unglück stürzen wollte und es letztlich auch getan hatte.
Andrew hatte ihr auf meine Bitte hin das Land gelassen, auf dem sie lebten. Nun habe ich es ihr genommen. Ihr, dieser Hexe, und ihren Söhnen. Ihren
Schwiegertöchtern und deren Bälgern. Sie haben Zeit
bis zur Abenddämmerung, dann wird ihr Haus bren-
nen. Ich werde es selbst in Brand stecken, auch wenn
ich weder das Bett, noch das Haus verlassen sollte. Ich
müsste es morgen ohnehin, da morgen die Beisetzung
stattfindet.
Nun ist George, unser sechsjähriger Sohn, der Earl of
Linnley. Ich werde ihn anleiten. Ich werde dafür Sorge
tragen, dass er sich besser zu benehmen weiß als sein
Vater. Ich werde dafür Sorge tragen, dass sich der
zweite Teil des Fluchs nicht erfüllt.
Diese Hexe!
Ich zittere unbändig und bekomme diesen Eintrag
kaum lesbar aufs Papier. Ich bin so voller Hass und
Trauer, dass ich schreien und verletzen möchte. Ich
würde ihr gern mehr nehmen als nur ihr Haus. Ich
würde ihr gerne alles nehmen, wie sie es tat! Meinen
geliebten Andrew!
Ich muss stark sein. Für unsere Kinder. Für George
und Amber. George, der nun ohne Führung seines Vaters aufwachsen muss und Amber, unsere einzige
Tochter, die nicht erleiden wird, was dieses Weibsbild
mir antat!
Wahres Eheglück. Sie hatte es mir genommen.

Ihre Worte verfolgen mich in der Nacht: „Den Ehemännern dieser Familie ist kein langes Leben beschieden."
Andrew. Sie hatte Andrew umgebracht, nicht die
durchgehenden Pferde der Kutsche. Nicht der Über-
schlag derselben. Diese Hexe war dafür verantwort-
lich.
„Die Deinen müssen die Meinen lieben, um das wahre
Eheglück zu erfahren!"
Niemals würde ein Abbington so tief sinken und mit
dieser Familie auch nur verkehren! Niemals! Das
wahre Eheglück ist nicht in der Länge der Gemein-
schaft zu finden, sondern in ihrer Tiefe. Ich liebe
Andrew. Ich werde ihn immer lieben, das kann sie mir
nicht nehmen. Das kann sie Amber nicht nehmen. Ich
werde dafür Sorge tragen, dass Amber kein Leid wie
meines widerfährt.
„Nur meine Familie ist in der Lage, diesen Fluch aufzuheben!"
Diese Hexe wird den Fluch aufheben, und wenn ich
ihr nehmen muss, was sie am Leibe trägt. Sie weiß
nicht, was sie entfesselte, als sie mein Leben ruinierte.
Ich gebe nicht klein bei. Ich lasse mich nicht einschüchtern. Ich schlage zurück!
Keines meiner Kinder, Enkelkinder oder Ahnen wird
jemals einknicken vor dieser Brut. George, William,
Henry und Amber werden ihren Namen nicht enteh-
ren und dieses Pack ehelichen. Und sie werden stark
genug sein, zu ertragen, was zu ertragen ist, um unserer Familie Ehre zu erweisen.
So wie ich es ertragen werde, meinen Andrew nicht
wiederzusehen. So wie ich es ertragen werde, weiter

zu leben. Weiter zu kämpfen. Diese Hexenbrut zu bekämpfen. Ich werde nun ihr Haus anzünden, und es erfüllt mich mit tiefer Genugtuung. Ich werde das Grab dieses Mädchens verlegen, an einen Ort, den diese Hexe nicht kennt. Sie wird für ihre Arglist bezahlen. Sie wird für meinen Schmerz bezahlen.
Dieses Buch soll Zeuge sein für meine Rachsucht. Für meine Taten.
Dieses Mädchen starb weder durch Andrews Hand, noch durch meine. Sie starb, weil sie dumm war. Unkeusch. Schlecht beraten. Auf Abbington Hall wird es solche Mädchen nicht mehr geben. Ich werde eine Dienstbotenschule einrichten. Ich habe schon ein Gebäude im Kopf, das sich dafür eignet. Auf Abbington Hall wird kein Dienstbote mehr eingestellt werden, der diese Einrichtung nicht zuvor abschloss. Unser Butler, unsere Köchin und unsere Gesindefrau werden die grundlegenden Fertigkeiten vermitteln, ein Geistlicher für die Moral sorgen.
Zukünftig soll kein Mädchen mehr anklagend die Hand erheben dürfen, ohne die eigene Mitschuld einzugestehen. Es wird keine dummen Hausmädchen mehr geben. Nicht auf Abbington Hall, nicht auf irgendeinem Landsitz meiner Familie ... meiner weitläufigen Familie.
Es ist soweit. Das strahlende Licht des Tages neigt sich und mahnt mich zum Aufbruch. Die Kinder! Sie werden mich begleiten. Sie werden lernen. Ich werde sie lehren.
Oh Andrew, mein liebster Andrew, wie vermisse ich dich bereits!

7. Kapitel

Elisa blieb stehen. Es war zwar nicht das erste Mal, dass sie ihre Großmutter auf Abbington Hall besuchte, aber bisher war ihr nie aufgefallen, wie majestätisch das Haus war, wie einschüchternd und romantisch zugleich. Zugegeben, es war Ashley, die ihr diesen Floh ins Ohr gesetzt hatte. Ihre beste Freundin hatte tagelang geschwärmt, wie toll es sein musste, eine Oma auf einem riesigen Anwesen zu haben und sie besuchen zu können. Sie hatte allerhand Geschichten ausgeschmückt, dass man Elisa ein Pony schenken würde, auf dem sie ausreiten konnte, und dass sie sich dann unsterblich in den Stalljungen verlieben würde. Ein Punkt, der Elisa durchaus zusagte. In ihrer Stufe gab es niemanden von Interesse, und sie war die Einzige, die nicht mit einem Freund aufwarten konnte, und das störte sie gewaltig, zumal Katja, ihre ältere Schwester, ebenfalls im Liebestaumel schwelgte. Alle waren verliebt, alle, außer Elisa Henley. Sie vermutete stark, dass es an ihrem faden Aussehen lag, denn anders als bei der großen Schwester waren all ihre Merkmale langweilig. Katja besaß ein herzförmiges Gesicht, Elisas war rundlich. Katjas Haar glänzte seidig, und ihre dunkle Strähne in ihrem sonst blonden Schopf gab ihr etwas Mysteriöses. Obwohl Elisas dieselbe Färbung aufwies, war ihr Kopf umhüllt von einer Wolke strubbeliger Zotteln. Sie waren nahezu gleich groß, aber Katja hatte die passenden Proportionen, während sie selbst wirkte, als habe man sie zu lang gezogen.

„Elisa-Ann!", rief ihre Mutter, die bereits die Stufen zum Portal emporstieg und sich zu ihr umdrehte. „Worauf wartest du?"

Seufzend setzte sie sich in Bewegung.

„Elisa!", stöhnte auch Katja, die mit ihrem überfüllten Rucksack kämpfte und keine zwei Schritte vor ihr war. Die Schwester war miesepetrig, weil sie ihren Freund in Yorkshire hatte zurücklassen müssen und ihn schmerzlich vermisste.

Elisa trottete weiter. Ihr Rucksack war nur mit dem Nötigsten gefüllt: Buch, Block, Stifte und ihrem Teddyhasen Oscar, der seine Schlappohren heraushängen ließ, um zumindest alles zu hören, wenn er schon nichts sehen konnte. „Mum, bist du hier aufgewachsen?"

„Elisa, lass das Geschwätz. Granny wartet." Ihre Mutter scheuchte sie die Stufen hinauf, die sie extra wieder heruntergekommen war. „Katja, ich habe dir gesagt, dass du nicht so viel Unsinn einpacken sollst, und jetzt schau dich an!"

Elisas Rucksack wurde noch einen Tacken leichter, und sie hüpfte beschwingt die Stufen hoch.

„Elisa, dein Haar!" Ihre Mum holte zu ihr auf und kämmte ihren Schopf, während sie weitergingen. „So." Sie richtete sich selbst den Pony und setzte ein Lächeln auf die sonst eher starren Lippen. Es erreichte ihre Augen nicht, die wie gewohnt traurig in die Welt hinausblickten.

Das Portal schwang auf, und eine rundliche Frau mit ergrautem Haar beäugte das Trio.

„Mrs Wright, guten Tag, Sie erinnern sich an meine Mädchen? Elisa-Ann und Katja." Sie schob Elisa vor und drehte sich zu Katja um, die noch nicht zu ihnen aufgeschlossen hatte. Die Schwester war mit ihren fünfzehn Jahren typisch desinteressiert und hörte nur sporadisch auf die Worte ihrer Mutter. Elisa war zwar nur zwei Jahre jünger, aber vom Charakter her folgsam.

„Mrs Henley, natürlich, kommen Sie rein und wärmen Sie sich auf." Sie wich zurück und wedelte in großen Kreisen mit den Händen herum. „Ihre Ladyschaft ruht, aber ich werde Sie augenblicklich melden."

Elisa folgte ihrer Mutter in die eisige Halle. Sie war riesig und dunkel und gar nicht so, wie sie es in Erinnerung hatte. Selbst Claire fände es hier nicht mehr romantisch.

„Es ist nicht nötig, Mutter aufzuwecken, Mrs Wright. Wir werden uns erst einmal in unseren Räumen einrichten."

So weit sollten sie aber nicht kommen. Schon auf der Treppe eilte ihnen ein dunkelhaariger Mann entgegen, älter noch als ihre Mutter und vage vertraut. Er grinste, als er ihre Mutter in den Arm nahm.

„Sophie, schön dich zu sehen."

„Griff, ich wusste nicht, dass du hier sein würdest." Mutter seufzte in seiner Umarmung. „Aber es ist auch schön, dich zu sehen."

„Ich wollte euch schon selbst besuchen, aber du hast dich da oben ganz schön verkrochen." Griff ließ Sophie los und wandte sich den Kindern zu. „Elisa-Ann, sieh mal an, aus dir wird noch mal eine richtige Lady."

Sein Grinsen wurde nun von einem Zwinkern begleitet, das Elisa ebenfalls bekannt vorkam. Bei Katja sah es stets genauso aus, wenn sie Elisa auf den Arm nahm.

„Elisa-Ann, du erinnerst dich doch an deinen Onkel Griffin?" Mutters Lächeln wirkte nun gequält, weshalb Elisa schnell nickte.

„Hallo."

Ihr Onkel zwinkerte erneut und suchte dann die Stufen hinter ihr ab. „Katja, mein Gott, du bist deiner Mutter wie aus dem Gesicht geschnitten!"

Katja schleppte den Rucksack hoch und ließ ihn neben Elisa plumpsen, um den Onkel zu umarmen. „Onkel Griff, das sagst du jedes Mal!"

„Sehe ich meine Mädchen später in der Bibliothek?" Er suchte den Blick und die Zustimmung der Mutter. „Mum ruht. Sie ist nicht mehr wirklich auf dem Damm, musst du wissen." Sorge schlich sich in die Gesichter der Erwachsenen und bewirkte einen ungemütlichen Moment. Elisa sah von einem zum anderen.

„Also gut", seufzte Mutter gedehnt. Ihre Hand legte sich in Elisas Nacken. „Gib uns eine Stunde, die Reise war anstrengend."

„Aber natürlich, Schwesterherz. Katja, Prinzessin, gib mir deine Tasche, du siehst aus, als hebst du dir jeden Augenblick einen Bruch damit."

„Der Earl of Linnley, ein gewöhnlicher Kuli." Zumindest heiterte es Mutter auf, und ein Anflug eines echten Lächelns erhellte für wenige Momente ihr blasses Gesicht.

„Lediglich ein Gentleman, Lady Sophie." Wieder zwinkerte er, was Elisa zunehmend faszinierte. Er war so anders als ihre Mutter, fast schon fröhlich. „Elisa, möchtest du mir deine Tasche auch geben?", fragte er.

Sie schüttelte den Kopf und klammerte sich an ihren Rucksack. Er beinhaltete alles, was sie zum Überleben benötigte, und so etwas gab man doch nicht aus der Hand!

„Wie du willst." Er ging vor, hielt sich neben Mutter, die sich nach einem Kopfschütteln ebenfalls von ihr abwandte und die Stufen hinaufstieg.

Sie nahmen den langen Gang im ersten Stock, den Flügel hinunter. An den Wänden hingen unzählige Bilder von hübschen Frauen und starrenden Herrn, die Elisa langsamer werden ließen, wann immer ein Gesicht ihre Aufmerksamkeit einfing.

„Elisa-Ann!", rief ihre Mutter am Ende des Ganges und gab ihr mit einem Wink zu verstehen, endlich zu ihnen aufzuschließen.

Es blieb genug Zeit, um sich alles anzusehen, ganz in Ruhe, weshalb Elisa loslief und das melancholische Gesicht einer Frau hinter sich ließ, das dem ihrer Mutter irgendwie ähnlich sah.

Am Vormittag des dritten Tages ihres Besuches
Elisa betrachtete das Gemälde, das ihr bereits am Tag ihrer Ankunft ins Auge gefallen war. Es war nicht ihre Mum, dies war auch nicht schwer zu erkennen, denn die Augen der Frau waren gleißend blau. Aber trotzdem war eine Ähnlichkeit vorhanden, die frappierend war. Der bittere Schwung ihrer Lippen vielleicht?

„Ann, na, wen schaust du dir da an?" Die Frage kam von direkt hinter ihr und ließ Elisa zusammenschrecken. Sie fuhr herum und stieß dabei gegen das Gemälde.

„Granny!"

Ihre Großmutter lächelte milde. Sie hielt sich streng aufrecht, trotzdem wirkte sie ganz anders als die Frau in Elisas Rücken. Die Haltung war dieselbe. Ihre weißen Locken wurden von unzähligen Klammern gehalten, an ihren Ohren baumelten schwere Ohrringe, und auch ihren Finger zierte ein funkelnder Edelstein.

„Das ist eine deiner Urahninnen, Lady Perdita Abbington. Sie war die Großmutter deines Großvaters und eine bewundernswerte, starke Persönlichkeit." Sie seufzte leise. „Dein Großvater hatte einiges von ihr." Einen Augenblick trübte sich ihre Miene. „Nun, sie war auch keine Frau, die man sich zum Feind machen sollte." Sie seufzte leise. „Du hast sicher ihre Ähnlichkeit mit deiner Mutter bemerkt."

Elisa fiel das Kinn herab, was Granny zum Lächeln brachte.

„Äußerlich. Na komm, diese Porträts sind so schlecht belichtet, dass sie einem Gruselkabinett gleichen." Sie legte ihr den Arm um die Schultern und führte sie den Gang hinunter. „Es gibt andere, hübschere Gemälde in den Gesellschaftsräumen."

Elisas Blick schweifte über die, die die Wände schmückten. „Sind das alles Verwandte?"

„Oh ja, Kleines. Jedes einzige Bild in dieser Galerie zeigt einen Abbington, sogar deine Mutter ist hier verewigt."

Das weckte Elisas Interesse, und sie musterte die Gemälde mit neuem Enthusiasmus, auch wenn sie schon dutzende Male hier vorbeigekommen war.

„Ebenso wie dein Onkel Griffin und deine Tante Mariette, als die drei grade mal so alt waren wie deine Schwester und du." Großmutter gluckste. „Sie hängen in meinem privaten Salon, Kleines, nicht hier im kalten, dunklen Flur."

„Darf ich sie mir ansehen?" Es war ein seltsamer Gedanke, dass die eigene Mutter auch mal jung gewesen sein sollte.

„Aber natürlich, komm, wir schauen es uns gleich jetzt an."

Sie nahmen den anderen Flur, gegenüber dem, den sie zuvor entlanggeschritten waren und von dem die Zimmer abgingen, die ihre Mutter, Katja und Elisa bewohnten. Das Wohnzimmer ihrer Oma war genauso altbacken und staubig wie die anderen, die sie bisher gesehen hatte, auch an diesen Wänden hingen gemalte Bilder und keine Fotografien. Elisa sah sich neugierig um, aber keines der Kinder ähnelte ihrer Mutter.

„Dort." Die Großmutter ging auf die Wand zu, die die linke Seite des Zimmers ausmachte. Auf dem Gemälde waren fünf Personen abgebildet: zwei Erwachsene und drei Kinder. „Sophie ist die Jüngste." Sie deutete auf das Kleinkind auf dem Schoß der Mutter. Der Vater stand hinter ihr, hatte die Hände auf ihre Schultern gelegt und behielt ein strenges Gesicht bei, während die anderen lächelten. „Sie war so ein ruhiges Kind."

Daran hatte sich dann nicht viel geändert, dachte sich Elisa, in die Betrachtung des Bildes versunken.

„Den Kopf immer in irgendwelchen Büchern." Die Erinnerung ließ die alte Dame schmunzeln. „Ihr Zimmer
war vollgestellt mit Kram. Sie hat sich einen Globus aus
Pappmaché gebastelt und kleine Fähnchen hineinge-
steckt. Überall, wo diese steckten, wollte sie hinreisen."

„Mummy?"

Es passte gar nicht zu ihr, denn eigentlich verließen
sie ihr kleines Häuschen in der Einöde Cumbrias nie. In
den letzten fünf Jahren waren sie nicht einmal zu den
Feiertagen zwischen den Jahren unter Leute gekommen. Lediglich Tante Mariette kam sie regelmäßig besuchen.

„Oh ja. Sie träumte davon, die Welt zu bereisen, und
als sie schließlich alt genug war, bekam ich Postkarten
von all den unzähligen Orten, die sie mit ihren Nädel-
chen in ihren Pappglobus gesteckt hatte."

Elisa starrte ihre Großmutter an.

„Oh ja, Kindchen, Sophie hatte Träume." Oma seufzte
und verließ die ungläubige Elisa und das unheimliche
Bild, um nahe der Tür an einer dicken Kordel zu ziehen.
„Deine Mum war ruhig, aber zielstrebig. Ich sehe sie in
dir."

So etwas wie Stolz durchrieselte Elisa, bis sie sich besann. Ihre Mutter war seltsam, sie hatte keine Freunde
und konnte stundenlang auf verblichene Bilder starren. Wollte Elisa etwa so sein?

Es klopfte, und ein Mädchen kam herein. „Mylady?",
murmelte sie, während sie schnell einen Knicks
machte.

„Bringen Sie uns doch den Tee. Kleines, magst du lieber eine Schokolade anstelle des Tees?"

Elisa war noch zu involviert in ihre Betrachtung, ob sie nun wie ihre Mutter sein wollte, als dass sie tatsächlich eine Entscheidung hätte treffen können. Sie hob die Achseln.

„Schokolade und eine extra Tasse", orderte die Großmutter und gab der Bediensteten einen Wink.

„Granny, warum ist Mummy nun so anders?"

„Ach mein Kind, das ist eine lange Geschichte." Sie kam wieder durch das Zimmer und setzte sich auf einen der Sessel nahe des Kamins. „Komm, Kleines." Sie klopfte auf die Lehne des nächststehenden Sessels. „Ich erzähle sie dir."

Elisa brauchte nur eine Sekunde, um ihren Standort zu wechseln und sich auf das Möbelstück zu werfen. „Wo war Mummy alles?"

„Oh, überall!" Granny lachte und beschrieb mit den Händen einen Kreis. „Auf der ganzen Welt. Sie streichelte Koalas in Australien, Krokodile in Tennessee und Pandabären in Peking."

Elisa konnte sich nichts davon wirklich vorstellen.

„Sie war immer ganz aus dem Häuschen, wenn sie anrief und mir alles erzählte, und trotzdem hat sie mir alles noch einmal aufgeschrieben, weil sie wusste, wie sehr ich es liebe, Post zu bekommen."

„Koalas?" Elisa schüttelte den Kopf. „Pandabären." Auf die Krokodile konnte sie jedoch verzichten.

„Oh ja! Ich habe Bilder von Sophie an der Freiheitsstatue in New York, dem Eiffelturm in Paris und sogar dem Taj Mahal!"

Elisa hätte nicht gedacht, dass ihre Mum tatsächlich die halbe Welt bereist hatte, andererseits, wenn sie schon überall gewesen war, brauchte sie nun auch nirgends mehr hin. Elisa senkte den Blick. Schwermut überrollte sie. Sie war nie irgendwo gewesen, nie außerhalb Englands.

„Warte, sie müssten hier irgendwo sein!" Die Großmutter sprang behände auf, als wäre sie in Sekunden um Jahre verjüngt, und durchquerte das Zimmer. Vor einer schweren, wuchtigen Kommode kniete sie sich hin und öffnete die untere Lade, um Kartons herauszuholen, zu öffnen und wieder zu verstauen. Dabei begleitete sie ein stetiges Gemurmel.

Elisa stand ebenfalls auf, zögerlich jedoch und unsicher, ob sie zu ihrer Granny hinübergehen sollte.

„Na sowas!" Als sie dieses Mal aufstand, ächzte die alte Lady und stützte sich auch schwer auf der Kommode ab. „Ich war mir sicher ..."

Es klopfte wieder. Granny seufzte. „Herein. Ah, der Tee!"

Das Dienstmädchen knickste mit dem Tablett in der Hand, was richtig gefährlich aussah, und kam dann geschwind auf Elisa zu, die sich fühlte wie Falschgeld und linkisch von einem Fuß auf den anderen stieg.

„Die Bilder?", fragte sie vorsichtig, als die Oma wieder auf ihren Platz sank.

„Gleich, Kindchen, lass uns erst etwas Kraft sammeln." Sie winkte dem Mädchen, das sogleich den Tee eingoss. „Bridget, haben Sie Kartons mit Briefen und Fotografien fortgeräumt?"

„Ja, Mylady. Sie baten mich, alles, was älter als zehn Jahre ist, auszusortieren."

„So?" Die alte Dame klang so verwirrt, wie sie dreinsah.

„Anfang des Jahres, Mylady. Lady Mariettes Briefe passten nicht mehr in die Lade." Das Mädchen lächelte distanziert, knickste und fragte, ob noch etwas wäre.

„Doch nicht fortgeworfen?"

„Nein, Mylady. Ich brachte sie zu den anderen Sachen auf den Dachboden."

„Hervorragend, danke Bridget, das ist dann alles." Die Tasse wackelte leicht, als Elisas Großmutter Susan sie aufnahm und in ihren Tee blies. „So ein Glück, aber eigentlich sollte ich es wissen! Was wird hier schon je fortgeworfen?" Sie lachte auf.

Elisa seufzte erleichtert und ließ sich auch wieder auf ihren Platz fallen.

„Komm Kleines, trink deine Schokolade, und lass uns noch etwas plaudern."

„Gehen wir dann auf den Dachboden?" Elisa wollte das Bild einfach gerne sehen. Ihre Mutter mit all diesen exotischen Tieren an diesen ungewöhnlichen Orten, dazu Briefe, die sicher von ihren Erlebnissen berichteten, das alles klang einfach zu spannend. Unruhig rutschte sie auf ihrem Sessel herum, bis ihre Oma endlich ihren Tee getrunken hatte und ihr die Themen zum Plaudern ausgegangen waren.

„So, Kleines, jetzt haben wir uns aber genug auf die Folter gespannt, nicht wahr, Ann?" Sie lächelte milde, streckte sich und tätschelte die Hand ihrer überraschten Enkelin. Elisa war gar nicht bewusst gewesen, wie ungeduldig sie gewirkt haben musste, obwohl sie doch nichts hatte herbeidrängen wollen.

Der staubigste Ort, den sie je gesehen hatte, war definitiv der Dachboden von Abbington Hall. Elisas Nase kribbelte schrecklich, obwohl sie bereits einige Male geniest hatte. Sie wischte sich mit dem Ärmel die Nase ab und sah sich um. Ihre Großmutter hob ihre Öllampe an, die fürchterlich stank, und schwenkte sie von einer zur anderen Seite. Zu sehen waren eigentlich nur unter Laken versteckte Berge.

„Hm", machte die Oma. „Wo fangen wir bloß an?"

Egal in welche Richtung man sah, der Raum war endlos. Elisa drehte sich. Der Lichtkegel ihrer Taschenlampe huschte über hohe und niedrige Hügel.

„Vielleicht hier vorn?" Die alte Frau ging ächzend in die Knie, während Elisa sich weiter umsah.

Mit jedem Schritt, den Elisa sich entfernte, wuchs ihre Abenteuerlust. Was verbarg sich wohl unter all den Laken? Sie lüftete eines und spähte mit angehaltenem Atem darunter. Eine Art Kommode versteckte sich dort, oder ein Schrank? Zumindest hatte es zwei Türen und oben eine Klappe, die jeweils mit einem Haken geschlossen wurden. Elisa streckte ihre zittrige Hand aus, nachdem sie unter das Laken gekrabbelt war, um die rechte Tür aufzuziehen und staunte nicht schlecht, als sie Stoff entdeckte. Kleider. Lange Roben mit Tüll und Rüschen, die aus einem Märchen stammen mussten. Der Geruch war eigentümlich und ließ sie erneut niesen.

„Kindchen?"

„Hier, Granny. Ich habe Kleider gefunden, für einen Ball oder so!" Elisa kämpfte sich unter dem Laken hervor. „Kann ich sie anprobieren?"

Dann hätte sie richtig was zu erzählen, wenn sie Ashley wiedersah und zumindest etwas, was ähnlich aufregend war, wie sich in einen Reitlehrer zu verlieben.

„Ach herrje!" Die Großmutter hob das Laken an und klemmte es auf dem Deckel fest, um besser in den eigentümlichen Schrank schauen zu können. „Da hast du ja ein Schätzchen ausgegraben! Weißt du eigentlich, was das ist?" Sie öffnete die zweite Tür und zog eines der Kleider heraus. „Der Schrankkoffer muss aus der Jahrhundertwende stammen."

Elisa schüttelte den Kopf. So ein Ding war weder Schrank noch Koffer oder auch nur in den letzten zehn Jahren in Gebrauch gewesen. Ganz sicher nicht.

Granny öffnete die obere Lade und steckte ihre Hand hinein, ohne auf der Höhe etwas sehen zu können und zog etwas hervor, was wie ein Buch aussah. Sie klappte es auf. „Ah! Schau, Aufzeichnungen der Lady Perdita Camden-Barnet 1895. Jahrhundertwende, wie ich es vermutet hatte."

Elisa klappte der Mund auf, völlig überrascht von der Jahreszahl.

„Ein wunderschönes Kleid, aber es muss dringend gewaschen werden, bevor du es anprobierst. Ich schicke Bridget nachher hoch, Kleines, wollen wir nun nach den Briefen deiner Mutter suchen?"

Es dauerte nicht lange, und sie saßen gemeinsam über einem Karton, gefüllt mit Briefen in ihren vergilbten Umschlägen. Die alte Lady holte einen nach dem anderen heraus, sah hinein und murmelte in ihren nicht vorhandenen Bart.

Elisa rutschte unruhig auf dem Boden herum, es juckte sie in den Fingern, ebenfalls hineinzugreifen und zu sehen, was für Geschichten dort versteckt waren.

„Hast du schon einen der Briefe gefunden?", fragte sie aufgekratzt, weil die Großmutter völlig in einem der Schreiben versunken war.

Doch diese reagierte nicht.

„Granny?" Elisa rutschte auf den Knien zu ihr und versuchte, einen Blick auf das Schreiben zu werfen, als ihr etwas anderes auffiel. „Granny? Weinst du etwa?" Elisa wischte über die faltige Wange ihrer Großmutter. „Geht es dir nicht gut?"

Endlich wendete die alte Dame den Blick von dem eng beschriebenen Papier. Sie bemühte sich um ein Lächeln, aber es war eher beängstigend.

„Oh Kleines, entschuldige." Sie ließ die Hand sinken. „Es ist nur, dass ich fast vergessen hatte, wie inniglich dein Großvater seine Gedanken in Worte fassen konnte."

„Der ist von meinem Großvater?" Schon die Vorstellung war merkwürdig, denn Elisa war ihrem Großvater nie begegnet.

„Oh ja, Kindchen." Ihre Oma seufzte, und aus ihrer Grimasse wurde langsam ein wehmütiges Lächeln. „Eines Tages werde ich dir alles über ihn erzählen."

„Warum ist er gestorben? Ist er wie Daddy ausgerutscht?" Elisa wusste nicht viel über den Unfall ihres Vaters, nur, dass er nicht wieder heimgekommen war und ihre Mutter seitdem anders war.

„Ach Kindchen", flüsterte die alte Lady, die Hand mit dem Brief ließ sie zittrig sinken, die andere legte sie Elisa auf den Scheitel. „Es ist der Fluch."

Furcht erfüllte Elisa. Sie riss die Augen auf und wisperte eine Wiederholung.

„Dein Großvater fiel ihm zum Opfer und ebenso dein Vater."

Ein kalter Schauer überzog Elisa. Obwohl ihr Herz schneller zu schlagen begann, lauschte sie fasziniert den Worten ihrer Großmutter und schrie auf, als die scharfe Stimme ihrer Mutter in die Erzählung schnitt.

Eilige Schritte näherten sich. Dann stand Sophie Henley vor ihnen.

„Mutter! Du wirst meine Kinder nicht mit diesem Unsinn füttern!" Sie griff nach Elisa und zerrte sie grob auf die Füße. „Geh in dein Zimmer!", befahl Sophie und stieß ihre verwirrte Tochter Richtung Ausgang.

Elisa sah zu den Erwachsenen zurück, als sie die Stufen erreichte. Die Großmutter war aufgestanden und stellte sich der bitterbösen Anklage der Tochter.

„Sie sollten es wissen! Sie sollten wissen, wie zerbrechlich ihr Glück sein wird!"

„Oh, hör auf! Es gibt keinen Fluch! Dad starb durch einen unglücklichen Unfall und Richard ebenfalls! Da ist nichts Unheimliches oder Übersinnliches, schlicht Pech!"

Elisa duckte sich, als Sophie herumfuhr und hastete schnell die Stufen hinunter. Die Worte der Großmutter verfolgten sie bis in ihr Zimmer, in dem sie sich eilig aufs Bett setzte und auf die Mutter wartete.

Sophie rauschte aufgebracht herein. Ihre Lippen verkniffen, atmete sie angestrengt ein und aus, während sie Elisa anstarrte. Endlich atmete sie tief ein und schloss sie Augen.

„Elisa-Ann, Granny ist traurig, weil sie Großvater verloren hat, und hat sich eine Geschichte ausgedacht, die ihr hilft, mit dem Schmerz umzugehen." Sophie kniete sich vor Elisa und nahm ihre Hände. „Es gibt keine Flüche, und ich möchte nicht, dass du dir Gedanken über so etwas machst."

Elisa nickte schnell. „Ja, Mummy." Sie wurde in eine feste Umarmung gezogen.

„Lass uns nie wieder darüber sprechen, ja? Und es gibt keinen Grund, Katja zu beunruhigen, nicht wahr?"

„Nein, Mummy." Elisa blieb steif und seufzte erleichtert, als ihre Mutter sie wieder los- und sie nach einer letzten Mahnung, keinen Unsinn mehr anzustellen, alleinließ.

Cumbria, Herbst 2008

Elisa starrte auf die Notiz. Ihr Herz pochte vor wilder Freude, auch wenn ihre Gliedmaßen wie gelähmt blieben. Sie zitterte sacht, wusste nicht genau, ob sie vor Freude lachen oder schreien sollte. Der Zettel, der in ihren Spind gesteckt worden war, zeigte eine gewisse Lieblosigkeit, schließlich war er aus dem Spiralblock gerissen worden und die Worte mit einem schlecht schreibenden Kuli darauf geschmiert worden.

Triff mich in der großen Pause hinter der Turnhalle.
Stephen

„Hey!" Katja stupste sie an, holte sie aber nicht aus ihrer Starre. „Was hast du denn da?" Die Schwester entriss ihrem feuchten Griff die Notiz und lachte schallend, nachdem sie die Worte gelesen hatte.

„O-oh, du Schlimme, du!"

Elisa krächzte.

„Also gut, aber zuerst pimpen wir dich etwas auf." Katjas kundiger Blick huschte über sie, wobei ihr Kopfschütteln stärker wurde. Elisa sah selbst an sich herab, entdeckte aber nur die übliche schlaksige Figur in viel zu großen Sachen. „So dreht sich Stephen auf der Hacke wieder um und verschwindet." Katja zog Elisas Rock am Bund höher und prüfte ihre Arbeit kritisch. „Besser, aber …" Sie zupfte Elisas Hemd aus dem Rock und öffnete die unteren Knöpfe, um die Enden vor dem Bauch der Schwester zu verknoten. „So. Jetzt wird er die Augen nicht von dir nehmen können." Strahlend betrachtete Katja ihr Werk. „Wir machen blau, und ich gebe dir schnell den letzten Schliff."

Sie hakte sich bei Elisa ein und zog die verdatterte Schwester mit sich. Katjas Spind stand in einem anderen Flügel der Schule, und zu dem schliff die große Schwester Elisa, die noch immer zu überrascht von der Nachricht war, als dass ihr Hirn den Input hätte verarbeiten können.

„Makeup, damit du nicht aussiehst wie der Backfisch, der du bist." Sie kicherte, als sie ihre Spindtür zuwarf. „Schau nicht so."

„Ich glaub das nicht", hauchte Elisa. Erneut raste ihr Puls in die Höhe. „Stephen."

„Yep! Stephen Conroy macht endlich die Augen auf und sieht, wie sexy meine kleine Schwester ist!" Sie lehnte sich gegen die Spindwand und verschränkte die Arme. Ihr Schminktäschchen baumelte von ihrem Handgelenk und fing Elisas Blick ein. Es funkelte dank der zu einem Kussmund verarbeiteten Pailletten.

„Glaubst du wirklich?" Elisa wagte kaum zu hoffen. Stephan war seit zwei Jahren ihr heimlicher Schwarm, auch wenn sie ihn nur in den Pausen anhimmeln konnte, da er zwei Stufen über ihr war.

Katja zuckte die Achseln. „Oder er ist in mich verknallt und will mich mit dir eifersüchtig machen!" Sie gluckste zufrieden. „Aber da hat er Pech. Ich habe ein Auge auf unseren Hilfslehrer geworfen." Sie zwinkerte, grinste breit und stieß sich von den Spinden ab, um nach Elisas Handgelenk zu greifen und sie mit sich zu ziehen.

„Mr Conniers?", haspelte Elisa erschrocken. „Er ist doch viel zu alt!"

Wieder lachte Katja und warf ihr einen verschmitzten Blick zu. „Vielleicht, aber er ist auch wahnsinnig süß!"

Da Elisa es anders sah, aber keine Diskussion vom Zaun brechen wollte, zuckte sie schlicht die Achseln.

Katja zog sie in die Mädchentoilette, um sie aufzupimpen. Als sie in den Spiegel sah, klappte Elisa der Mund auf. Ihre Augen strahlten durch die dunkle Umrandung nur noch mehr, und der blaue Lidschatten hob ihre Irisfärbung hervor. Ihre vollen Lippen waren knallpink und ergänzten das Rouge auf ihren Wangen. Sie sah beinahe aus wie Katja, und die Schwester konnte jeden um den Finger wickeln. Jetzt konnte gar nichts mehr schiefgehen!

Mit ungewohntem Mut stapfte Elisa zur passenden Zeit zur Turnhalle. Dort atmete sie tief ein, bevor sie sich weiterwagte. Stephan wartete bereits auf sie. Er lehnte mit dem Rücken an der hinteren Wand der Turnhalle, stemmte sich mit einem Fuß ab und paffte eine Zigarette. Er sah völlig sicher aus, nicht gestört zu werden, was Elisa gelinde beeindruckte. Sie selbst konnte keine Regel brechen, so sehr sie es auch manchmal wollte. Linkisch stolperte sie weiter. Die Kieselsteine knirschten unter ihren Schritten und wiesen Stephen darauf hin, dass er nicht mehr allein war.

„Hey." Er hob die Hand mit der glimmenden Zigarette.

„Hi", krächzte Elisa und fiel fast über ihre eigenen Füße.

„Schön, dass du gekommen bist." Stephen stieß sich von der Wand ab und schnippte den Zigarettenstummel davon. Er grinste so süß, dass ihr ganz flau wurde.

„Ja."

Stephen ergriff ihre Hand und zog sie zu sich. Die Arme um ihre Mitte legend, wurde sein Grinsen noch breiter. „Sehr gut." Er beugte sich vor und küsste sie auf den Mund. Elisas Herz hüpfte. Da wurde ein Traum wahr, und sie wollte jede Sekunde davon genießen.

Die Glocke beendete die Pause, aber Elisa krallte lediglich die Nägel in sein Shirt. Der Unterricht und all die anderen kleinen Verpflichtungen konnten ihr den Buckel runterrutschen, dies hier würde nicht von so etwas Unbedeutendem wie Bildung unterbrochen!

Das tat Stephen stattdessen. Mit leichter Gewalt schob er Elisa an den Schultern von sich.

„So. Sag deiner Schwester, sie ist mir was schuldig!" Er tippte sich an die Stirn und ließ sie stehen. Ebenso wie gut eine Stunde zuvor waren ihre Gliedmaßen ganz starr und gehorchten ihrem Befehl nicht. Sie spürte, wie sie am ganzen Körper bebte, fühlte sich, als stünde sie in einem eisigen Regenschauer und verstand nicht ganz, was da gerade vor sich ging.

Elisa brauchte eine Ewigkeit, um aus dem Versteck hinter der Turnhalle zu kommen. Zuvor hatte sie sich die Farbe aus dem Gesicht gewischt und ihre Kleidung notdürftig in Ordnung gebracht. Sie schaffte es nicht aus dem Tor, da jenes während des Unterrichts verschlossen wurde, sondern lief der Rektorin in die Arme. Es folgten ein Anruf bei ihrer Mutter und eine Standpauke. Erst nach dem Abendessen konnte Elisa Katja mit dem Geschehenen konfrontieren.

Die Schwester telefonierte zwar, aber Elisa unterbrach kurzerhand die Verbindung, indem sie ihr den Hörer entriss. Das Telefon in der Hand zerquetschend, starrte sie auf Katja hinab.

„Nicht nach Plan verlaufen." Katja zuckte die Achseln. „Hak es ab. Stephan ist ein Idiot, und du hast Besseres verdient." Sie sah zu ihr auf, als hätte sie nicht wissentlich Elisas Herz gebrochen, was Elisa einfach nicht fassen konnte.

„Was sollte das?"

„Ich dachte, ich gebe ihm die Chance, zu erkennen, wie toll du bist. Er ist zu dumm, es zu sehen, also hak es ab." Wieder hoben sich ihre Schultern, und dieses Mal griff sie nach dem Telefon. „Ich hatte Lizzy in der Leitung, sie wird Stephen zeigen, wie falsch er entschieden hat." Sie grinste verschwörerisch. „Er wird es schwer haben, ein Date für den Wohltätigkeitsbasar nächsten Monat zu finden."

Elisa schüttelte den Kopf. „Katja ..."

„Er wird es bereuen, Elisa. Keine Sorge." Sie tätschelte noch ihren Arm, bevor sie wählte. „Ach, ist dir Henry oder Jonah als Begleitung lieber?"

Elisa war zu überrollt, um antworten zu können.

„Henry fragt ständig nach dir, er wäre ein sehr begieriger Partner. Und Jonah ließ durchblicken, dass er nichts dagegen hätte, mit dir gesehen zu werden." Sie zwinkerte. „Du hättest vermutlich was gut bei ihm, wenn du dich für ihn entscheidest."

„Katja!"

Die Schwester sah kurz über die Schulter zurück.

„Was zum Teufel sollte das?"

Mit einem Seufzen legte Katja wieder auf und wendete sich ihr zu. Dann tippte sie auf die Matratze neben sich. „Setz dich."

Elisa kam dem nur nach, weil sie wissen wollte, warum ihre Schwester ihr so wehgetan hatte.

„Es war nicht mehr mit anzusehen, wie du Stephen angeschmachtet hast. Er ist ein Idiot. Er läuft mir hinterher, obwohl er absolut keine Chance hat und ich es ihm bereits dutzende Male gesagt habe. Elisa ..." Sie ergriff ihre Hand und zog sie zu sich in den Schoß. „Ich wollte, dass du siehst, was für ein Honk er ist. Er ist es nicht wert, sich für ihn aufzusparen, wenn du die Auswahl haben könntest unter den begehrtesten Jungs der Highschool."

Katja zog sie eng an sich, um sie zu umarmen. „Es tut weh, aber es war nur eine Frage der Zeit, bis du ohnehin so empfinden würdest. Denk dran: Lieber ein Ende mit Schrecken, als ein Schrecken ohne Ende."

„Trotzdem ...", schniefte Elisa, sich an ihre Schwester klammernd, wie am Nachmittag an Stephens Schultern.

„Ich weiß. Es tut mir leid. Lass mich telefonieren, um Stephens Liebesleben für die nächste Zeit lahmzulegen, und dann schauen wir beide irgendeine deiner Schnulzen. Ich besorge Schokolade und Eis!", versprach sie

und zwinkerte. „Ich bin für dich da, bis du drüber hin-
wegkommst.“

8. Kapitel

London, Herbst 2017

„Komm schon, Katja. Verrate es mir einfach."

Seufzend schloss sie die Tür auf, trat ein und warf den Schlüssel dann auf die Kommode im Vorraum. „Es gibt nichts zu verraten."

Daniel folgte ihr ins Wohnzimmer und weiter ins Schlafzimmer. „Sie muss doch einen Grund für ihr Verhalten haben. Als du mir sie vorgestellt hast, wirkte sie total nett und offen. Doch je mehr Zeit wir miteinander verbringen, umso seltsamer wird sie."

„Vielleicht war sie heute nicht gut drauf."

Diese Diskussion begann sie zu ermüden. Seit sie sich auf den Heimweg gemacht hatten, kam Daniel von diesem Thema nicht mehr los. Katja war selbst aufgefallen, dass ihre Schwester sich bei dem Treffen Daniel gegenüber nicht sonderlich höflich verhalten hatte. Wahrscheinlich hatte es sie geärgert, dass Katja ihren Freund in die Bar mitgebracht hatte, obwohl nur ein Treffen zu zweit vereinbart gewesen war.

„Sie ist schon seit Wochen komisch. In einem Moment lacht sie über einen deiner Witze und im nächsten fixiert sie mich finster, als wolle sie mich in die Flucht jagen. Manchmal habe ich den Eindruck, in ihr würden zwei unterschiedliche Personen hausen."

„Du sprichst von meiner Schwester." Verärgert runzelte Katja die Stirn und kickte die Schuhe von den Füßen.

Daniel trat hinter sie und legte eine Hand auf ihre Schulter. „Exakt. Deine Schwester. Und sie kann mich scheinbar nicht leiden. Natürlich gibt mir das zu denken. Ich will, dass wir uns verstehen. Sie allerdings legt es auf Streit an. Sie provoziert mich, will einen Keil zwischen dich und mich treiben. Wie sollte mir das gleichgültig sein?"

„Das gibt sich schon wieder", wiegelte Katja ab. „Es ist schon spät. Lass uns ins Bett gehen."

„Aber sie ... ich möchte, dass sie mich leiden kann."

„Warum ist dir das so wichtig? Ich halte euch einfach voneinander fern. Ihr habt nichts mehr miteinander zu tun. Dann musst du dich nicht mehr über ihr kühles Verhalten ärgern, und Elisas Nerven werden nicht überstrapaziert." Sie schob ihre Haare über die Schulter und drehte Daniel den Rücken zu, damit er ihr den Verschluss ihres Kleides öffnen konnte.

„Das will ich nicht", verkündete Daniel.

Einen Moment war Katja verwirrt und dachte, er spräche vom Öffnen ihres Kleides. Dann wurde ihr klar, dass er nicht darauf eingehen wollte, einen Bogen um Elisa zu machen.

Sie seufzte. „Das seltsame Verhältnis zwischen Elisa und dir spielt doch keine große Rolle. Sie bekommt sich schon wieder in den Griff. Und wenn nicht, ist es auch egal."

„Nein! Nein, das ist es nicht." Er zog den Reißverschluss nach unten.

Katja trat einen Schritt von ihm weg und schlüpfte aus dem Kleid. Dann öffnete sie ihren BH und ging ins Badezimmer, um sich abzuschminken. Katzenwäsche würde reichen. Sie fühlte sich so verdammt müde. Es war später geworden, als sie geplant hatte. Morgen wartete ein anstrengender Tag im Büro. Sie wollte einfach nur noch ins Bett.

Nachdem sie das Wasser extra kalt gestellt hatte, spritzte sie es sich ins Gesicht. Nur noch kurz durchhalten, dann durfte sie unter die Laken schlüpfen und ihren Kopf abschalten.

Daniel kam ihr nach. Sein Räuspern ertönte in ihrem Rücken. „Wir müssen darüber reden."

„Nein, müssen wir nicht", sagte sie, während sie sich das Gesicht abtrocknete.

„Aber ..."

„Warum reitest du ständig auf diesem Thema herum, Daniel? Meine Schwester ist ... sie ist, wie sie ist."

Seufzend wandte sie sich zu ihm um. Sein Anblick lenkte sie kurzzeitig ab. Er hatte sich das Hemd aus der Hose gezogen und aufgeknöpft. Seine breite, muskulöse Brust ließ ihre Gedanken in eine ganz andere Richtung wandern. Aber dann riss sie sich zusammen. Erst galt es, etwas zu klären.

„Wenn Elisa sich in etwas verbissen hat, lässt sie davon nicht so schnell ab, Daniel. Aus irgendeinem Grund kann sie dich nicht leiden. Vielleicht hast du, ohne es zu merken, irgendetwas getan, das sie verärgert hat. Dann kannst du nichts dagegen tun. Sie wird sich nicht ändern. Nicht für mich. Nicht für dich. Sie kann dich nicht leiden, und das wird auch noch eine Zeit lang so bleiben. Also hak es ab und konzentriere dich auf Dinge, die wirklich wichtig sind."

„Aber das will ich nicht. Das reicht mir nicht. Der Ärger mit Elisa hat Einfluss auf unsere Beziehung." Er verschränkte die Arme vor der Brust, wobei sich die Muskeln auf seinen Oberarmen anspannten.

„Unsinn." Langsam ging sie auf ihn zu. Gott, dieser Mann war verdammt sexy.

„Ich kenne dich. Du bist ein harmoniebedürftiger Mensch. Sie wird sich zwischen uns drängen. Und wenn sie dich zwingt, sich zu entscheiden ..."

„Hast du etwa Angst, ich würde mich von dir trennen, wenn Elisa dich nicht leiden kann?" So etwas Lächerliches.

Er öffnete den Mund, schloss ihn wieder.

Katja legte beide Hände um sein Gesicht. „Das ist Blödsinn. Ich liebe dich. Wenn meine Familie nicht mit dir klarkommt, stört mich das nicht. Es ist nur wichtig, was wir beide füreinander empfinden."

„Ich liebe dich auch. Du weißt ganz genau, wie wichtig du mir bist." Seine Stimme klang beinahe trotzig. Als würde er sich persönlich davon angegriffen fühlen, von Elisa nicht an ihrer Seite akzeptiert zu werden.

Wie konnte sie ihm begreiflich machen, dass das Unsinn war? Elisa machte sich keine Gedanken um ihn als Person. Sie störte sich nicht an ihm persönlich. Aus irgendeinem Grund versuchte sie seit Jahren ständig, die Beziehungen von Katja zu boykottieren. Tatsächlich hatte Elisa noch niemals einen langfristigen Freund gehabt. Manchmal befürchtete Katja, Elisa könnte etwas gegen Männer im Allgemeinen haben. Aber darauf konnte nicht ständig Rücksicht genommen werden.

„Na schön, ich rede mit ihr. Wenn dir das so verdammt wichtig ist.“ Sie lächelte zu Daniel hoch. „Oder soll ich es lieber sein lassen, und wir warten, bis sich die Lage beruhigt hat?“

Sag ja! Bitte, sag ja!

„Es wäre großartig, wenn du dich mit ihr darüber unterhalten könntest. Ich will Teil deiner Familie sein, und das klappt nur, wenn Elisa mich akzeptiert.“

Ach verdammt! Dann würde sie ihrer Schwester tatsächlich ins Gewissen reden müssen.

„Niemand möchte Teil dieser seltsamen Familie sein, die nur aus verrückten Frauen mit einer Abneigung gegen Männer zu bestehen scheint“, stellte sie fest. „Du solltest froh sein, dass du nicht dazugehören musst. Deine Eltern sind viel cooler. Ehrlich. Wenn ich tauschen könnte, würde ich es tun.“

„Meine Eltern lieben dich wie eine Tochter. Du bist bei ihnen immer willkommen. Und vielleicht ...“ Er stockte.

„Was?“

„Vergiss es. Darüber unterhalten wir uns ein anderes Mal. Es ist schon spät, und du wolltest ins Bett.“

Sie schmiegte sich an seinen durchtrainierten, stattlichen Körper. Ihre Brustwarzen wurden hart, als sich Haut an Haut rieb. „Das stimmt. Eigentlich brauche ich dringend meinen Schönheitsschlaf. Möglicherweise könntest du mich davon ablenken, wenn du dein Hemd ausziehst. Erst erklär mir aber, worauf du gerade angespielt hast.“

Seine Arme umschlangen sie. Ganz deutlich konnte sie seine Anspannung spüren. „Nicht jetzt. Das ist der falsche Zeitpunkt, der falsche Ort.“

„Geht es deinen Eltern gut?", fragte sie irritiert.

„Ja, mach dir keine Sorgen. Es hat nur indirekt mit ihnen zu tun."

Als würden seine Andeutungen nicht alles noch viel schlimmer machen! „Sag mir sofort, auf der Stelle, was los ist. Langsam bin ich wirklich beunruhigt."

Seine Umarmung wurde fester. Ein Zittern lief durch seinen Körper. Sein Herz schlug schneller an ihrem Ohr. „Katja, bitte. Ich liebe dich. Ich werde dich einweihen, wenn es soweit ist. Lass mich das richtig anstellen."

„Geht es um deinen Job in der Anwaltskanzlei? Wollen sie dich in eine andere Stadt versetzen?" Sie löste sich von ihm, sah mit großen Augen zu ihm auf.

Er würde doch nicht wirklich wegziehen müssen? Sie war nicht bereit, ihn gehen zu lassen. Erst vor kurzem hatte er ihr von der neuen Zweigstelle erzählt und von den Gerüchten, die in der Firma kursierten. Jemand aus dem Team würde ausgewählt werden, um die Leitung des Büros zu übernehmen. Sollte Daniel diese Chance bekommen, wäre das eine große Ehre. Eigentlich war er davon ausgegangen, dass diese Aufgabe jemandem mit mehr Dienstjahren übertragen würde. Doch wenn er das Angebot erhalten würde, könnte er unmöglich ablehnen. Das wäre einfach ein zu großer Schritt nach vorne. Dann müsste er ...

„Die Partner haben noch keine Entscheidung getroffen, wer die Zweigstelle leiten darf. Mathew hat gute Karten. In letzter Zeit sitzt er ziemlich oft mit dem Boss zusammen."

„Wenn es nicht darum geht, bin ich total ratlos. Was ist los, Daniel?" Geduld gehörte nicht zu ihren besten

Eigenschaften. Das wusste er nur zu genau. Sie hasste Überraschungen. Je länger er sie zappeln ließ, umso ungehaltener wurde sie. Sie würde ihm Löcher in den Bauch fragen, bis er genervt war. Sogar ihr Geburtstagsgeschenk hatte sie auf diese Weise einen Monat früher erhalten. Und in diesem Moment war sie außerdem zutiefst beunruhigt.

„Darf ich dich nur dieses eine Mal darum bitten, mir noch etwas Zeit zu geben, bevor ich dir mein Geheimnis erzähle?", bat er. „Nur für ein paar Tage."

„Kommt nicht in Frage!" Sie stellte sich bereits auf eine längere Diskussion mit ihm ein. So einfach würde er jetzt nicht davonkommen. Sonst könnte sie die nächsten Nächte nicht schlafen.

Statt deswegen einen Streit vom Zaun zu brechen, schob er sie seufzend auf Abstand und ging zu der Kommode im Schlafzimmer. Er öffnete die Lade mit seiner Unterwäsche und begann, darin herumzukramen.

Langsam ging sie ihm nach. Sie versuchte einen Blick darauf zu erhaschen, was er in dieser Lade anstellte, doch sein breiter Rücken versperrte ihr die Sicht.

Die Unterwäscheschublade. Er machte sich doch sonst nicht aus lauter Angst vor ihr in die Hose. Bestimmt brauchte er auch jetzt keine frischen Boxershorts. Packte er seine Sachen, weil er woanders schlafen wollte? Hatte sie ihn mit ihrer Quengelei vertrieben?

„Was tust du? Lass uns darüber reden, Daniel. Ich habe nicht sonderlich vernünftig reagiert, weil deine Worte mir Angst gemacht haben. Deswegen musst du nicht gehen." Sie streckte die Hand nach ihm aus.

Bevor sie sie auf seine Schulter legen konnte, wandte er sich zu ihr um. Der Ausdruck auf seinem Gesicht war ernst. In seinen Augen erkannte sie eine Mischung aus Anspannung und Unsicherheit. Was ging nur in ihm vor?

Bestimmt wollte sie nicht hören, was er ihr zu sagen hatte. „Tu es nicht", flehte sie. „Mach nicht mit mir Schluss."

Daniel ergriff ihre Hand und drückte sie. Ein zaghaftes Lächeln erschien auf seinen Lippen.

Dann beugte er sich nach unten und ging auf ein Knie.

Oh mein Gott!

„Katja. Sonne meines Lebens. Ich habe diesen Moment ganz anders geplant. Seit Tagen organisiere ich den perfekten Abend mit einem romantischen Picknick auf dem Dach. Es hängen bereits Lichterketten dort oben. Ich habe mit deiner Mutter gesprochen. In knapp zwei Wochen feiern wir unseren Jahrestag. Das wäre der ideale Moment gewesen. Aber ich habe nicht daran gedacht, wie sehr du Überraschungen hasst."

Sie lachte auf. Tränen füllten ihre Augen. Sie wusste, was jetzt kam, hatte davon geträumt, darauf gehofft, dass er ihr irgendwann in der Zukunft diese wichtige Frage stellen würde. Und nun war sie viel glücklicher, als sie gedacht hatte. Ihr Herz klopfte wie verrückt.

„Ja! Ja, ja, ja." Atemlos wiederholte sie dieses Wort.

„Du musst warten, bis ich dich gefragt habe", tadelte er, während seine Augen zu strahlen begannen. „Kannst du dich nicht *einmal* gedulden?"

„Okaaaay." Sie verdrehte die Augen und schalt sich in der nächsten Sekunde selbst. Es wäre besser, sie hielte sich noch eine Weile zurück.

Also setzte sie ein Lächeln auf, versuchte sich am hibbeligen Herumzappeln zu hindern und atmete tief durch.

„Ich habe mir eine Rede zurechtgelegt, aber jetzt sind die Worte wie weggeblasen. Womit wollte ich beginnen?" Daniel runzelte die Stirn.

„Es braucht nur vier Worte", erinnerte sie ihn.

„Nein, du hast mehr verdient. Ich liebe dich, Katja. Der Tag, an dem ich dich getroffen habe, war ein Wendepunkt in meinem Leben. Du hast mich mit deiner Schönheit, deiner Klugheit und deiner Fröhlichkeit umgehauen. Du hast mich mit deiner Lebendigkeit überrumpelt. Ich habe dich gesehen und gewusst, dass du die Richtige für mich bist. In deiner Nähe fühle ich mich stärker. Du machst mich zu einem besseren Mann. Wenn ich mir meine Zukunft vorstelle, dann sehe ich immer uns beide, zusammen, Hand in Hand, Seite an Seite."

Eine Träne löste sich aus ihrem Augenwinkel. Ihre Hände begannen zu zittern. Sie musste sich auf die Unterlippe beißen, um nicht schon wieder mit einem Ja dazwischenzurufen. Warum ließ er sich so lange Zeit? Sie versuchte sich seine Rede einzuprägen. Das hier war so ein verdammt wichtiger Moment in ihrem Leben. Aber sie wollte nur endlich seinen Antrag annehmen.

„Ich kann dir nicht versprechen, dass es immer nur schöne Tage geben wird", fuhr Daniel fort. „Aber auch wenn wir hin und wieder Streit haben oder wenn wir unterschiedlicher Meinungen sein werden, werde ich mein Bestes geben, damit du glücklich bist. Ich möchte dir alle Wünsche erfüllen, für dich da sein, dich unterstützen und ..."

„Das habe ich schon verstanden", unterbrach sie ihn. Tränen der Freude liefen ihr über das Gesicht. „Weiter."

Er lachte. Auch seine Augen begannen verdächtig zu glänzen. „In Ordnung. Dann überspringen wir den nächsten Teil. Katja, willst du aus all den genannten Gründen und denen, die ich noch nicht ausgesprochen habe, meine Frau werden?"

„Ja. Oh Gott, ja! Nichts würde ich lieber tun!"

Er stand auf und holte eine kleine Schachtel aus der Unterwäscheschublade.

Sie schlug die freie Hand vor den Mund, während er ihr einen Ring mit einem riesigen Diamanten an den Finger steckte. Wie der glitzerte! Sie konnte es immer noch nicht glauben. Er hatte ihr einen Antrag gemacht! Er musste diesen Klunker schon vor Tagen besorgt haben. Und er wollte den Rest seines Lebens tatsächlich mit ihr verbringen!

War es zu fassen? Sie war jetzt verlobt!

Bald würden sie eine Hochzeit planen, zusammenziehen, eine Familie sein.

Eine Familie.

Jetzt verstand sie, warum er ein Problem mit Elisas Verhalten ihm gegenüber hatte. Sie würden Zeit als Familie verbringen. Viel Zeit. Wenn Elisa Daniel weiterhin so abfällig behandelte, würde das Auswirkungen auf die gesamte Familie haben.

Die plötzliche Verunsicherung und Verwirrung schienen auf ihrem Gesicht geschrieben zu stehen. Daniel legte seine Hände darum. „Was ist los?"

„Nichts. Nur ... was machen wir mit Elisa?"

„Darum kümmern wir uns ein anderes Mal. Wenn sie erfährt, dass wir heiraten wollen, ändert sie vielleicht ihre schlechte Meinung von mir."

Sie runzelte die Stirn. „Du willst mich nur beruhigen. Noch vor wenigen Minuten hattest du ganz ähnliche Befürchtungen, Daniel."

„Das war, bevor du mich mit deiner Antwort zu einem unbesiegbaren, selbstbewussten Mann gemacht hast." Er lächelte ihr zu. „Gemeinsam schaffen wir alles. Sogar deine Schwester davon zu überzeugen, dass ich ein toller Kerl bin."

„Wie sollen wir es meiner Familie sagen?", überlegte Katja. „Vielleicht sollte ich sie gleich anrufen." Sie machte einen Schritt von ihm weg. Ihre Handtasche musste doch irgendwo hier in der Nähe sein.

„Damit warten wir lieber bis morgen." Lachend zog er sie an sich und drängte sie Richtung Bett.

„Natürlich."

Er beugte sich zu ihr und küsste sie. Sanft, vorsichtig und voller Liebe. Seine Hände strichen über ihren Körper, rieben mit festem Druck über ihre Haut.

Sie erzitterte unter seinen zärtlichen Berührungen. Bis morgen zu warten, war wohl die richtige Entscheidung. Um diese Uhrzeit läutete man nicht einfach bei jemandem durch. Besonders dann nicht, wenn es sich um keinen Notfall handelte. Es war viel besser, das morgen nach der Arbeit zu erledigen. Jetzt galt es, den

Moment auszukosten. Oh ja, sie wollte diese Nacht genießen.

Seufzend vertiefte sie den Kuss, umarmte Daniel und ließ sich mit ihm auf die Matratze fallen. Er landete schwer auf ihr. Die Luft wurde aus ihren Lungen gepresst, doch sie trennte dennoch ihre Lippen nicht von seinen.

Daniel – ihren Verlobten – auf sich zu fühlen, brachte das Blut in ihren Adern zum Kochen. Ihre Haut erhitzte sich, während sich ein schwerer Knoten in ihrem Magen bildete. Sie hatten zu viel Kleidung an. Viel zu viel. Mit hastigen Bewegungen streifte sie ihm das störende Hemd vom Oberkörper, drückte ihn dann auf den Rücken, um sich auch um seine Hose zu kümmern.

Als sie an ihm herunterrutschte, zog sie ihm gleichzeitig den Stoff bis zu den Knöcheln. Kurz überlegte sie, die Hose an Ort und Stelle zu lassen. Einfach nur noch die Boxershorts folgen zu lassen und dann auf ihn zu klettern. Sie wollte ihn in sich spüren. Jetzt. Aber Vorfreude war doch die schönste Freude. Eine weitere Minute würde nicht schaden.

Sie zerrte ihm Socken und alles andere von den Füßen und rutschte dann wieder langsam an ihm hoch.

Mit dunklem Blick beobachtete Daniel, wie sie sich auf ihn legte, sich mit langsamen, lasziven Bewegungen an ihm rieb. Ein leises Knurren drang über seine Lippen. Er krallte seine Finger in ihr Haar, um sie zu sich zu ziehen. Sein Kuss war hungrig und ungeduldig.

Gott, wie sehr sie ihn liebte. Er war alles, wovon sie immer geträumt hatte. Er besaß jeden Charakterzug, den sie sich bei ihrem Traummann gewünscht hatte.

Sie hatte noch niemals einen Mann getroffen, der dermaßen sexy und stark sowie gleichzeitig sensibel und rücksichtsvoll war. Für ihn hatte sie ihr wildes Leben bereitwillig aufgegeben. Und mit seiner Bitte, sie zu heiraten, hatte er ihr bewiesen, dass es richtig gewesen war, ihm ihr Vertrauen zu schenken. Die Liebe zu diesem Mann weitete ihr Herz beinahe schmerzhaft.

Sie drückte ihre Hände gegen seine Brust und setzte sich auf. Schwer atmend kreiste sie mit ihren Hüften. Daniel stöhnte, doch sie hatte nicht vor, ihn so schnell zu erlösen. Lächelnd veränderte sie ihre Position und rutschte tiefer.

Ihre Lippen bewegten sich von seiner Schulter über sein Schlüsselbein zu der Kuhle unter seinem Hals. Ab jetzt durfte nur noch sie diese besonders empfindliche Stelle berühren, den Bogen mit ihrer Zungenspitze nachfahren und ihm mit einem sanften Saugen ihren Stempel aufdrücken.

Wie gut er schmeckte! Hungrig wollte sie sich tiefer küssen, doch er packte sie an den Oberarmen und drehte sich mit ihr herum. Ein überraschter Laut kam über ihre Lippen, dann verschloss er sie ihr mit einem stürmischen Kuss. Seine eleganten Finger fuhren über ihre Seite zu ihren Brüsten, kneteten sie sanft.

Stöhnend wand sie sich unter ihm. Als seine Zunge über ihre Brustwarze strich, jagte ein Stromschlag durch ihren ganzen Körper. Sie umschlang seine Taille mit ihren Beinen, hielt ihn an Ort und Stelle, während er sie weiter liebkoste.

Mit geschlossenen Augen genoss sie die Leidenschaft, die er in ihr weckte. Er und nur er. Es gab niemanden, der ihr wichtiger war als dieser Mann. Sie würde alles tun, damit sie zusammenbleiben konnten und damit es ihm gut ging. Jeden zittrigen Atemzug tat sie nur für ihn.

Nachdem er sich zu ihrem Hals hochgeküsst hatte und sanft an ihrem Ohrläppchen gesaugt hatte, spürte sie seine Härte an ihrem Oberschenkel. Sie öffnete sich weit für ihn, hieß ihn willkommen.

„Ich liebe dich", murmelte er an ihrem Ohr, während er sich weiter in sie schob. „Du bist mein Schicksal, meine Seelenverwandte. Für mich wird es niemals wieder jemanden geben wie dich. Auf dich habe ich gewartet."

Ihre Lippen trafen sich. „Ich liebe dich noch viel mehr." Sie bog sich ihm entgegen.

Seine Stöße erschütterten ihren Körper und ihre Seele. Ihre Verbindung ging weit über das Sichtbare hinaus. Mit ihren Lippen, ihren Händen, ihrem Körper versprachen sie sich die Ewigkeit.

Katjas Muskeln spannten sich an. Jede Faser ihres Körpers bereitete sich auf diesen einen Moment vor, der sie in den Himmel katapultieren würde.

Daniels Bewegungen wurden ruheloser, unkontrollierter. Er rammte sich in sie, einmal, zweimal. Dann erstarrte er. Und im nächsten Augenblick wurde sie gemeinsam mit ihm hochgerissen. Sie schossen zu den Sternen, schwebten schwerelos, bevor die Gravitation sie langsam wieder auf den Boden der Tatsachen sinken ließ.

Watteweiche Leichtigkeit hüllte sie ein. Sie legte Daniel die Arme um den Hals, klammerte sich an ihm fest, wartete, bis ihre Atmung sich beruhigte hatte.

Als sie die Augen wieder öffnete, fiel ihr Blick auf ihre Hand. Der Diamant auf dem Ring, den er ihr geschenkt hatte, reflektierte das Licht, warf bunte Flecken an die Decke.

Mit einem glücklichen Lächeln beugte sie sich hoch, um Daniel zu küssen. Das hier war der Beginn von etwas Wundervollem.

9. Kapitel

Elisa traute ihren Ohren nicht. Katja strahlte in die Runde, nachdem sie die Bombe hatte platzen lassen. Tante Mariette klatschte in die Hände, während ihre drei Töchter der zukünftigen Braut um den Hals fielen.

„Wie wundervoll!", quiekte Claire und hüpfte auf der Stelle.

„Das wird das Event des Jahres!", versprach Lavina, während die Dritte, Therese, bereits aufzählte, wer alles eingeladen werden müsste.

„Welch Überraschung", mischte sich ihre gemeinsame Großmutter ein, bei der die Familie zum Tee geladen war. Elisa fing den besorgten Blick der alten Dame auf.

„In der Tat wird es ein Event werden", bestätigte Tante Andrea, während sie Katja über den Rand ihrer Tasse hinweg zulächelte. „Es muss hier stattfinden, schließlich bist du eine Abbington."

Elisa schüttelte den Kopf. Sie stand außen vor, wie immer bei diesen Familienzusammenkünften. Ein Umstand, der ihr sonst nichts ausmachte, aber das hier war anders. Sie spürte die freudige Aufregung, die in der Luft lag, sah in die lächelnden Gesichter und spürte die Distanz auf jedem Quadratmillimeter ihres eiskalten Körpers. Es schmerzte, zumal sie in ihrer Kindheit stets eine Einheit mit ihrer Schwester gebildet hatte. Katja und Elisa gegen den Rest der Welt.

„Das hatte ich gehofft", seufzte Katja. „Abbington Hall
wäre der perfekte Hintergrund für unseren perfekten
Tag. Daniel hat Familie hier, auch wenn er in Birmingham aufgewachsen ist."

Grauen wallte in Elisa auf. Es war ein bekanntes Gefühl, eines, das sie immer wieder übermannte, seit sie
ein Kind gewesen war. Womöglich hing es mit dem Tod
ihres Onkels zusammen, der noch auf seiner eigenen
Hochzeitsfeier einen tödlichen Anfall erlitten hatte –
vor ihren Augen. Seither ertrug Elisa schon den Gedanken an Beziehungen nicht mehr.

Katjas Blick huschte durch den Raum und traf den ihren. Elisa sah die Erwartung ihrer älteren Schwester,
ihre Hoffnung und die unbändige Freude, die Elisa den
Hals zuschnürte.

Sie musste raus aus dem stickigen Salon, also sprang
sie aus ihrem Sessel und ließ die Gesellschaft zurück.
Der Korridor dehnte sich vor ihr, und sie beschleunigte
ihre Schritte, um in die Halle zu kommen und durch die
Haustür zu verschwinden.

Die Stufen der Freitreppe bildeten einen Halbkreis
und führten auf den geschotterten Vorplatz. Elisas
Herz pochte wild, aber nun, unter freiem Himmel, mit
dem leichten Wind, der mit ihrem hellbraunen Haar
spielte, beruhigte sie sich langsam wieder.

Ihr Therapeut hielt es für eine irrationale Angst, aber
was war irrational an einem realen Erlebnis?

„Elisa?", rief Katja von der Treppe aus. Sie zögerte, sah
zurück ins Haus, bevor sie langsam die Stufen hinunterkam. „Geht es dir gut?"

Elisa schüttelte stumm den Kopf, obwohl tausend
Worte aus ihr heraussprudeln wollten. Aber welche

wären die richtigen? Welche klangen nicht, als wären sie einfach nur ein Rückfall in die Panikattacken ihrer Kindheit?

Katja legte zögerlich den Arm um ihre Schulter, den Elisa abschüttelte.

„Schon gut." Sie räusperte sich, suchte nach einem guten Grund, warum sie aus dem Salon geflüchtet war, konnte aber letztlich nicht aus ihrer Haut. „Wie ist das passiert?"

„Wie bitte?" Katja hatte sich bei ihr eingehakt und wollte sie zurück zum Haus dirigieren, blieb nun aber wieder stehen.

„Wir haben vorgestern gemeinsam gegessen, sag nicht, du hast es mir die ganze Zeit über verheimlicht!" Elisas Wut ließ ihre Stimme beben. Es zeigte ihr, wie leicht sie immer noch aus dem Gleichgewicht zu bringen war, und ärgerte sie zugleich.

„Nein", beruhigte Katja sie, ein Grinsen stahl sich auf ihre Lippen, und sie bekam erneut dieses unheimliche Strahlen, das Elisa eine Gänsehaut über den Körper kriechen ließ. „Daniel ist so ein Schatz, er hat sich für den Antrag solche Mühe gemacht!", lachte die frischverlobte Schwester, klammerte sich dabei an ihren Arm und zog sie weiter. „Ein Dinner unter den Sternen zu unserem Einjährigen!"

Die Freude der Schwester beunruhigte Elisa nur noch mehr. Sie hatte doch keine Ahnung, worauf sie sich da einließ!

Für einen Moment übermannten sie die Befürchtungen und Ängste ihrer Kindheit.

„Ein Jahr? Was hat er zu verbergen, wenn er dich schon nach einem Jahr festnageln will?"

Die Zufriedenheit rann aus dem verträumten Antlitz der zukünftigen Braut und ließ Verwirrung zurück.

„Ich meine ..." Sie bekam nicht die Möglichkeit, ihre Bemerkung auszuführen. Das Cousinen-Trio kam ihnen entgegen, wodurch jedes vertrauliche Gespräch warten musste.

Katja schien erleichtert, sich wieder in die fröhliche Stimmung flüchten zu können, und stimmte in das Geschnatter der Cousinen ein. Elisa fiel zurück. Den Fuß auf die unterste Stufe setzend, sah sie auf.

Die mächtigen Säulen thronten vor ihr und gaben Abbington Hall einen Hauch römischen Glanzes. Gleichzeitig wirkte das Gebäude bedrohlich, fast wie ein Ungeheuer, das die Zähne fletschte.

Die vier kichernden Frauen waren längst schon in dem dunklen Schlund verschwunden, und nur Elisa stand einsam und schaudernd vor dem Haus. Es war, als spräche es zu ihr, warnte sie vor dem Unheil, das bald auf sie herabkäme. Auf Katja, da war sie sich sicher, aber die Schwester war so himmelhoch jauchzend in ihrer Fantasie verloren, dass Elisa mehr brauchte, als diffuse Empfindungen, um sie zu überzeugen, dass es ein Fehler war, Daniel zu heiraten.

Entschlossenheit durchströmte Elisa. Sie liebte ihre Schwester und täte alles für sie. Ruhiger stieg sie die Stufen hinauf, nicht, um zurück zu der Teeparty zu gehen, sondern um etwas anderes, Handfestes zu finden.

Momentan gab es nur ihr inneres Wissen, dass Liebe und Ehe in ihrer Familie unweigerlich ins Unglück mündeten. Aber damit wollte sie sich nicht länger abfinden. Sie wollte Fakten, Tatsachen, die niemand, nicht einmal ihre unmöglich verschossene Schwester ignorieren konnte.

Elisa suchte nach dem Familienbuch. Laut des Dienstmädchens sollte es in der privaten Schreibstube ihres verstorbenen Onkels sein, so wie alle Papiere der Familie, aber selbst diese Eingrenzung war nicht hilfreich. Elisa ließ sich in den schweren Ohrensessel zurückfallen und lehnte den Kopf an. Wenn sie ein Familienbuch wäre, wo würde sie sich verstecken?

Sie war sich nicht sicher, ob es tatsächlich der beste Weg war, um an Informationen zu kommen, aber es war der schnellste, so sie das Buch überhaupt fand. Da es nicht in den Schubladen des Schreibtisches lag, nahm sie die Regale dahinter unter die Lupe. Regal um Regal durchsuchte sie, in dem fieberhaften Bedürfnis, die Wahrheit ans Licht zu bringen. Doch es fehlte jede Spur des Buches. Sie war schon fast soweit, aufzugeben, da glitten ihre Finger über güldene Lettern auf einem Ledereinband.

Aufatmend nahm sie es heraus und platzierte es auf dem Schreibtisch. Es war dick und alt, weshalb sie den Einband nur ganz vorsichtig umklappte. Obenauf lag die Geburtsurkunde ihres Cousins Reginald. Darunter die Sterbeurkunde ihres Onkel Griffin.

Die Erinnerung durchzuckte sie. Ihr Onkel war stets lustig und heiter gewesen, eine Frohnatur und damit das Gegenteil ihrer Mutter. Sophie mochte die Gene mit Griffin teilen, aber sonst hatte sie mit ihrem Bruder nichts gemein gehabt, schon gar nicht die Lebensfreude.

Mit Tränen in den Augen blätterte Elisa weiter. Eheurkunden, Geburtsurkunden und Sterbeurkunden füllten das Buch, was es zu einem wahren Schatz machte. Zu einem makabren Schatz, aber zum ersten Mal seit Jahren fühlte Elisa so etwas wie Hoffnung in sich aufsteigen. Sie hatte einen Plan, und sie hatte nicht vor, sich aufhalten zu lassen.

Konnte sie es wagen, das Familienbuch mitzunehmen? Da sie unmittelbar vor London lebte, oder von Kent aus gesehen unmittelbar dahinter, wäre es umständlich, ständig zum Nachschlagen nach Abbington Hall zu fahren. Nachdenklich schlug sie es zu und ließ die Finger rhythmisch darauf tappen. Letztlich konnte sie genauso gut Bilder von den Dokumenten machen und sie zu Hause ausdrucken. Egal wonach sie suchte, es war so sicher ebenfalls zu finden, auch wenn sie die Originale nicht mitnahm.

Elisa brauchte eine Weile, bevor sie das Buch zurück an seinen Platz stellen konnte. Mit einem Haufen Informationen, die sie sichten und einordnen musste, verließ sie Abbington Hall durch das Haupttor und stieß am Fuß der Treppe mit jemandem zusammen, weil sie absolut in ihren Gedanken gefangen war.

„Oh, Verzeihung!" Elisa sah auf, schob sich dabei die dunklere Strähne in ihrem Schopf hellbraunen Haares aus den Augen und stockte verwundert. Das Paar Augen, in das sie nun starrte, waren das braunste, das ihr je begegnet war.

„Ich habe versucht, Sie auf mich aufmerksam zu machen." Der Herr lächelte freundlich und steckte die Hände in die Jeanstaschen.

„Benedict Leighton." Er musste die Hand wieder hervorholen und wischte sie schnell an seinem Pullover ab, bevor er sie Elisa entgegenstreckte. Sein Grinsen blieb schief, so als wüsste er nicht, wie er sich verhalten sollte.

„Elisa Henley." Sie schüttelte seine Hand knapp, bevor sie zum Haus in ihrem Rücken deutete. „Um die Zeit werden Sie hier nicht mehr reingelassen. Gehen Sie um das Haus herum zur Südseite, dort befindet sich ebenfalls ein Eingang. Dort hilft man Ihnen weiter."

Sie nickte mit einem nichtssagenden Lächeln und wollte ihren Weg fortsetzen, aber er verstellte ihr diesen erneut.

„Sorry, aber ..."

Elisa machte abwehrend einen Schritt zurück und hob die Hände. „Hey, was soll das?"

„Ich suche dich."

„Was?" Sie brachte mehr Raum zwischen sich und den Unbekannten mit den unheimlich braunen Augen.

Benedict blieb wo er war, zeigte seinerseits seine Handflächen und beschwor sie, ihm kurz Gehör zu schenken.

„Ich bin Daniels Cousin."

Elisa konnte ihn nicht zuordnen. „Entschuldigung, ich kenne keinen ..." Aber das stimmte nicht ganz, also klappte sie den Mund zu.

„Du bist doch Katja Henleys Schwester?" Seine Hände sanken, und er wechselte nervös das Standbein. „Er rief an und bat mich ..." Er brach ab. „Tschuldige."

„Die bin ich. Sorry, ich vergesse *Daniel* ständig." Sie verdrehte die Augen und stemmte die Hände in die Hüften. „Konnte mir die Namen der Typen meiner Schwester noch nie merken." Dass sie implizierte, es wären viele und das auch noch gegenüber einem Verwandten von Katjas Verlobten, störte Elisa nicht weiter. Diese Ehe war ohnehin ein rotes Tuch für sie und Katja einfach verblendet. Schließlich wusste niemand besser als Elisas große Schwester, wie Kerle waren und wie man sie daher behandeln sollte.

„Oh Mann, jetzt hast du mich ganz schön verwirrt!" Er lachte nervös auf und fuhr sich durch das rabenschwarze Haar. „Einen Moment dachte ich schon, ich hätte irgendeine x-beliebige Wildfremde angesprochen ..."

„Hör zu, ich bin beschäftigt. Was willst du von mir?"

Damit sorgte sie erst einmal für Schweigen und nicht für eine schnelle Klärung der Situation. Dann haspelte er etwas, lief rot an und brach erneut ab.

„Komm schon. Ich habe eine dreistündige Fahrt vor mir und das nur, wenn der Verkehr fließt." Elisa schnalzte und stapfte los. Ihr Wagen stand am Ende der Auffahrt auf einer heckenumzäunten Parkfläche. „Können wir das auf dem Weg zum Auto klären?"

„Äh ja, klar, sorry." Er schloss sich an, spuckte aber nicht aus, was er wollte.

Auf halben Weg stoppte Elisa daher erneut und starrte ihn finster an. „Worum geht's?"

„Also, äh ..."

„Daniel ist dein Cousin und hat dich geschickt, um ...", soufflierte sie mit einem Rollen ihrer rechten Hand, die ihn dazu bringen sollte, fortzufahren.

„Hilfe."

Elisa prustete. „Sicher nicht." Sie ließ ihn stehen. Es kam gar nicht in Frage, dass sie Katja auch noch in ihr Unglück schubste!

„Es geht um eine alte Tradition ..."

„Vergiss es!“, rief Elisa, während sie in ihrer Handtasche nach dem Wagenschlüssel suchte, um die Verriegelung elektronisch zu entsperren.

„Es ist ihm sehr wichtig.“

„Mir nicht.“ Sie riss die Tür auf, rutschte in den Sitz und wollte sie wieder zuziehen, aber Benedict stoppte den Versuch.

„Bitte.“

Elisa musste zu ihm aufsehen, was sie mit brennendem Blick auch tat. Benedict räusperte sich, gab sein Vorhaben aber nicht auf.

„Es geht um die Brautentführung.“

Elisa blinzelte.

„Es mag barbarisch klingen, aber es ist seit Jahrhunderten Sitte in unserer Familie.“ Er zuckte die Achseln. „Es ist leichter, wenn wir Hilfe von der Brautseite haben, und es soll schließlich spaßig sein und ...“

Irgendetwas an seinem Gestammel ließ ihren Ärger, aufgehalten zu werden, schwinden. Eine Brautentführung hatte etwas. Wenn alles schieflief, war es eine verzweifelte, wenn auch kurzfristige Option, die Eheschließung noch zu verhindern. Und vor ihr stand offenbar jemand, der darin Erfahrung hatte. Sie musterte Benedict mit neu erwachtem Interesse.

„Wohnst du in der Nähe?“

„Es sind einige Meilen, aber ja.“

„Bist du zu Fuß da?“

Dann könnte sie ihn mitnehmen und ausfragen. Sie lächelte und bediente sich dabei der Trickkiste ihrer Schwester. Auch wenn Elisa weniger promisk als diese war, hatte sie das Spiel der Verführung gelernt.

„Mit dem Wagen.“ Er deutete Richtung Straße. „Ich parke dort oben.“

„Steig ein, ich nehme dich mit.“

Er musste um das Auto herum und warf vorsichtig die Tür zu, bevor er sich anschnallte. „Danke.“

„Du hast mich neugierig gemacht“, gestand Elisa vorsichtig. „Warum eine Brautentführung? Es klingt tatsächlich barbarisch.“

„Tja, so genau weiß ich es auch nicht. In alten Zeiten war es wohl üblich, um das Brautgeld in die Höhe zu treiben.“ Er zuckte die Achseln. „Heutzutage ist es eher ein Spaß für die Brautjungfern und Trauzeugen.“

„So?“ Elisa fuhr im Schritttempo bis zum Tor, das automatisch aufschwang. „Wie läuft das?“

„Das werden wir gemeinsam absprechen.“

„Wir?“ Elisa trat heftiger als nötig auf die Bremse. Benedict stemmte sich ab.

„Wow. Easy!“

„Sorry. Hast du wir gesagt?“ Elisa drehte sich in ihrem Sitz.

„Yep.“

„Warum ...“ Elisa klappte den Mund zu. Sie kannte ihre Schwester gut genug, um eine handfeste Vermutung zu haben. „Wir müssen nicht zufällig auch gemeinsam zur Hochzeit erscheinen?“

Versuchte Katja schon wieder, sie zu verkuppeln? Neuer Ärger feuerte ihre imminente Wut an.

Benedict wich ihrem Blick aus, was Elisa als Ja wertete. Sie war kurz davor, ihn aus dem Wagen zu werfen, als er den Finger ausstreckte. „Da ist mein Auto.“

Er räusperte sich, als sie am Straßenrand hielt. „Was das andere anbelangt …“ Er schnallte sich unnötig langsam ab. „Wenn du einen Partner hast, kommst du mit ihm. Nur die Singles werden zusammengesteckt.“ Er zuckte die Achseln. „Du müsstest mir zwecks Absprache der Entführung deine Nummer geben.“

„Ich weiß nicht einmal, ob ich da mitmachen will“, schlug sie aus. „Und gewöhnlich gebe ich meine Nummer auch nicht Wildfremden, die mir irgendwo auflauern.“

„Vernünftig“, räumte Benedict ein. Seine Handflächen wischten über seine Oberschenkel. „Aber bis du dich entschieden hast, könntest du doch mitspielen.“

„Machen wir es andersherum. Du gibst mir deine Nummer, und wenn ich der Meinung bin, partizipieren zu müssen, rufe ich dich an.“ Damit hatte sie alle Asse in ihrer Hand. Sie lächelte selbstgefällig und deutete auf das Handschuhfach. „Dort findest du Papier und Stift.“

10. Kapitel

Als Katja das Lokal betrat, wandte sich ihr ein Kerl an der Theke zu und schickte ihr einen anzüglichen Blick. Ein Mann an einem der Tische, an denen sie vorbeikam, starrte ihr unverhohlen in den Ausschnitt. Und ein Typ, der gerade von seiner Freundin angequatscht wurde, ließ seinen Blick etwas zu interessiert über sie gleiten.

Anders als sonst schickte sie dem ersten Kerl kein einladendes Lächeln. Den zweiten Mann tadelte sie mit einem Stirnrunzeln. Und der letzte Typ bekam einen finsteren Blick. Der Ring an ihrem Finger änderte alles.

Sie steuerte den Tisch in der hinteren Ecke des Raumes an, an dem Elisa bereits auf sie wartete.

„Es muss furchtbar nerven, so viel Aufmerksamkeit auf sich zu ziehen", überlegte Elisa, nachdem sie sich begrüßt hatten. „Wenn du in einen Raum kommst, wirst du sofort von jedem männlichen Wesen abgecheckt."

„Das macht die Haarfarbe", erklärte Katja ohne falschen Stolz. „Wir sehen uns total ähnlich. Wenn ich meine langen, blonden Haare nur eine Spur dunkler färben und kürzer schneiden würde, wäre ich genauso uninteressant wie du."

Elisa zog eine Schnute. „Wie nett du bist, Schwesterherz. Deine Komplimente werden mit jedem Tag großzügiger."

Katja lachte. Eine Stichelei unter Schwestern gehörte einfach dazu. „Du kannst dir von diesen Kerlen ruhig einen schnappen. Ich brauche diese Männer nicht mehr. Schließlich habe ich meinen Traummann gefunden und lasse mich von ihm zu einer ehrenwerten Frau machen.“

„Als würde ein Ring reichen, um deinen Charakter zu ändern.“ Elisa hob eine Augenbraue.

Das Lachen fiel Katja plötzlich schwerer. Natürlich wusste sie, dass sie sehr umtriebig gewesen war und einen wundervollen Mann wie Daniel nicht unbedingt verdient hatte. Aber sie hoffte, ihre Schwester würde nicht darauf anspielen. „Was soll das heißen?“, fragte sie heiser.

„Dass du deine Freiheit vermissen wirst. Daniel kann dir nicht genug bieten. Er ist ... er ist viel zu spießig für dich.“

Auch wenn diese Behauptung Daniel schlecht dastehen ließ und nicht Katja, war sie über den Kommentar verärgert. „Das stimmt nicht. Daniel ist bodenständig und weiß ganz genau, was er will. Er schenkt mir Ruhe und Gelassenheit. Noch niemals habe ich mich bei einem Mann so sicher gefühlt.“

„Wenn du meinst ...“ Elisa verzog das Gesicht.

Es hatte keinen Sinn, ihr etwas zu erklären, was so offensichtlich war. Katja wollte sich nicht den Mund fusselig diskutieren.

Der Kellner trat an ihren Tisch. Seinem nichtssagenden Lächeln nach zu urteilen, hatte er entweder nicht mitbekommen, dass die beiden Frauen vor ihm sich unpassend kühl ansahen oder es war ihm egal.

„Was darf ich Ihnen bringen? Heute haben wir grüne Smoothies im Angebot.“

Katja wusste nicht, ob sie sich über diese Unterbrechung ärgern sollte. Elisa sollte keine Gelegenheit erhalten, sich neue Munition zu überlegen. Allerdings könnte ein Neustart von Vorteil sein. Zumindest war Katja in der Lage, erst mal tief durchzuatmen.

Während Elisa sich durch die Karte wühlte und beinahe zu jedem Gericht Fragen stellte, überlegte Katja, was sie bestellen sollte. Ob sie das hier kurz halten sollte? Aber sie hatte ihre Frage noch nicht gestellt.

„Bringen Sie mir bitte ein großes Frühstück“, sagte sie, als sie endlich die Gelegenheit erhielt, dem Kellner ihre Wünsche mitzuteilen.

Der junge Mann nickte, kritzelte etwas auf seinen Block und verschwand.

Katja wandte sich wieder ihrer Schwester zu. „Danke, dass du dir Zeit für ein Treffen genommen hast.“

„Kein Problem. Ich freue mich, dich ohne diesen Verrückten zu treffen.“

Sofort verlor Katja jeden Rest von Fröhlichkeit. So viel zu ihrem neuen Charakterzug Gelassenheit. Es war an der Zeit, dieses Thema endgültig zu klären. „Nenn ihn nicht so!“

„Was wäre dir denn lieber? Ist Spinner oder Nervensäge besser?“ Elisas Gesichtsausdruck wurde abweisend.

„Daniel ist mein Verlobter. Ich liebe ihn und werde ihn bald heiraten. Dann sind wir eine Familie.“

„Bäh!“

Katja seufzte. „Was hast du nur gegen ihn?“

Ihre Schwester zuckte mit den Schultern und sah zur Seite. „Du hast etwas Besseres als ihn verdient. Er ist eingebildet und egoistisch."

„Das ist er nicht!"

„Bisher hat er es nur gut versteckt. Alle Männer saugen die Falschheit mit der Muttermilch ein. Lass dich davon nicht täuschen."

Vielleicht hatte es schon früher Anzeichen gegeben. Fremde erkannten das möglicherweise deutlicher. Vermutlich war Katja zu nahe dran. Aber sie hatte bis jetzt nicht geahnt, dass ihre Schwester wahnsinnig war. All die Jahre, die sie damit verbracht hatte, nach Fehlern von Männern zu suchen, mit denen sie zusammengetroffen war, hatten an ihrem Verstand genagt. Anders war es nicht zu erklären, weshalb sie sich dermaßen sonderbar verhielt.

„Eigentlich habe ich mich heute mit dir verabredet, weil ich dich um etwas bitten wollte", gab Katja zu. „Aber ich glaube, das kann ich mir sparen. Du willst mich ohnehin nicht unterstützen."

Das erste Mal zeigte das Gesicht von Elisa so etwas wie Bedauern. „Ich liebe dich. Du bist meine Schwester, und ich will für dich da sein. Für deinen schlechten Geschmack bei Männern kannst du ja nichts."

Ein kleiner Schritt aufeinander zu. „Du machst dir Sorgen um mich. Das erkenne ich an. Wir haben früher unsere Geheimnisse geteilt und sollten auch jetzt zusammenhalten. Du bist mir wichtig. Darum will ich, dass du Teil von meinem neuen Leben wirst."

„In die Sekte, die diesen Daniel anhimmelt, steige ich nicht mit ein. Doch bei allem anderen bin ich dabei."

Katja lächelte. „Super. Willst du dich an der Planung der Feier aktiv beteiligen?"

Dem entsetzten Gesichtsausdruck von Elisa nach zu urteilen, handelte es sich nicht um die Frage, die sie erwartet hatte. „Du meinst doch hoffentlich nicht deine Hochzeit mit dem Spießer?"

„Ich werde meine Meinung nicht ändern und mich von ihm trennen. Also wird es eine Hochzeit geben."

„Aber …"

Enttäuscht schüttelte Katja den Kopf. „Ich glaube, ich will nicht noch mehr hören."

„Er ist nicht der Richtige. Du musst dich nicht festlegen. Das werde ich dir immer wieder sagen, bis meine Worte zu dir durchdringen", erklärte Elisa.

„Wie kannst du nur so einen Schwachsinn behaupten?"

Elisa streckte die Hand aus und legte sie auf Katjas. „Du hast doch die freie Auswahl. So viele tolle Männer stehen auf dich. Früher hattest du auch jede Woche einen Neuen. Attraktive und umwerfend schöne. Selbstbewusste und dominante. Süße und echte Machos. Oberflächliche und welche, mit denen man tiefsinnige Gespräche führen konnte. Du hast es genossen, mit diesen Kerlen zusammen zu sein. Du hast dich in ihrer Bewunderung gesonnt. Du hast dich von ihrer Ausstrahlung anziehen lassen. Du hast genommen, was sie zu bieten hatten, und dann hast du dir den nächsten gesucht. Damit warst du doch glücklich. Es könnte wieder so sein."

„Warum sollte ich das wollen? Dieses Leben hat Spaß gemacht, als ich jünger war. Doch ich habe mich weiterentwickelt. Jetzt will ich etwas anderes, mehr."

Überrascht hob Elisa eine Augenbraue. „Worauf spielst du denn an?"

„Auf eine eigene Familie."

„Wie meinst du das?"

„Naja, irgendwann einmal plane ich, dich zur Tante zu machen."

Die Worte hatten eine verblüffende Wirkung auf Elisa. Ihr blieb der Mund offen stehen. Die Augen weiteten sich. Alle Farbe wich aus ihrem Gesicht. Sie hätte genauso gut gerade erfahren können, dass sie selbst schwanger war.

„Warum schockiert dich das so?", fragte Katja verwirrt. „Was dachtest du denn, worauf meine Ehe mit Daniel hinauslaufen würde? Du weißt, wie sehr ich Kinder liebe."

„Aber … aber …"

Bevor Elisa passende Worte finden konnte, stellte der Kellner Teller vor ihnen ab. Während er die Getränke verteilte, wartete Katja ungeduldig, dass er endlich wieder verschwand. Auch wenn sie sicher war, Elisas Kommentar nicht hören zu wollen, mussten sie sich dringend unterhalten.

„Du kannst doch nicht Kinder in diese Sache mit reinziehen!", behauptete Elisa. „Überleg mal, wie sehr sie leiden werden, wenn sie ohne Vater aufwachsen müssen."

„Was redest du da für einen Unsinn? Daniel und ich werden glücklich sein. Bis in alle Ewigkeit. Wir trennen uns doch nicht!"

„In unserer Familie gibt es genug Beispiele, wie verheerend sich das Fehlen eines Vaters auswirken kann.

Bist du sicher, dass du Kinder in die Welt setzen magst? Ausgerechnet mit Daniel?“

„Mit wem sonst?“, blaffte Katja. „Passt dir irgendjemand besser in den Kram? Ich verstehe dich nicht. Warum denkst du, unsere Kinder würden ohne Vater aufwachsen? Glaubst du, Daniel könnte aus beruflichen Gründen auswandern müssen? Selbst wenn, würde ich ihm einfach folgen. Mein Platz ist jetzt an seiner Seite. Und wenn ich Kinder mit ihm haben will, dann kriege ich welche.“

Der finstere Ausdruck in den Augen ihrer Schwester veränderte sich nicht zum Positiven. „Wer braucht schon Kinder ...“

„Das höre ich oft von dir. Doch wenn du mit den Kindern unserer Cousine zusammen bist, erkenne ich deine Begeisterung. Du spielst mit den Jungs so gerne Fußball. Und wie du mit dem Baby von Andrea umgegangen bist. Du wärst eine tolle Mutter. Fehlt nur noch der passende Mann dazu.“

Elisa runzelte die Stirn. Traurigkeit huschte über ihr Gesicht. Sie griff nach der Gabel und stocherte in ihrem Rührei herum. Obwohl es appetitlich aussah, schien sie keinen Appetit zu haben.

„Du liebst Kinder. Das weiß ich ganz genau“, fuhr Katja fort. „Sie fühlen sich wohl bei dir. Und du verbringst gerne Zeit mit ihnen. Warum leugnest du das?“

„Themenwechsel.“

Katja schnitt ihr Brötchen auf und strich Butter auf eine Hälfte. Gleich würde noch Marmelade folgen. „Schön. Dann erzähl mir von dem Date, das du letzte Woche hattest. Du warst doch mit diesem Kerl aus dem Fitnesscenter verabredest.“

„Er war langweilig.“

Katja unterdrückte ein Seufzen. „Nicht alle Männer sind tatsächlich so langweilig, wie du glaubst. Du musst sie näher kennenlernen, um entscheiden zu können, was sie wirklich zu bieten haben.“

„Kennst du einen, kennst du alle.“

Nach einem großen Bissen vom Marmeladenbrötchen und ausgiebigem Kauen hatte Katja die meisten bissigen Antwortvarianten heruntergeschluckt. Sie versuchte stattdessen, Elisas Worte zu ignorieren.

Unter den provozierenden Blicken ihrer Schwester suchte Katja nach einem neuen Ansatz. „Dann war das Date eben ein Reinfall.“

Elisa lachte auf. „Definitiv.“

„Manchmal braucht es mehr als einen Abend, um herauszufinden, ob man den Richtigen vor sich hat.“

„In dem Fall nicht. Da haben zehn Minuten gereicht, um mir klarzumachen, dass es ein Fehler gewesen ist, seine Einladung anzunehmen. Typen, die ihre Muskelpakete im Fitnesscenter perfektionieren und sich dabei ständig im Spiegel betrachten, haben nichts in der Birne.“

„Du gehst doch auch regelmäßig hin.“

Schulterzuckend griff Elisa nach ihrer Kaffeetasse und nahm einen ausgiebigen Schluck.

Katja beschloss, noch etwas nachzuhaken. „Gibt es vielleicht jemand anderen, der dich interessiert?“

Ihre Schwester schüttelte nur den Kopf.

„Sollen wir uns gemeinsam auf die Suche machen? Eine Kollegin von mir hat über eine Online-Partnervermittlung einen großartigen Mann kennengelernt.“

Elisa hob eine Augenbraue. „Hat sie ihn geheiratet?“

Errötend schüttelte Katja den Kopf. Nach einem Monat hatte ihre Kollegin leider festgestellt, dass er sich auch noch mit anderen Frauen getroffen hatte. Aber das bedeutete nicht, dass man über das Internet nicht trotzdem einen passenden Partner finden konnte.

„Danke für dein Angebot", sagte Elisa, die höflicherweise keine weitere Antwort auf ihre Frage forderte. „Du musst mich nicht verkuppeln. Dieser lächerliche Versuch, mir Benedict schmackhaft zu machen, hat auch nichts gebracht."

„Verkuppeln? Dich? Mit Benedict? Wovon sprichst du?"

„Gott, das ist so durchsichtig. Von wegen gemeinsame Planung!" Elisa schnaubte. „Gib einfach zu, dass du den Cousin deines Lovers dazu angestiftet hast, mir auf die Nerven zu gehen."

„Keine Ahnung, was du meinst. Ich kenne Benedict zwar, aber ich habe ihn nicht gebeten, dass er etwas mit dir für die Hochzeit plant." Kurzzeitig flatterte Katjas Herz. „Macht ihr so einen Überraschungstanz Brautjungfern gegen Brautführer, wie ich es aus YouTube-Videos kenne?"

„Ganz sicher nicht", enttäuschte ihre Schwester sie. „Dann hast du ihm nicht gesagt, er solle sein Glück bei mir versuchen?"

„Das habe ich nicht. Eine tolle Idee eigentlich. Aber ich weiß nicht, was dahintersteckt. Vielleicht hat Daniel irgendetwas geplant. Mich hat er allerdings nicht eingeweiht."

„Wir können uns das Theater sparen. Ich habe sowieso keinen Bedarf an Männerbekanntschaften. Allein komme ich ganz gut zurecht."

„Trotzdem wird irgendwann der Zeitpunkt da sein, an dem du es bereuen könntest, wenn du keine Familie gründen würdest. Da bin ich mir sicher."

Elisa schüttelte den Kopf. „Damit ich dann vielleicht mit zwei kleinen Kindern allein zu Hause sitze wie unsere Mutter?"

„Ich verstehe nicht."

„Du solltest das Risiko auch nicht eingehen. Bist du vielleicht scharf darauf, plötzlich die alleinige Verantwortung für deine Familie zu tragen?"

Offensichtlich wurde diese Warnung tatsächlich mit ehrlicher Besorgnis vorgebracht. Aber sie war total verrückt. Auch wenn die Beunruhigung in Elisas Stimme mitklang, konnte das unmöglich ihr Ernst sein. Was ging nur im Kopf ihrer Schwester vor?

„Soll ich lieber unverheiratet bleiben, nur weil die Möglichkeit besteht, dass meinem Mann irgendwann in der Zukunft etwas zustoßen könnte?", fragte Katja verwirrt.

„Besser wäre es vielleicht. So unwahrscheinlich ist das nämlich nicht."

„Soll das gerade eine versteckte Drohung sein?"

„Spinnst du?" Elisas Aufschrei weckte die Aufmerksamkeit von den Gästen an den umstehenden Tischen. Dennoch senkte Katjas Schwester die Stimme bei den nächsten Worten nicht. „Ich bin doch keine Mörderin!"

Mit einem bemühten Lächeln in die Runde versuchte Katja, die anderen Gäste zu beruhigen. „Dann mach nicht so verdammt seltsame Anspielungen", zischte sie ihrer Schwester zu, als die Köpfe der Menschen ringsum sich wieder umwandten.

„Es sollte dir bewusst sein, wie schnell Unfälle passieren können. In unserer Familie kamen genug davon vor. Und nicht alle waren einfach zu erklären.“

„Was willst du mir damit sagen?“ Langsam verlor Katja ihre Geduld. Ganz offensichtlich war es keine gute Idee, Elisa mehr als notwendig in diese Hochzeit zu involvieren.

„Du musst vorsichtig sein. Du musst dein Herz und deine Zukunft schützen. Du musst dafür sorgen, dass dir von keinem Mann wehgetan wird. Egal ob er es absichtlich, beiläufig oder unbewusst tut.“

Das Essen schmeckte Katja überhaupt nicht mehr. Schade um die Lebensmittel, die verschwendet worden waren, nur damit sie jetzt den Geschmack von alten Schuhsohlen im Mund hatte. Sie schob ihren Teller weit von sich.

„Ich werde auf mich Acht geben. Da kannst du dir sicher sein. Ich werde mich notfalls sogar vor dir schützen. Also wenn du mir nicht versprichst, mir meine Hochzeit nicht zu versauen, wirst du nicht daran teilnehmen. Und dabei hätte ich dich eigentlich bitten wollen, meine Trauzeugin zu werden.“ Sie hörte selbst, wie trotzig sie klang.

Überraschung huschte über Elisas Gesicht. „Deine Trauzeugin?“

„Keine Sorge. Ich werde dich nicht damit belästigen. Ich habe Freundinnen, die diesen Job übernehmen können, obwohl ich lieber dich am wichtigsten Tag meines Lebens ganz nah an meiner Seite gehabt hätte.“

„Aber ... du ... ich ...“

„Wie gesagt, du musst dir keine Ausrede überlegen. Ich habe soeben verstanden, dass ich die Idee am besten verwerfe." Die Enttäuschung schnürte Katja die Luft ab. Sie kramte in ihrer Tasche nach der Geldbörse. Schnell bezahlen und dann nichts wie raus. Sie hatte genug Zeit mit unnötigen Diskussionen verschwendet.

Elisa streckte die Hand aus und legte sie auf Katjas Arm. „Ich hatte keine Ahnung. Aber ... warum ... warum ich?"

Ein trockenes Lachen kam über Katjas Lippen. „Weil du meine Schwester bist. Weil ich dich liebe. Weil du mir wichtig bist, auch wenn ich dein Verhalten nicht immer verstehe."

„Danke dir."

„Wofür? Dass ich dachte, ich könnte über deine Eigenheiten hinwegsehen, wenn es um Beziehungen geht?"

Elisas Gesichtsausdruck wurde noch ernsthafter. „Okay."

Irritiert sah Katja auf. „Was meinst du?"

„Ich mache es."

Höflicher und begeisterter konnte man nicht auf die Bitte reagieren, Trauzeugin zu werden. Katja holte tief Luft.

Das hier war nicht so gelaufen, wie sie erwartet hatte. Sie wollte keine Zustimmung aus den falschen Gründen, aus schlechtem Gewissen, aus Pflichtgefühl.

„Schon gut", murmelte Katja. „Du musst das nicht tun. Schließlich glaubst du nicht an Daniel und mich. Das sollte mich nicht überraschen. Schließlich hast du von Anfang an kein Geheimnis daraus gemacht. Es war eine verrückte Hoffnung, du könntest deine Meinung ändern."

„Es tut mir leid." Elisas Hand ruhte immer noch auf Katjas Arm. Mit eindringlicher Stimme sprach Elisa weiter. „Dir ist das wichtig. Darum möchte ich sehr gerne ein Teil davon sein. Es wäre mir eine Ehre … deine Trauzeugin zu sein."

Dieses leichte Zögern gefiel Katja gar nicht. Führte ihre Schwester irgendetwas im Schilde? Oder hatte sich das Misstrauen bereits viel zu tief in Katjas Gehirnwindungen geschlichen? „Ich weiß nicht recht."

„Doch. Das war eine großartige Idee. Wir können gemeinsam planen und uns Gedanken über jedes Detail der Hochzeit machen. Dann lerne ich auch Daniel besser kennen und sehe ihn vielleicht irgendwann durch deine Augen."

„Wir wollen es nicht übertreiben. Sonst verliebst du dich zum Schluss auch noch in ihn." Katja lächelte schief. Immer noch war sie nicht davon überzeugt, ob es eine gute Idee war, ihrer Schwester Verantwortung bei dieser Trauung zu übertragen.

„Ich verspreche dir, zu jeder Entscheidung ehrlich meine Meinung abzugeben."

Oh Gott.

Elisa lachte über Katjas entsetzten Gesichtsausdruck. „Vertrau mir, durch meine Hilfe wird deine Hochzeit ein voller Erfolg. Also was das Optische und das romantische Ambiente betrifft. Um den Kitsch beim Jawort muss sich schon dein Verlobter kümmern, wenn er es drauf hat."

Das klang nicht besonders einladend und nicht sonderlich nett. Wenn das Katjas Befürchtungen beruhigen sollte, ging der Versuch ordentlich schief.

„Ich bin für dich da", versprach Elisa. „Ich bin auf deiner Seite. Egal was ist."

„Danke dir dafür. Das weiß ich zu schätzen, nach allem, was in letzter Zeit zwischen uns passiert ist."

„Mir ist bewusst, wie unhöflich mein Verhalten manchmal auf dich wirken muss. Aber eines musst du wissen." Elisa beugte sich vor und fing Katjas Blick ein „Ich will nur dein Bestes. Ich versuche lediglich, auf dich aufzupassen."

Katja hob einen Mundwinkel. „Das musst du nicht. Zumindest nicht mehr allein. Daniel ist jetzt dafür zuständig, für mein Wohlergehen zu sorgen. Genauso wie ich mich darum kümmern werde, dass es ihm an nichts fehlt."

„Natürlich. Aber wenn er dazu nicht in der Lage sein sollte, übernehme ich den Job", blieb Elisa hartnäckig.

Warum wurde Katja bei diesen Worten bang ums Herz? „Daniel und ich sind eine Familie. Aber das bedeutet nicht, dass ich dich vergessen werde."

„Davor habe ich keine Angst. Es ist nur ... Kannst du dich an die Zeit nach dem Tod unseres Vaters erinnern? Wir waren füreinander da, weil Mama sich zu Hause vergraben hat. Sie hat uns die ersten Wochen nicht ansehen können, ohne in Tränen auszubrechen. Wir beide mussten zusammenhalten. Das hat uns zusammengeschweißt. Dieses Band hält für immer."

Katja nickte. „Wir sind Schwestern. Daran ändert sich niemals etwas."

„Schön. Viel mehr kann ich gar nicht verlangen."

„Sie macht es“, platzte Katja heraus, sobald ihre Mutter abhob.

„Wovon sprichst du? Ach, du hast dich ja gerade mit Elisa getroffen. Sie wird deine Trauzeugin?“

Katja ging die Straße entlang, bis sie endlich ihr Auto entdeckte, das sie in eine winzige Parklücke gezwängt hatte. „Zuerst haben wir uns wieder mal in die Haare gekriegt. Es hat nicht gewirkt, als wäre sie sonderlich begeistert, überhaupt an der Hochzeit teilnehmen zu müssen.“

„Warum hast du sie dann überhaupt gefragt?“

Gute Frage. Während Katja in ihren Wagen stieg, versuchte sie ihrer Mutter den Ablauf des Treffens zu erklären.

„Gerade noch behauptet sie, ich würde einen großen Fehler machen. Und im nächsten Moment will sie die Aufgabe übernehmen.“

„Vielleicht hat sie sich davor nur so seltsam benommen, weil sie den Eindruck hatte, sie würde von dir ausgeschlossen werden“, überlegte ihre Mutter. „Möglicherweise hatte sie lediglich Angst, sie würde dich verlieren. Ihr habt euch immer so nahegestanden. Das Gefühl, diese Verbundenheit zu verlieren, hat sie bestimmt verunsichert.“

Diese Erklärung klang eigentlich ganz vernünftig. „Es wäre toll, wenn du recht hättest, und Elisa ihre Vorbehalte gegen Daniel endlich aufgeben würde. Ich hoffe wirklich, die Situation entspannt sich jetzt.“

Vorsichtig fuhr sie aus der Parklücke und fädelte sich in den Verkehr ein. Sie freute sich auf Daniel. In seinen

Armen würde sie vergessen, was sie aus dem Gleichgewicht brachte. In seiner Nähe würde sie sich wieder sicher fühlen.

„Lass dir von Elisa nicht deine Hochzeit vermiesen", befahl ihre Mutter. „Daniel ist ein großartiger Kerl. Mit ihm hast du das große Los gezogen. Auch wenn ich noch nicht alle Mitglieder seiner Familie kennengelernt habe, kann ich eindeutig erkennen, dass sein familiärer Hintergrund makellos ist. Er kann dir eine finanziell sichere Zukunft bieten. Er ist angesehen, kennt seine Verantwortung, hat seinen Platz im Leben bereits gefunden. Mit ihm als Partner musst du dir keine Gedanken machen, was auch immer auf euch wartet."

Die Dinge, die ihre Mutter aufzählte, machten aus Katjas Sicht nicht ausschließlich Daniels Vorzüge aus. Katja war nicht wichtig, wie viel Geld er auf dem Konto hatte oder ob er Promis in seinem Bekanntenkreis hatte. Sie wusste zu schätzen, dass er für sie da war, sie verstand, sie zum Lachen brachte, sie liebte. Sie hatte sich dafür entschieden, ihn zu heiraten, weil er ihr Leben bunter machte.

Es spielte keine Rolle, wie viel Chaos um sie herum herrschte, wie viele Sorgen sie sich machte, wie hoch das Hindernis war, das sich vor ihr auftürmte. Ein Blick in seine Augen, und alles wurde wieder ins rechte Licht gerückt. Das Durcheinander ordnete sich. Die Sorgen verflogen. Die Hürde schrumpfte zusammen. Das war der Grund, weshalb sie sich in ihn verliebt hatte.

„Wir werden bestimmt glücklich werden. Er ist der Richtige für mich. Elisa wird das auch so sehen, wenn sie erst verstanden hat, dass sie immer noch eine wichtige Person in meinem Leben ist."

„Daran habe ich keinen Zweifel." Katjas Mutter räusperte sich. „Ich liebe dich, Kind. Pass auf dich auf. Wir hören uns bald wieder, aber jetzt muss ich los."

„Ich habe dich auch lieb, Mama", antwortete Katja eilig. Sie hörte die Traurigkeit in der Stimme ihrer Mutter. Gleich würde das Gespräch beendet werden. So war es jedes Mal, wenn die Unterhaltung gefühlvoller wurde. Keine Ahnung, weshalb ihre Mutter so ein Problem damit hatte, zu ihren Gefühlen zu stehen. Es war verständlich, dass sie sich einsam fühlte und den Verlust ihres Mannes immer noch bedauerte. Es gab keinen Grund, das zu verstecken.

„Bis bald, Katja." Und schon wurde die Verbindung getrennt.

11. Kapitel

Nahe London, März 2018

Elisa blätterte durch ihre Aufzeichnungen. Ihr gegenüber schob ihre Freundin Ashley die Kopien der Urkunden durcheinander, wobei sie ausgiebig auf ihrem Kaugummi herumschmatzte.

„Wow. Ich dachte immer, du hast ein Rad ab, aber das hier ist beeindruckend."

Elisa bedachte sie nur mit einem strafenden Blick. Die Ansicht der Freundin über ihren Geisteszustand war ihr absolut nicht neu, schließlich war Ashley neben Katja ihre engste Vertraute und kannte sie bereits, als das Leben noch rosig gewesen war.

„Allerdings fehlt dir der Durchblick, meinst du nicht?", grinste die Freundin.

Elisa rettete, was zu retten war. „Hör auf, alles durcheinanderzubringen, dann habe ich auch einen Überblick!"

„Pfft!", grunzte Ashley. „Komm, bringen wir Ordnung in das Chaos." Sie schnappte sich ein Blatt und klebte es mit ihrem Kaugummi an die Wand.

„Bah!" Elisa sprang auf. „Das ist ekelig, Ashley."

„Aber effektiv." Sie schnappte sich ein weiteres Blatt vom Tisch. „Also, wo gehört das dann hin?"

Sie brauchten eine Weile, bis der Tisch von seiner Papierlast befreit war, aber das Ergebnis beeindruckte Elisa.

„Wow."

Ihr Studienzimmer war nun ein 3D-Stammbaum der Familie Abbington oder genauer, jener des Earl of Linnley, denn jede Generation, die sich von der Earlswürde entfernte, war nicht mehr dokumentiert. Neben dem einzigen Fenster befand sich das Ende der Linie mit ihrem Cousin Connor, Onkel Griffin und Tante Andrea waren die Nächsten, begleitet von Tante Mariette und Elisas Mutter Sophie. Deren Eltern waren Susan und Leonard. Der Großvater hatte ebenfalls Geschwister ...

Was fehlte, waren die familiären Verbindungen, aber wenn man genau hinsah, stellte man fest, dass die Erblinie direkt in der Mitte verlief und alle anderen nach oben und unten ausliefen. Das bedeutete für die aktuelle Generation, dass nur ihr Cousin Connor, der derzeitige Earl of Linnley, auftauchte, nicht aber seine Cousinen. Elisa kritzelte eilig die entsprechenden Daten auf Papier und heftete sie an, um zumindest eine Reihe komplett zu haben. Auch so war eines offensichtlich, und Ashley fasste es in Worte.

„Oh ja, wow. Bei euch will man kein Mann sein."

„Die haben es wenigstens schnell hinter sich", murmelte Elisa, die Wände abschreitend. „Alles Witwen. Meine Mutter, meine Tanten, meine Großmutter ..."

„Stimmt. Also, das ist die Familie deiner Mutter, richtig? Was ist mit der anderen Seite?" Ashley lehnte sich gegen den Tisch.

„Mein Vater war ein Einzelkind, und meine Großeltern leben beide noch." Elisa machte eine zweite Runde durch den Raum. „Okay, das macht neugierig."

Nach einer weiteren Runde hatte sie ihre Entscheidung getroffen. „Ich fahr zu Oma."

„Hm." Ashley ließ die Augen einmal durch den Raum wandern. „Ich glaube, ich komme mit." Sie stieß sich ab und umrundete den Tisch, um Elisa anzugrinsen.

„Tut mir leid, Süße, aber meine Oma ist eigen. Ich habe bessere Chancen auf eine Erklärung, wenn ich allein zu ihr fahre." Elisa zuckte die Achseln. Ashley an sich drückend, seufzte sie gedehnt. „Danke für deine Hilfe, ich bin dir was schuldig."

Ashley erwiderte die Umarmung feixend. „Ich hab da schon eine Idee."

„Ich auch. Darf ich dich bitten, meine offizielle Begleitung für die Hochzeit zu sein?" Elisa schob die Freundin gerade weit genug von sich, um ihre Reaktion zu sehen. Die stockte zunächst überrascht und lachte dann auf.

„Bittest du mich um ein Date?"

„Eher um Rettung", murmelte Elisa und ließ die Freundin los, um gedehnt zu seufzen.

„Katja bestreitet es zwar, aber sie plant, mich zu verkuppeln. Sie oder Daniel haben bereits einen seiner Cousins auf mich gehetzt, mit dieser faulen Ausrede, wir sollen gemeinsam die Brautentführung organisieren." Elisa verdrehte die Augen und dirigierte Ashley zur Tür, um mit ihr gemeinsam das Haus zu verlassen.

„Ach nee!", gackerte die belustigt. „Ein Cousin? Ähnlich abturnend wie Dani-Bäri?"

Ashley kannte Daniel nur aus Elisas Erzählungen, und offenbar hatte sie ein eigenwilliges Bild weitergegeben, das der Realität nicht ganz gerecht wurde. Elisa druckste etwas herum, bevor sie es eingestand.

„Ich habe eventuell etwas übertrieben."

Ashley boxte ihre Schulter. „Darauf wäre ich nie gekommen. Raus damit, wie schlecht hast du ihn dastehen lassen?"

Die Freundin kannte Elisa für ihren Geschmack einfach zu gut, aber sie beschloss, die Karten offenzulegen.

„Er ist ein totaler Langweiler!", beschied die fest. „Ein Anzugtyp vom Feinsten. Er hat keinen Humor und hockt immer da und lässt Katja nicht aus den Augen. Ein Kontrollfreak, da verwette ich meinen Allerwertesten drauf!"

Wurde sie nun wieder ungerecht? Elisa verkniff die Lippen, allerdings war das Thema eines, das sie nun mal nicht kaltließ.

„Er ist immer schnieke, ich glaube, das gefällt Mum am besten an ihm. Glattrasiert, akkurat gescheitelt ... du weißt schon, Schwiegermutters Liebling."

„Du magst ihn gar nicht", kicherte Ashley und zog die Haustür auf, um Elisa den Vortritt zu lassen. „Und der Cousin? Auch ein schnieke Anzugträger? Hey!" Sie schlug erneut nach Elisa. „Dein Onkel war doch auch so einer und den hast du vergöttert!"

Elisa schnaubte tief. „Onkel Griff war auch ein Traumkerl, das kann man weder von Daniel, noch von seinem verfluchten Cousin sagen."

„Und das kannst du gewiss sagen?"

Elisa bedachte die Freundin mit einem schneidenden Blick. Kam sie ihr nun etwa wie die große Schwester?

Ashley hob die Hände und blieb am Bordstein stehen. „Hey, abgesehen von deinem Onkel hast du noch nie ein gutes Wort über irgendeinen Mann verloren. Zumindest soweit ich mich entsinne."

Ashley lag nicht falsch, aber das musste man ihr nicht noch auf die Nase binden.

„Der Cousin ist linkisch und provinziell", beschied Elisa, als sie die Wagentür aufriss. „Also, begleitest du mich, oder muss ich mir einen Gigolo mieten?"

„Versuch es doch mit dem Cousin." Ashley zwinkerte. „Ich bin im Sommer im Praktikum, aber ich schau, ob es sich einrichten lässt."

Damit war Elisa durchaus zufriedenzustellen. „Danke Süße, hey, sieh es so: Du kannst dich dem Cousin an den Hals werfen, sollte er dich interessieren. Ich lege ein gutes Wort für dich ein." Sie zwinkerte noch, bevor sie auf den Fahrersitz rutschte und den Schlüssel einsteckte.

„Das ist ein Wort!", rief Ashley lachend und winkte, als Elisa ausparkte und davonraste. Erste Regentropfen platschten auf die Windschutzscheibe.

Abbington Hall lag im düsteren Zwielicht, als Elisa am späten Nachmittag die Auffahrt entlangfuhr. Es regnete seit Stunden und tiefe Pfützen beherrschten den Schotterweg. Seufzend parkte sie den Wagen unerwünschterweise direkt vor dem Haus und wagte sich hinaus. Obwohl es nur wenige Schritte waren, bis sie das Vordach des Herrenhauses über sich hatte, war sie völlig durchnässt und fluchte verhalten. Frierend wartete Elisa auf den Burschen, der sie einlassen sollte und schüttelte sich, als sie endlich in das dunkle Foyer treten konnte.

„Ich wünsche Lady Susan Abbington zu sprechen.“

Sie strebte direkt zum Salon, in dem sie jedes Mal, wenn sie Abbington Hall besuchte, warten musste, und wanderte dort nervös auf und ab. Dabei rieb sie sich beständig über die Arme, um sich aufzuwärmen, denn obwohl der Kamin angeheizt war, schien es schrecklich kühl im Raum.

Als sich die Tür in ihrem Rücken öffnete, fuhr Elisa herum und stieß beim Anblick ihrer Tante Andrea den angehaltenen Atem aus.

„Elisa, ich hörte, du stattest uns einen Besuch ab.“

„Hallo Tante Andrea. Eigentlich habe ich ein paar Fragen an Granny.“

Andrea Abbington faltete geziert die Hände vor dem Bauch. „So?“

„Onkel Griffin ist tot, aber ich kann mich nicht erinnern, dass er je gebrechlich gewesen wäre.“ Elisa zuckte die Achseln. „Wir waren wohl noch zu jung, um die Todesursache erfahren zu dürfen. Es beschäftigt mich nun allerdings.“

Andrea verkniff die Lippen. „Du wolltest deine Großmutter mit Fragen über ihren toten Sohn behelligen?“

„Es hat mich gewundert, dass wir auf der Gästeliste für die Hochzeit so wenige Männer haben, da bin ich auf eine verwunderliche Anomalie gestoßen: Sie sind alle tot.“ Elisa lehnte sich gegen den Kaminsims. „Mein Vater starb durch einen Autounfall.“

Sie wartete, in der Hoffnung, dass ihre Tante die vorherige Frage noch beantwortete.

„Wie tragisch“, kommentierte die jedoch abfällig. „Lady Abbington ist gesundheitlich nicht auf der Höhe.

Du solltest sie nicht zusätzlich aufregen. Fahr nach Hause."

Elisa stockte mitten im Schritt, nicht sicher, ob sie gehorchen oder aufbegehren sollte. Sie hob die Hand, um die Tante aufzuhalten, die sich bereits abgewandt hatte, um sie stehen zu lassen.

„Tante Andrea, ich werde nicht fahren, ohne meine Antworten bekommen zu haben. Granny ist nie zu leidend, um mich zu sehen, also werde ich nun hinaufgehen."

Andrea fuhr herum. Ihre Augen durchbohrten Elisa. „Du vergisst, wer hier Herr im Haus ist."

„Mein Cousin. Du bist ebenfalls eine verwitwete Countess, so wie Granny, nichts weiter." Auch wenn sie sich aufführte, als gehöre das Anwesen ihr allein. „Du bist sein Vormund, aber nicht sein Erbverwalter." Der regelte neben Connors Angelegenheiten auch die der Großmutter und aller anderen Abhängigen von Abbington Hall, inklusive von Elisas Mutter, die eine kleine Zuwendung erhielt, seit ihr Vater verstorben war.

Andrea drehte sich betont gelassen um und maß die Nichte mit einem höhnischen Grinsen. „Wie immer impertinent."

„Wenn du mir nichts erzählen willst, fein. Granny wird mir helfen." Zwar war sich Elisa dessen nicht absolut sicher, aber es war nicht die Zeit für Zweifel.

„Ein Unglück, bedauerlich."

Das war nichts Neues, aber immerhin ein Schritt in die richtige Richtung. „Was für ein Unglück?"

Andrea grinste geziert. Ihre Finger spielten miteinander, und sie zuckte die Achseln, um die Sache abzutun.

„Eine Herzattacke. Gleich nach der kirchlichen Trauung, als wir nach Abbington Hall zurückkehrten, wo
die Feierlichkeiten stattfinden sollten." Mit einem
Wisch deutete sie nach rechts.

Elisa kannte sich nicht gut genug mit dem Gelände
von Abbington Hall aus, um mit den Angaben etwas anfangen zu können, aber sie notierte es gedanklich.

„War niemand bei ihm?"

Andrea verdrehte die Augen. „Selbstverständlich.
Herrje, du kannst es nicht vergessen haben!" Sie
wandte ihrer Nichte den Rücken zu und schritt zur Tür.
In ihr hielt sie inne, ohne sich umzudrehen.

„Lass die alte Frau schlafen, Elisa. Ich gebe Anweisung, dir ein Gästezimmer zu richten."

„Warte, was meinst du damit, ich könne es nicht vergessen haben?" Sie folgte der Tante wenige Schritte und
hob die Hand in einer flehenden Geste.

„Er kollabierte vor deinen Füßen."

Elisa gefror mitten im Schritt. Eine bittere Erinnerung kam an die Oberfläche, die sie einige Jahre erfolgreich verdrängt hatte. Tatsächlich war Onkel Griffin
keinen Schritt von ihr entfernt zusammengebrochen.
Zuvor hatte er noch mit ihr gescherzt. Er hatte die
Nacht mit ihr durchtanzen wollen, nur um seine Braut
zu ärgern und Elisa obendrein, die sich in ihrem Blumenmädchenkleid fürchterlich fehl am Platz gefühlt
hatte.

Er hatte sich zu ihr umgedreht und eine tiefe Verbeugung angedeutet, und als er hochgekommen war, hatte
sich seine Miene verzogen. Seine Hand hatte sich auf
die Brust gepresst, und sein Gesicht war rot angelaufen.

Elisa erinnerte sich, dass sie geschrien hatte. Panisch und ohne die geringste Ahnung zu haben, was sie sonst tun sollte. Dieser Moment hatte sie einige Zeit im Schlaf verfolgt, bis sie es eines Tages einfach vergessen hatte. So merkwürdig es auch klang.

„Lass deine Großmutter schlafen, Elisa", mahnte Tante Andrea erneut, bevor sie die Tür aufschob und sie stehenließ.

Kalter Schweiß lag auf Elisas Stirn und schien sich auch in ihre Kleidung zu ziehen. Eine Übernachtung war plötzlich keine so schlechte Idee mehr. Damit verzögerte sich zwar Elisas Forschung, aber sie gab ihr gleichzeitig Gelegenheit, ihre Gedanken zu sortieren. Nur gut, dass sie auch von zu Hause aus arbeiten konnte und sie daher nicht an einem bestimmten Ort zur festgelegten Zeit erscheinen musste. Lediglich ihren Laptop brauchte sie, und der reiste ohnehin überall mit hin.

Elisa fuhr sich durch das zerzauste Haar.

„Granny, schau mal." Sie reichte ihrer Großmutter Susan eine Seite aus ihrem Recherchefundus. „Das hier ist eine Todesanzeige von Urgroßvaters Schwester." Sie zog die Hand zurück. Ihre Erwartung steckte in jeder Faser ihres angespannten Körpers. „Amber Highwater."

„Ah, Lady Highwater", wisperte die alte Dame und lächelte in Gedanken vertieft. „Mein Leonard war unheimlich stolz auf seine Tante. Amber war eine sehr belesene Frau, äußerst ambitioniert, und doch gehorchte sie ihm widerspruchslos und fügte sich in die Ehe mit Baron Henry Highwater. Ach, war es eine Tragödie!" Die Großmutter schüttelte den Kopf, legte das Papier zurück und lenkte ihren wässrigen Blick auf ihr Enkelkind. „Highwater war ein harter, unsensibler Mann mit dem Denkvermögen einer Kartoffel." Sie schnalzte. „Wie erleichtert Amber war, als er von uns ging, dennoch musste sie weitere Jahre ausharren, bevor sie ihren Wissensdurst endlich stillen durfte und um die Welt reiste."

„Wie Mum und Tante Mariette", sinnierte Elisa, die Seite an sich ziehend. „Ambers Mann ist auch gestorben?"

„Fünf Jahre nach der Eheschließung und kurz nach der Taufe ihres dritten Sohnes." Susan nickte, wobei ihr Doppelkinn in Wallung geriet.

Elisa notierte sich die Daten und klopfte mit dem Radiergummi des Bleistifts auf den Block. „Weißt du, was aus ihren Kindern wurde?"

In der Sterbeanzeige war nur von liebenden Enkeln die Rede gewesen.

„Aber ja. Augustus, ihr Ältester, starb vor dreißig Jahren, er hinterlässt eine Ehefrau, fünf Kinder und siebenundzwanzig Enkel und Urenkel. Edward, der Zweitgeborene, ist im Kindesalter verstorben und Ferdinand, der Jüngste, lebt in Surrey auf einer kleinen Farm. Wir schreiben uns hin und wieder." Die Großmutter rutschte auf ihrem Stuhl herum. „Ihre Tochter Victoria war drei Mal verheiratet und verstarb während eines Jagdurlaubs in Kenia 1967. Amber hat den Verlust nicht überwunden."

„Keine toten Ehemänner?", wisperte Elisa überrascht.

„Nun, Henry starb." Granny zuckte die Achseln. „Victoria war zwar verheiratet, hatte aber keine Kinder."

Elisa kreiste die siebenundzwanzig Enkel und Urenkel ein. Da wartete noch einiges an Arbeit auf sie.

„Granny, findest du es nicht merkwürdig, dass bei den Abbingtons jeder einzelne Ehemann früh stirbt? Dabei ist es gleich, ob sie angeheiratet sind oder der Linie der Abbingtons angehören." Elisa zog unter dem Stapel ihrer Notizen einen Stammbaum hervor und trug die neuen Daten ein. „Ferdinand ist unverheiratet?"

„Oh ja. Seine Interessen liegen ..." Großmutter räusperte sich, und ihre faltigen Wangen färbten sich verlegen. „... woanders."

„Was ist mit deiner Schwägerin? Vivian, nicht wahr?", forschte Elisa weiter. „Was ist aus ihr geworden?"

„Vivian ist im Altersheim in Newport. Sie ist dement." Susan seufzte bedrückt. „Manchmal denke ich, es wäre ein Segen, alles zu vergessen."

„Dann bringt eine Befragung nichts." Elisa knabberte am Stiftende herum. „Aber du wirst wissen, was mit ihrem Mann passiert ist."

Die Großmutter nickte bedächtig. „Er starb etwa vier Jahre nach ihrer Eheschließung. Sie haben zwei Kinder." Sie runzelte die Stirn, richtete dabei den Blick starr auf die Tischplatte vor sich und schüttelte nach einer Weile den Kopf. „Ich komme nicht auf die Namen ..."

Elisa griff über den Tisch nach der zittrigen Hand der alten Frau und drückte sie. „Das macht doch nichts. Reg dich bitte nicht auf."

„Aber sie liegen mir doch auf der Zunge!" Sie schüttelte die Hand der Enkelin ab und schlug ihre geballt auf die Platte. „Verflixt!"

„Granny." Elisa stand auf. Ihr Stuhl kratzte über den Teppichboden und verschluckte jedes Geräusch, auch ihre Schritte, als sie um den Tisch herumlief, um ihre Großmutter in eine sanfte Umarmung zu ziehen. „Das ist doch nicht so wichtig", versicherte sie und lächelte beruhigend, als Großmutter sie wieder etwas von sich schob.

„Es ist mein Kopf, Kindchen. Ich vergesse ständig alles Mögliche." Ihre Frustration stand ihr ins blasse Gesicht geschrieben. „Es ist so ärgerlich, nicht weiterzuwissen."

Elisa rieb über den gebeugten Rücken der alten Lady. „Das verstehe ich, aber du musst dir doch nicht solchen Druck machen wegen ... dieser Lappalie." Zwar war es ihr wichtig, hinter das Geheimnis all dieser Unglücksfälle zu kommen, aber alles hatte seine Grenzen. „Wir sollten eine Pause machen, meinst du nicht? Was hältst du von Tee?"

Susan ließ sich ablenken. „Oh, welch wunderbare Idee." Sie tätschelte die Hand der Enkelin. „Aber nicht hier. Meine armen Knochen sind schon ganz steif von diesem unbequemen Stuhl!"

Mit Elisas Hilfe erhob sie sich und schlich ungelenk zur Tür. „Habe ich dir je erzählt, wie ich deinen Granddad kennengelernt habe?" Sie kicherte mädchenhaft und klammerte sich fester an den Arm der Enkelin, als sie zu ihr aufsah. „Leonard war so ein Eigenbrötler, dass er Abbington Hall so gut wie nie verlassen hat."

Das Paar schlenderte den engen Gang hinunter Richtung Halle, denn Susans liebster Ort war der kleine Salon direkt bei der Haustür. Von dort konnte man nicht nur die Auffahrt sehen, sondern obendrein den hübsch angelegten Vordergarten inklusive Rotunde. Das Blumenmeer in Form des Abbington'schen Wappens war aus jeder Perspektive ein Hingucker.

„Nein Granny, davon hast du mir nie erzählt."

Nur zwei dutzend Male, aber Elisa hielt es für sinnvoller, die Großmutter nicht weiter mit ihrer Vergesslichkeit zu konfrontieren.

„Oh, es war so ein denkwürdiger Tag!" Susan verlor sich für eine Weile in der Erinnerung, bevor sie seufzte und mit ihrer Geschichte begann. „Lady Abbington hatte beschlossen, dass es Zeit war für ihren Sohn, seine Pflicht zu erfüllen und sich eine Frau zu suchen. Sie hatte Leonard allein mit Hilfe der Schwiegermutter aufgezogen. Ein garstiges Weib, glaubt man den Erzählungen meines guten Leonards."

Elisa zog die Tür zum Salon auf und schob die alte Dame über die Schwelle.

„George starb noch vor Leonards Geburt, musst du wissen."

Elisa horchte auf. „Woran?"

„Oh", murmelte Susan. In ihre Stirn gruben sich tiefe Falten. „Ein Unglück, glaube ich."

Elisa half der Großmutter, es sich auf der Couch bequem zu machen, und schüttelte den Kopf. „Es wird Aufzeichnungen geben", grummelte sie angefressen, schließlich hatten sie zuvor Stunden damit zugebracht, dergleichen zu recherchieren.

„Oh ja!“ Susans Augen leuchteten auf. „Meine Mutter sprach von einem aufsehenerregenden Unfall, der in allen Zeitungen gestanden haben soll.“

„Siehst du, ich googele es später.“ Elisa legte die Decke über die Knie der alten Dame, bevor sie die Hausdame herbeirief, um Tee zu ordern.

„Die alte Lady hat die Artikel sicherlich aufgehoben.“ Die zittrigen Finger strichen über die Wolldecke, aber ihr Blick war messerscharf. „Lady Laura, die Mutter deines Großvaters, war sehr penibel und hob allerhand Tand auf.“

„Meinst du, sie sind noch irgendwo im Haus?“ Elisa kniete sich voller innerlicher Aufregung vor die Großmutter, die sie zärtlich anlächelte.

„Ach Kindchen, hier kommt doch nichts abhanden.“

Außer den Ehemännern und Vätern, aber das zu erwähnen, sparte sie sich.

„Was meinst du, wo solche Sachen abgeblieben sein könnten?“ Eigentlich konnte sie sich die Frage selbst beantworten. Gleichzeitig mit ihrer Großmutter sprach sie es aus: „Auf dem Dachboden.“

Ein Energieschlag durchfuhr sie. Vielleicht brauchte sie gar nicht hinter jeden Todesfall zu kommen, wenn sie stattdessen den Ursprung fand. Bisher hatte Elisa acht Unfälle feststellen können, bei denen direkte Nachfahren der Abbingtons ihr Leben verloren. Nicht nur Söhne der Familie, sondern auch die Ehemänner der Töchter starben kurz nach der Eheschließung.

„Habe ich deine Erlaubnis, auf dem Dachboden herumzustromern?“

„Aber ja, Kindchen. Es ist schön, dass es jemanden gibt, der mich nicht für verrückt hält und auch an den

Fluch der Abbingtons glaubt." Susan lehnte sich vor und tätschelte die Wange der Enkelin, die sie mit offenem Mund anstarrte.

„Es gibt einen Fluch?"

Aber auch das hörte Elisa nicht zum ersten Mal, was ihr allerdings nun erst bewusst wurde. Ihr Magen machte einen Satz, und sie musste sich auf die Hacken setzen, um das Gleichgewicht zu halten.

„Ja Kindchen, auch wenn deine Mutter, Mariette und Andrea nichts davon hören wollen, gibt es ihn tatsächlich. Dein Vater und mein armer Sohn fielen ihm zum Opfer, ebenso wie mein Leonard, Gott habe ihn selig, und – wenn du mich fragst – auch all deine anderen männlichen Verwandten, über die du so eifrig Nachforschungen anstellst."

„Warum hast du das nicht gleich gesagt?", hauchte Elisa. „Das hätte mir unglaublich viel Zeit gespart."

„Meine Sophie ..." Sie seufzte schwer. „Ich soll dir keine Flausen in den Kopf setzen, Elisa-Ann."

Dafür war es bei weitem zu spät.

Elisas Handy klingelte unablässig. Da sie aber in einem Berg von Kartons stand und ihre Hände in Dingen vergraben waren, die um einiges älter waren als sie selbst, hatte sie es bisher ignoriert. Nun aber zog sie das Telefon aus der Hosentasche und entsperrte es mit einem Wisch. Laut Anrufliste wollte eine unbekannte Nummer dringlich Kontakt mit ihr aufnehmen. Seufzend nahm sie ab.

„Henley."

„Äh ..."

Elisa runzelte die Stirn und wartete ungeduldig, allerdings nicht lange. „Wer ist da?"

„Ähm, Benedict. Leighton.“

Elisa konnte damit im Moment nichts anfangen. „Und was wollen Sie?“

Der Mann am anderen Ende nahm sich endlich zusammen. „Wir sprachen vor einigen Tagen miteinander. Vor Abb Hall.“

„Abbington Hall“, korrigierte Elisa, in ihrer Erinnerung kramend. „Ach ja. Die Brautentführung.“ Sie seufzte vernehmlich, schließlich hatte sie bedeutend wichtigere Dinge zu erledigen, als merkwürdigen Hochzeitsbräuchen Tribut zu zollen.

„Ja, genau. Ben. Daniel erkundigte sich nach meinen Fortschritten und gab mir auch deine Nummer. Ich könnte am Wochenende rauskommen, um über den Ablauf mit dir zu sprechen. Wäre dir das recht?“

„Nein“, schlug Elisa aus. „Ich bin zu beschäftigt.“

„Gut. Vielleicht können wir telefonisch ...“, versuchte Ben es weiter, aber auch das schlug Elisa schnell aus.

„Ich bin wirklich zu eingespannt.“ Weil sie keine Zeit vergeuden wollte, schob sie den oberen Karton zur Seite, um in den darunter schauen zu können. Dadurch geriet der Stapel aus dem Gleichgewicht und knickte ein. Mit einem ohrenbetäubenden Gerumpel fielen auch die angrenzenden Stapel um und wirbelten dabei Unmengen von Staub auf. Elisa hustete und prustete, wobei sie versuchte, aus dem Zentrum des Staubwirbels herauszuklettern.

„Ach nein!“, stöhnte sie, als sie endlich wieder Luft bekam und sich die Staubdecke langsam wieder senkte. Aus dem Telefon rief eine schwache Stimme ihren Namen, und da der Schaden bereits angerichtet war, konnte sie sich nun den Moment nehmen, sich mit Benedict zu beschäftigen. „Schon gut."

„Elisa? Bist du verletzt? Wie lautet deine Adresse? Ich verständige den Notarzt."

„Es ist nichts passiert", beruhigte sie ihn, wobei sie auf die Stufen zum Untergeschoss sank und sich anlehnte. „Ich habe lediglich einige Kartons umgestoßen und werde den Rest der Woche damit beschäftigt sein, aufzuräumen." Elisa verdrehte bei der Aussicht genervt die Augen. Natürlich konnte sie um Hilfe bitten, aber da sie die Sachen ohnehin nach Informationen durchforsten wollte, konnte sie es auch selbst erledigen.

„Ich kann dir helfen", schlug Benedict vor. „Dabei können wir doch über unsere Tradition sprechen und wie wir Katjas Entführung organisieren." Er klang deutlich zu enthusiastisch, was Elisa nur noch mehr Verdruss bereitete.

„Hast du nichts Besseres zu tun?"

„Oh doch, aber Tante Alice nimmt es mit der Tradition sehr ernst, und Daniel vertraut darauf, dass ich mich mit dir auseinandersetzen kann."

„Ach?" Wenn sie ihren zukünftigen Schwager bisher hätte leiden können, hätte er es damit auf jeden Fall verscherzt. Sie presste das Telefon fester ans Ohr. „Und was soll das bedeuten?"

Benedict haspelte undeutliche Dinge, bis Elisa ihn unterbrach.

„Er kann mich nicht ausstehen, richtig?"

Ha, wenn sie das Katja erzählte, musste sie doch eingestehen, dass der tolle Anwalt und Schickimickifuzzi nichts für sie war!

„Äh, so würde ich es nicht formulieren."

Elisa stellte sich vor, wie ihr Gesprächspartner vor innerlicher Unruhe auf dem Boden herumrutschte. „Ach, und wie dann?"

„Daniel räumte ein, dass du Männern nicht besonders zugeneigt bist."

Benedict räusperte sich, und sie gratulierte ihm still für seine vorsichtige Wortwahl, auch wenn er völlig falsch lag.

„Er hält mich für ... ha!" Leider wäre Elisas Begleitung, ihre Freundin Ashley, falls diese Hochzeit stattfände, nur noch Wasser auf diese Mühlen.

„Vorbelastet", bestätigte er und räusperte sich. „Ich kann damit umgehen."

Obwohl Wut ihre Gedärme verknotete, lachte sie auf. „Ach! Wenn du mich fragst, bist du absolut nicht in der Lage, mit mir in irgendeiner Weise umzugehen. Guten Tag!"

Mit einem Wisch ihres Daumens legte sie auf. Nicht zu fassen, mit welchen Idioten sie sich befassen musste, weil Katja auf dem Familientrip war!

12. Kapitel

Nahe London, März 2018

Keine Ahnung, warum Katjas Herz so schnell klopfte, als sie den Laden betrat. Sie hatte oft genug Kleider gekauft. Sie wusste genau, wie sie ihre Figur gekonnt in Szene setzen konnte. Sie hatte sich auch genaue Gedanken darüber gemacht, wie dieser Termin verlaufen würde. Und trotzdem raste ihr Puls, als der Klang einer kleinen Glocke ihr Eintreffen verkündete.

Hinter ihr schoben sich ihre Mutter, ihre Schwiegermutter in spe und Elisa in den Eingangsbereich des Ladens. Die Frauen schienen mit ihr gemeinsam die Luft anzuhalten.

So viel Auswahl. So viel Weiß, Glitzer, Perlen, Spitze, Tüll. Die Menge an Kleidern erschlug Katja förmlich. Der überwältigende Eindruck ließ sie mit offenem Mund stehen bleiben, bis Elisa in sie hineinrannte.

„Tut mir leid." Elisas Blick huschte durch den Raum. „Alles verschwimmt vor meinen Augen. Ich fürchte, das strahlende Weiß blendet mich. Mir ist schon ganz schummrig."

„Dann wird dich dieser Termin an den Rand deiner Belastbarkeit bringen", befürchtete Katja. „Ich habe vor, jede Menge Kleider anzuprobieren."

Ihre Mutter trat neben sie. „Wir haben uns vorbereitet. Die Hälfte der ausgestellten Exemplare können wir von vorneherein getrost ausschließen. Schließlich weißt du schon ganz genau, was du willst."

Ehrlich gesagt hatte Katja das Gefühl, sie könnte sich getäuscht haben. Sie hatte sich zu Hause überlegt, in welcher Art von Kleid sie sich neben Daniel vor dem Altar sah. Doch gerade erschien es ihr verrückt, sich einzuschränken. Jedes dieser Kleider wirkte wunderschön, perfekt und einzigartig.

„Guten Tag, Katja nehme ich an?" Eine Frau um die vierzig eilte aus dem hinteren Bereich des Ladens auf sie zu. Sie streckte ihr die Hand entgegen.

Mit einem Lächeln und klopfendem Herzen nickte Katja. „Ich habe ein paar Berater mitgebracht. Darf ich Sie mit meiner Schwester, meiner Mutter und meiner Schwiegermutter bekannt machen?"

Die Frau, die sich als Melanie vorstellte, reichte jedem von ihnen die Hand. „Folgen Sie mir bitte. Ich habe uns ein gemütliches Plätzchen freigehalten. Vielleicht erzählen Sie mir bei einem Gläschen Sekt ein wenig über Ihr Traumkleid."

Während sie weiter in den Laden vordrangen, sah Katja sich begeistert um. Schon als kleines Mädchen hatte sie sich Gedanken über ihren großen Tag gemacht. Im Kindergarten hatten die Jungs als Bräutigam herhalten müssen, auch wenn sie natürlich nicht gut genug gewesen waren, um Katjas Herz zu erobern. Trotzdem wusste sie noch genau, was sie sich von ihrer Hochzeit erwartet hatte.

Sie kamen in einen Nebenraum, in dem sich hinter einem kleinen Tisch ein großes Sofa befand, auf das ihre Begleitung verfrachtet wurde. Die Verkäuferin bat Katja, auf einem ebenfalls bereitstehenden Stuhl Platz zu nehmen. Sie öffnete eine Flasche Sekt und schenkte vier Gläser voll, die sie Katja und den anderen reichte.

„Trinken Sie nicht mit uns?"

„Wenn wir ein Kleid finden, für das Sie sich entscheiden, nehme ich auch einen Schluck", versprach Melanie. „Worauf müssen wir denn beim Aussuchen achten, Katja?"

„Wir haben ein Budget von tausendfünfhundert Euro." Schnell brachte sie das Finanzielle hinter sich, um sich dem wirklich Wichtigen widmen zu können. „Ich will eine große Robe. Bloß nichts Schlichtes, Einfaches. Ich möchte mich wie eine Prinzessin fühlen."

Die Verkäuferin lächelte. „Verstehe. Das bekommen wir bestimmt hin. Sie haben eine perfekte Figur. Ihnen wird alles passen, was sie probieren möchten. Darüber müssen wir uns also keine Gedanken machen."

Hitze kroch über Katjas Wangen. „Ich habe mir eine A-Linie oder einen Mermaid-Schnitt vorgestellt."

In ihrem Rücken hörte sie ihre Mutter, die sich räusperte. Über die A-Linie hatten sie sich unterhalten. Doch immer, wenn Katja auf eine etwas schmaler geschnittene Version hingewiesen hatte, war die Reaktion ihrer Mutter abweisend gewesen. Es würde nicht der Tradition ihrer Familie entsprechen, nach der die Frauen sich bei der Wahl ihres Hochzeitskleides auf Eleganz und wenig Chichi verlassen hatten.

Tja, Pech für ihre Mutter. Dieses Kleid würde Katja tragen. Also durfte sie sich aussuchen, was ihr gefiel. Wenn sie in das erste Kleid schlüpfte, würde sie sich einen Vortrag über die Wirkung von zu viel Glitzer auf die erlesene Gästeschar anhören müssen. Aber auf Strass würde sie ebenfalls nicht verzichten.

„Wollen wir beide uns dann auf die Suche nach passenden Exemplaren machen?", schlug Melanie vor. „Am besten wählen wir ungefähr fünf Kleider aus, um zu sehen, wohin die Reise gehen soll."

„Gute Idee." Katja erhob sich.

„Darf ich euch begleiten?", fragte Elisa.

Dieser Vorschlag überraschte Katja. Sie freute sich über die Neugierde ihrer Schwester. Wenn das nicht ein gutes Zeichen war! Vielleicht würde ihre Beziehung sich nun endlich entspannen.

„Klar. Ich bin gespannt auf deine Meinung."

Zu dritt schritten sie die Kleiderstangen im Hauptraum ab. An den schlichten Exemplaren ging Katja einfach vorbei. Bei den A-Linien wurde sie langsamer. Konzentriert betrachtete sie Kleid um Kleid und versuchte sich vorzustellen, wie sie darin aussehen würde.

„Wie wäre es damit?", fragte Elisa hinter ihr.

Katja drehte sich zu ihrer Schwester um und traute ihren Augen nicht. „Dein Ernst?"

„Das wäre mal was anderes. In dem Kleid erregst du bestimmt Aufmerksamkeit."

Sie fühlte sich persönlich angegriffen. „Das Kleid ist rosa und hat mehr Rüschen als der Klopapierüberzieher unserer Großmutter. Glaubst du wirklich, so etwas würde zu mir passen?"

„Du hast doch gehört, dir steht alles."

„Aber das bedeutet nicht, dass ich alles anziehen würde." Missmutig wandte sie sich wieder den Kleidern zu. Hatte Elisa vor, ihr die Brautkleidsuche zu vermiesen?

„Wirklich schade, dass du es von vorneherein ausschließt. Es hätte vielleicht ganz gut ausgesehen. Man muss schon etwas wagen, um Spaß zu haben. Ich dachte, du wüsstest das noch, auch wenn du inzwischen spießig geworden bist. War das nicht sogar mal dein Lebensmotto?"

Und wieder eine Anspielung auf ihr wildes Leben früher. Aber statt darauf anzuspringen, würde sie ihrer Schwester klarmachen, dass man ihre Spontanität nicht unterschätzen durfte.

Sie sah zur Verkäuferin. „Nehmen wir es mit in die Umkleidekabine."

„Gerne." Melanies Lächeln blieb höflich. „Rücken wir jetzt doch von Ihren Vorstellungen ab? Dieses Kleid habe ich nämlich eigentlich eher an einer anderen Braut gesehen." Mit diesem Kommentar bewies Melanie besseren Geschmack als Elisa.

„Nein, meine Meinung hat sich nicht geändert", gab Katja zu. „Aber wir wollten es doch mit einem Kontrastprogramm versuchen. So weiß ich ganz sicher, was ich nicht will."

„Ganz wie Sie wünschen."

Kurz darauf hatten sie sich für vier andere Exemplare entschieden und kehrten in den Raum mit Katjas Familie zurück. Nach einem Schluck aus ihrem Sektglas zog sie sich mit der Angestellten in die Kabine zurück, um in das erste Kleid zu schlüpfen.

Draußen hörte sie ihre Schwester mit ihrer Schwiegermutter plaudern. Es klang, als würde Elisa sich dabei den Sekt schmecken lassen und zweimal nachschenken. Katjas Mutter hingegen gab keinen Ton von sich. Vermutlich schmollte sie wegen Katjas Auswahl, die nicht der Familientradition entsprach.

Davon würde Katja sich nicht unterkriegen lassen. In der Kabine gab es keinen Spiegel. Als Melanie ihr das sperrige Oberteil über den Kopf gezogen hatte und an den Schnüren im Rücken zerrte, sah Katja an sich hinunter.

Das, was sie entdeckte, gefiel ihr ausgesprochen gut. Der Stoff fühlte sich angenehm auf ihrer Haut an, auch wenn das Korsett ungewohnt war. Das weite Rockteil schwang bei jeder Bewegung leicht hin und her. Katja bewunderte die filigrane Stickerei und das Funkeln der Schmucksteine. Wie sehr sie sich darauf freute, sich selbst im Spiegel betrachten zu können.

Durch den dicken Vorhang hindurch drang das Lachen von Elisa zu Katja. War sie schon angeschickert?

„Sind Sie bereit, sich Ihrer Familie zu zeigen?", fragte Melanie.

Im Augenblick hatte Katja so ihre Zweifel, ob der Moment ideal gewählt war. Ob sie ihre Entscheidung einfach hier drinnen treffen sollte, ohne die anderen mit einzubeziehen? Musste sie sich selbst überhaupt sehen, bevor sie ein Kleid wählte?

Melanie lächelte sie aufmunternd an.

Ganz automatisch hoben sich auch Katjas Mundwinkel. Sie musste sich gar nicht erst zu einem Nicken zwingen. Die Verkäuferin wertete ihre höfliche Reaktion einfach als Zustimmung und zog den Vorhang auf.

Elisas Lachen verstummte.

Mit gesenktem Blick ließ Katja sich von Melanie aus der Kabine schieben. Während die Verkäuferin ihre Schleppe hochhob, ging Katja langsam weiter nach vorne. Zwischen Kabine und dem Sofa befand sich ein kleines Podest. Sie steuerte es an und kletterte vorsichtig hinauf.

Leises Murmeln war zu hören. Jemand schluchzte unterdrückt auf.

Endlich hob Katja den Kopf und stellte sich dem Urteil der drei Frauen auf dem Sofa.

Ihre Mutter betupfte sich die Augen. Vermutlich war das Schluchzen von ihr gekommen.

Katjas Schwiegermutter lächelte ihr mit einem gerührten, stolzen Gesichtsausdruck entgegen.

Und Elisa war der Mund offen stehen geblieben.

Anscheinend war das erste Kleid ein voller Erfolg.

Melanie erzählte etwas über die Vorteile des Schnittes und die Harmonie der Farbe. Sie ging um Katja herum, ordnete das Kleid und lauerte auf jede Regung in Katjas Gesicht.

Jetzt endlich wagte Katja einen Blick in den Spiegel.

Sie sah aus wie eine Braut. Sie war eine Braut. Sie würde heiraten. Bald!

Obwohl sie so oft darüber gesprochen und sich so viele Gedanken darüber gemacht hatte, wurde ihr erst jetzt, in diesem Augenblick bewusst, worauf sie sich vorbereitete. Sie würde Daniels Frau werden. Sie würde in einer Kirche stehen, in einem wunderschönen weißen Kleid wie diesem. Sie würde ihrem Verlobten ewige Liebe und Treue schwören. Sie wäre danach eine verheiratete Frau.

Tränen traten in ihre Augen und ließen ihre Sicht verschwimmen, als mit einem Mal so viele Eindrücke auf einmal auf sie einstürmten. Vorfreude flutete jede Zelle ihres Körpers. Das Glück, einen Menschen gefunden zu haben, der für immer zu ihr gehören wollte, schnürte ihr die Kehle zu. Die Liebe zu Daniel drückte ihr Herz zusammen. Gleichzeitig flatterte ihr Herz, weil sie plötzlich nervös wurde. Hatte Elisa es doch geschafft, ihr Zweifel ins Gehirn einzupflanzen?

„Du bist wunderschön", erklärte ihre Schwester in diesem Moment mit heiserer Stimme.

„Das Kleid steht dir ausgezeichnet", stimmte auch Katjas Schwiegermutter zu.

Sogar Katjas Mutter ließ sich zu einem Kommentar hinreißen. „Es wirkt gar nicht so billig, wie ich erwartet habe."

„Darf ich Ihnen vielleicht einen Schleier umlegen, damit Sie sich einen besseren Eindruck davon machen können, wie das Endergebnis aussehen würde?", schlug Melanie vor.

Katja schüttelte den Kopf. „Erst möchte ich noch ein anderes Exemplar probieren. Das Kleid ist sehr schön, aber es ist noch nicht das perfekte."

„Und ich dachte nach den Tränen in Ihren Augen, Sie hätten Ihr Herz bereits an dieses Modell verloren." Melanie streckte ihr die Hand hin, damit Katja beim Heruntersteigen vom Sockel nicht stolperte. „Sich das erste Mal in einem Hochzeitskleid zu sehen, ist natürlich ebenfalls ein besonderer Moment, der die Braut sehr berührt."

„Die Situation ist neu für mich", sagte Katja. „Bestimmt wird es beim nächsten Exemplar anders laufen. Zur Sicherheit sollten wir es mit dem rosa Kleid versuchen, auf das meine Schwester ein Auge geworfen hat."

Die Verkäuferin hob eine Augenbraue. „Ganz wie Sie wünschen." Anscheinend hielt sie die Idee nicht für besonders gut. Was sie wohl über ihre seltsame Kundschaft dachte?

Sie kehrten in die Umkleidekabine zurück. Nachdem Melanie die Verschnürung in Katjas Rücken gelöst hatte, streckte sie die Arme in die Höhe, damit die Verkäuferin ihr das Kleid über den Kopf ziehen konnte. Kurz darauf wurde sie in den rosa Rüschenpompon gestreckt.

Ein breites Grinsen erschien auf ihrem Gesicht. Es war ein absoluter Albtraum. Es war pink, fluffig und total übertrieben. Die Farbe tat in den Augen weh. Das Rockteil war so ausladend, dass man damit bestimmt alle Tische abräumte. Durch die Rüschen würde die Trägerin zwangsläufig wie die Blumendeko der Hochzeitstorte wirken.

„Sind Sie sicher, dass wir nicht gleich das nächste Kleid anprobieren sollen?", erkundigte Melanie sich.

So vehement, wie Katja den Kopf schüttelte, musste Melanie an ihrem Verstand zweifeln. „Ich will das unbedingt den anderen zeigen", beharrte sie.

Mit einer schwungvollen Bewegung schob sie selbst den Vorhang auf und trat ins Freie. Die Show konnte beginnen.

„Das ist es", verkündete sie und setzte eine Pokermine auf. „Das ist das perfekte Kleid."

„Oh mein Gott!" Elisa entfuhr ein Kichern, bevor sie zu strahlen begann. „Es ist tatsächlich perfekt. Ich wusste, dass es dir steht."

„Du kennst mich einfach zu gut."

Ihre Blicke trafen sich. Das Glitzern in Elisas Augen machte klar, dass ihre Worte nicht ernst gemeint waren. Sie hatte Katja durchschaut. Sie spielte das Spiel mit. Wie in alten Zeiten. Es war perfekt.

Katja blickte zu ihrer Mutter. Die hatte die Stirn gerunzelt und die Hände vor der Brust verschränkt.

„Gefällt es dir auch, Mama?", fragte Katja.

„Das ist hoffentlich nicht dein Ernst. Warum verplemperst du damit deine und unsere Zeit?"

„Weil ich dieses Kleid mag. Es ist etwas ganz Besonderes", blieb sie hartnäckig und drehte sich einmal im Kreis. Die Rüschen blähten sich auf und verdoppelten den Umfang des Kleides. Katja lachte amüsiert auf.

Ihre Schwiegermutter schien keinen Sinn für Humor zu besitzen. Sie blinzelte und fühlte sich sichtlich unwohl. Vermutlich wusste sie nicht, wie sie ihre Meinung kundtun konnte, ohne Katja zu verletzen.

„Seht ihr nicht, wie toll ihr das Kleid steht?", mischte Elisa sich ein. „Sie ist wunderschön. Sie wirkt zufrieden. Und wie sie strahlt! Sie hat ihr Traumkleid gefunden."

Katja empfand ein schlechtes Gewissen, weil sie der Verkäuferin Mühe machte, die zu nichts führen würde. Aber sie wollte das Spiel noch ein wenig weiterspinnen.

„Man muss sich das Ganze natürlich mit den passenden Accessoires vorstellen. Pinke Schuhe, Schmuck in der passenden Farbe, ein Schleier mit rosa Stickerei. Vermutlich finden wir diese Sachen nicht hier in diesem Laden ..."

„Sie irren sich", unterbrach Melanie. „Wenn Sie möchten, kann ich Ihnen High Heels in der gleichen

Farbe bringen. Und wenn ich mich nicht täusche, haben wir auch einen Schleier wie den von Ihnen beschriebenen vorrätig."

„Das ist ja großartig!", jubelte Elisa. „Dann können wir uns besser vorstellen, wie das Endergebnis aussehen wird."

Bevor Katja die Verkäuferin bitten konnte, die Accessoires zu besorgen, räusperte sich ihre Mutter.

„Wir beenden diese Farce jetzt sofort, Kind. Du wirst dieses Kleid sicherlich nicht zu deiner Hochzeit tragen. Ich lasse nicht zu, dass du dich an diesem wichtigen Tag lächerlich machst." Sie blickte streng.

Katja zuckte mit den Schultern. „Schade. Wir haben doch nur ein wenig Spaß. Ich dachte, ich könnte die Situation ein wenig auflockern. Schließlich haben wir alle überraschend emotional auf das erste Kleid reagiert."

Nun ja, sonderlich gerührt hatte ihre Mutter von dem Anblick ihrer Tochter im Hochzeitskleid nicht gewirkt. Aber besonders gefühlvoll war ihre Mutter auch noch nie gewesen.

„Ich glaube, wir können das nächste Modell anprobieren." Mit diesen Worten beendete Katja die Diskussion. Sie stieg wieder von dem kleinen Podest und marschierte Richtung Umkleidekabine.

Sobald sie mit Melanie allein war, wandte Katja sich zu ihr um. „Entschuldigung für das kleine Schauspiel. Meine Schwester und ich ... wir haben uns gestritten ... Naja. Die Situation ist irgendwie kompliziert. Ich habe gehofft, ich könnte sie auflockern. Tut mir leid, dass ich Sie da mit reingezogen habe."

„Familienkonstellationen sind kompliziert. Aber das Gute ist, wenn die Verwandtschaft trotzdem zusammenhält." Melanie lächelte sie an und kümmerte sich dann darum, Katja das Kleid über den Kopf zu ziehen. „Lassen Sie sich von den Kommentaren Ihrer Familie nicht verunsichern. Konzentrieren Sie sich auf das, was Sie sich wünschen, was Sie sich erträumen. Der Rest wird sich weisen."

Katja hoffte es. Der erste Schritt in Richtung Versöhnung und besserem Verhältnis zu ihrer Schwester war getan. Ihr letztes Gespräch hatte sich scheinbar positiv ausgewirkt. Elisa versuchte ihr nicht mehr bei jeder sich bietenden Gelegenheit einzureden, dass die Hochzeit mit Daniel ein Fehler war. Viel mehr wollte Katja gar nicht verlangen. Vor ihren inneren Augen entstand bereits die Vision ihrer Hochzeitsfeier, und die verlief einfach perfekt.

„Danke für Ihr Verständnis."

„Kein Problem." Aus der Stimme von Melanie war ein Lächeln herauszuhören. „Strecken Sie die Hände noch einmal über den Kopf. Dieses Exemplar hat einen Reißverschluss. Sie können sich in wenigen Augenblicken im Spiegel betrachten."

Katja konzentrierte sich wieder auf das Hier und Jetzt. Sie probierte gerade ein Hochzeitskleid an, das ihr auf dem Bügel wirklich gut gefallen hatte. Gleich hätte sie eine wichtige Entscheidung zu treffen.

Als sie diesmal aus der Umkleidekabine trat, beobachtete sie die Reaktion der drei Frauen auf dem Sofa sehr genau. Ihre Schwiegermutter wirkte von dem Modell ganz entzückt. Ihre Mutter lächelte zufrieden, ihre Tochter in einem Kleid zu sehen, das ihren Ansprüchen genügte. In den Augen von Elisa entdeckte sie sogar Tränen. Diesmal hatte der Anblick ihre Schwester sogar gerührt.

Katja hob das Rockteil an, drehte sich langsam in Richtung des Spiegels und hielt die Luft an.

Das hier war es. Der Herzausschnitt betonte ihre Rundungen. Das enge Korsett betonte ihre schmale Taille. Das Rockteil war körperbetont und wurde ungefähr in Höhe des Knies weiter. Sie sah elegant, weiblich und sexy aus. Genau diese Wirkung hatte sie erzielen wollen.

„Schwesterherz, in diesem Outfit würde ich dich auch heiraten", erklärte Elisa.

Lachend drehte Katja sich zu ihr um. „Danke dir."

„Mein Sohn kann sich glücklich schätzen, so eine wundervolle Braut zum Altar zu führen." Katjas Schwiegermutter griff nach der Taschentücherbox, die auf der Couch bereitstand. „Ich finde dieses Kleid wundervoll."

„Der Schnitt steht dir überraschend gut. Offensichtlich hattest du recht, als du dich für dieses Modell entschieden hast", gab ihre Mutter zu. Anscheinend hatte die Schocktherapie mit dem rosa Kleid Wirkung gezeigt.

Noch einmal betrachtete Katja sich im Spiegel, drehte sich ein wenig, um das Kleid besser sehen zu können. „Es ist wunderschön. Ich glaube, das ist das Richtige."

„Einen Moment." Die Verkäuferin eilte davon und kehrte dann mit einem Standspiegel und einem Schleier zurück. Sie nahm Katjas langes Haar am Hinterkopf provisorisch mit Haarnadeln hoch. Dann steckte sie Katja den Schleier ins Haar und trat einen Schritt zurück.

Nun konnte Katja sich aus allen Winkeln betrachten. Mit dem Schleier war das Ensemble perfekt. Obwohl sie wusste, dass es eingebildet war, es auch nur zu denken, fand sie sich wunderschön.

„Ich habe mein ideales Brautkleid gefunden", verkündete sie und kämpfte gegen die Tränen an.

„Zwei Kleider wären noch in der Umkleide bereit. Es handelt sich um sehr unterschiedlich geschnittene Modelle. Ich würde vorschlagen, Sie schlüpfen auch in diese Kleider, damit Sie einen Vergleich haben."

Katja legte den Kopf schief. „Ich glaube eigentlich, die anderen Modelle müssen wir nicht mehr probieren. Aber meine Begleiterinnen sind mir sicher nicht böse, wenn ich die Gelegenheit nutze, die beiden Kleider zu testen."

„Kein Problem." Elisa griff nach ihrem Glas und füllte sich Sekt nach. „Wir sind hier gut versorgt. Stellen Sie uns noch eine Flasche bereit, und Katja darf jedes Kleid in Ihrem Geschäft durchprobieren."

„Bloß kein Alkohol mehr für meine Schwester", widersprach Katja. „Sie ist gerade so sanftmütig. Ein weiteres Glas, und vielleicht kehrt ihre schlechte Laune zurück. Das will hier niemand erleben."

13. Kapitel

Elisa blätterte in dem Tagebuch der Lady Perdita Camden-Barnet. Eine ganze Reihe von Büchern mit eng beschriebenen Seiten trug den Namen Lady Perdita Abbington, aber dies war das Einzige, das Elisa hatte finden können, das den Mädchennamen der späteren Countess of Linnley trug. In ihm zu stöbern, glich einen Jane-Austen-Roman zu lesen.

Noch nie begegnete mir eine solch ausgeprägte Arroganz in einem Gentleman, ein solches Selbstvertrauen in der eigenen Glorie, wie bei Abbington. Selbst meine Brüder sind, neben diesen Viscount gestellt, als Chorknaben zu betiteln.

Wenn das nicht ganz nach Vorurteilen klang. Elisa blätterte vor.

Dieses Hausmädchen, diese Gemma, sie ist viel zu vertraut mit Abbington. Es ist nichts, was einer vornehmen Dame auffallen sollte, dessen bin ich mir gewiss, aber dennoch komme ich nicht umhin, ihr Verhalten mit Sorge zu betrachten.

Elisa fuhr die Namen mit dem Nagel nach. Abbington war ein Titel, ebenso wie Linnley, das wusste sie, aber Gemma war ihr kein Begriff. Sie suchte nach weiteren Einträgen, in denen er auftauchte.

Abbington gestand sein unnatürliches Verhältnis mit diesem Mädchen ein. Gemma. Wie verachte ich sie! Ein Weibsstück in ihrer Lage sollte ihre Position auch kennen. Ein einfaches Mädchen, ein Zigeunermädchen, das bereits dankbar hätte sein sollen, eine Anstellung in einem ehrbaren Haus zu bekommen, hätte sich niemals mehr nehmen dürfen, als ihr Zustand deutlich macht. Aber Abbington mag ich nicht freisprechen. Als Gentleman hat er sich verantwortungslos benommen, und dies lässt sehr an seiner Moral zweifeln. Wie sollte ich mich in seine Hände begeben, wenn er ein dermaßen schlechtes Mannsbild abgibt?

Es folgte eine Reihe von Qualitäten, die sich Perdita bei ihrem Gemahl wünschte und die sie nicht deutlich genug in Abbington wiederfinden konnte.

Elisa legte das Buch aus der Hand, um ihren Block umzuschlagen und den Namen zu notieren. Gemma. Ein ungewöhnlicher Name. Sie war Angestellte auf Abbington Hall gewesen und zwar zur Jahrhundertwende und offenbar keine Engländerin. Das machte es sicherlich schwieriger, Informationen über sie zu finden. Gab es ein Zentralregister für Roma? Elisa bezweifelte es sehr, allerdings wollte sie sich davon auch nicht entmutigen lassen.

Sie legte sich quer über das Bett und schob sich Notizblock und Tagebuch zurecht. Sie war ungefähr bei der

Hälfte der Eintragungen in diesem Buch angelangt und hoffte, noch mehr Hinweise zu finden.

Heute geschah etwas zutiefst Ungewöhnliches, ja gar Erschreckendes, auch wenn mein Verstand mir gesagt hat, dass es keinen Grund zur Beunruhigung gibt. Eine alte Frau in bunten Kleidern erschien vor den Toren Abbington Halls und schrie wie eine Verrückte nach meinem Andrew. Er habe ihr Unrecht zugefügt, habe ihre Tochter getötet und ihr die Enkelin gleich mit genommen. Ich weigere mich, es zu glauben. Andrew ist ein großherziger Mann und ich glaube an seine Treue. Niemals brächte mich dummes Geschwätz dazu, ihn anders zu sehen. Allerdings geht mir Gemma nicht aus dem Sinn. Ich werde Andrew fragen müssen, es lässt mir keine Ruhe.

Damit endete der Eintrag dieses Tages. Eine ungewöhnliche Pause schloss sich an. Drei Wochen hatte Perdita kein Wort in ihr Tagebuch geschrieben, das sonst kaum drei Tage unbeschrieben geblieben war. Dann folgte eine Seite, die völlig ausgestrichen worden war, eine mit einem Namen, die noch welliger und vergilbter wirkte als die anderen zuvor, und endlich ein weiterer Eintrag, der Elisas Neugierde stillte.

Jesemy Lakojka. Eine Hexe, die etwas Land auf Abbingtons Besitz gepachtet hatte. Ihr Gemahl verstarb vor einigen Jahren, aber sie hat zwei Söhne, Francesgo und Fendy, die das Land bestellen. Und diese Tochter, die sich ehrbaren Männern an den Hals warf. Gemma. Sie verfluchte uns, hatte ich dies bereits erwähnt?

Mein Herz sagt mir, dass ich auf Gott vertrauen kann und er seine schützende Hand über uns hält. Mein Glaube ist stark, und ich weiß, dass ER solch ketzerische Ansichten bestrafen wird. Diese Gotteslästerin wird büßen.

Andrew sann auf Vergeltung, aber ich flehte ihn an, Güte vor Recht ergehen zu lassen. Diese Zigeunerin hatte tiefes Leid erfahren, und auch wenn Andrew nicht dazu beigetragen hatte, wünschte ich mir zur Feier unserer Hochzeit keine Vertreibungen von vaterlosen Familien. Wir werden es hinter uns lassen. Irgendwie. Ich notiere es, um nicht mehr daran denken zu müssen. Von nun an wird es mich nicht mehr belasten. Es ist vergangen.

Elisa blätterte die Seite um, aber es war tatsächlich alles, was geschrieben worden war. Der nächste Eintrag sprach von der Organisation des Linnley'schen Haushalts und wie Perdita ihn verändern wollte.

Lakojka. Elisa notierte sich die dazugehörigen Namen. Auch wenn diese Hexe vor mehr als hundert Jahren gelebt und gewirkt hatte, war sie kein schlechter Hinweis. Immerhin sollte ein Fluch auf der Familie lasten, und hier hatte sie den ersten direkten Bezug zu etwas Übernatürlichem. Eine Hexe. Perdita hatte sie als Zigeunerin bezeichnet. Vermutlich gehörte sie zu den Roma. Elisa sprang voll neuem Tatendrang von ihrem Bett. Die Hochzeit rückte immer näher, aber endlich hatte sie eine Spur.

Elisa haderte mit sich. Es war schwieriger als gedacht, eine Lakojka in Kent zu finden. Es wunderte sie nicht, sie hatte es sogar erwartet, schließlich war die Familie vor über hundert Jahren vertrieben worden, und damit zu einer Zeit, in der es keine Ummeldepflicht gab. Im Internet gab es zudem keine Wohnadressen, lediglich einige Familien und deren Verbindungen zur Schaustellerei waren aufgeführt.

Ihr Telefon klingelte, und sie schob es nach einem schnellen Blick auf das Display von sich. Benedict schon wieder!

Elisa fuhr sich mit beiden Händen durch den Schopf. Sie hatte deutlich das Gefühl, hier noch durchzudrehen, denn abgesehen von den Treffen mit ihrer Schwester und Ashley verließ sie Abbington Hall nicht. Die Decke fiel ihr schlicht auf den Kopf, besonders, wenn sie nicht weiterkam, wie gerade eben.

So ging es nicht weiter. Mit einem harten Stoß schob sie sich vom Tisch fort und sprang auf die Füße, um im Zimmer auf und ab zu tigern. Sie lag mit ihrem Arbeitspensum im Rückstand, konnte sich aber auch nicht auf ihren Job, die Buchhaltung, konzentrieren, wenn ihre Gedanken ständig um Katja und den Fluch der Abbingtons kreisten.

Wieder klingelte ihr Handy.

Elisa stoppte ihre Wanderung. Sie kam nicht weiter, weder bei der Arbeit, noch bei der Recherche und fühlte sich ohnehin wie eine Gefangene in diesem Mausoleum, das ihre Ahnen bereits bewohnten. Vielleicht war es an der Zeit, Abstand zu gewinnen.

Sie schnappte sich das Telefon. „Ja!"

„Hallo. Äh, Benedict hier, ich ..."

Elisa sirrte vor Anspannung. „Noch immer die Entführung, nicht wahr? Also gut, ich bin in Abbington

Hall und muss hier raus, bevor mich der ganze Mist hier in den Wahnsinn treibt!"

Natürlich war er ein Teil davon. Schließlich musste sie sich damit nur befassen, weil Katja unbedingt heiraten wollte!

„Oh! Ich kann ..."

„Otterden Place ist der nahegelegenste Ort, aber ich kann auch nach Canterbury kommen", schnitt sie in sein Gestotter. „Ist mir beides recht."

„Oh. Äh ..."

„Canterbury", entschied Elisa. „Eine Stunde?"

„O-kay."

„Ich texte, wo ich warte, ich kenne mich nicht wirklich in der Stadt aus ..." Sie erinnerte sich zwar, in ihrer Jugend einmal in Canterbury gewesen zu sein, aber es war schon Ewigkeiten her.

„Das Chocolate Café in der Guildhall Street. Das wird dir gefallen", schlug Benedict vor, und Elisa griff es auf.

„Schön." Schließlich war es ziemlich gleich, wo sie sich trafen. „Eine Stunde. Bye." Sie legte auf und warf einen letzten Blick auf ihren überfüllten Schreibtisch. Pause. Die hatte sie sich auch verdient.

Das Chocolate Café lag zentral in einer Gasse von Canterbury, gleich neben einem Frisör und einem Pub mit Restaurant. Es hatte einen angenehmen Charakter, obwohl es mit tiefbraunen Bänken, Tischen und Stühlen dunkel ausgestattet war. Die Plätze im Freien waren allesamt belegt, schließlich war es für die Jahreszeit ungewöhnlich warm, also trat sie ein. Einen Moment befürchtete sie, Benedict nicht wiederzuerkennen, aber er hatte offenkundig bereits auf sie gewartet und stand auf, als er sie bemerkte.

„Elisa, hallo!" Er streckte ihr die Hand entgegen, die sie nur zögerlich annahm.

„Hallo." Er zog sie näher zum Tisch und schob ihr den Stuhl zurecht.

„Danke."

„Es ist schön, dass wir uns endlich zusammensetzen können." Er nahm selbst Platz und lächelte sie begeistert an.

„So?"

„Äh ..." Seine Sicherheit schwand. „Also ..."

„Kommen wir direkt zur Sache", beschied Elisa, mit sich hadernd. Warum hatte sie sich hierauf gleich noch mal eingelassen? Warum auch immer, sie hatte offenbar nicht nachgedacht und musste nun sein Gestotter aushalten.

„Wie läuft diese Entführung ab?" Elisa schnappte sich die Karte und staunte nicht schlecht. Es standen lauter Desserts zur Auswahl.

„Das ist ..."

„Bist du nervös?", unterbrach sie ihn. „Oder ist es ein generelles Sprachproblem?"

„Äh ..."

„Willkommen im Chocolate Café, haben Sie bereits gewählt?", fragte die Bedienung, die hinter Elisa aufgetaucht war und sie aufschrecken ließ. Die Hand an die Brust gepresst, drehte sie sich auf ihrem Stuhl, um der Servicekraft einen feurigen Blick zuzuwerfen.

„Dazu hatten wir kaum die Gelegenheit, nicht wahr?"

„Ich empfehle den Choc-au-late Cake dazu eine Tasse handgebrühten Kaffee." Sie ignorierte Elisas Ärger einfach und lächelte Benedict zu. „Aber selbstverständlich gebe ich Ihnen gerne noch einen Moment, um die Karte zu studieren."

„Danke, Beatrice."

Die Servicekraft nickte und strebte zum nächsten Tisch. „Bei Ihnen alles in Ordnung?"

Elisa sah ihr nach. „Was ist denn hier los?"

„Ich mag den Service hier." Benedict machte einen langen Hals, um auf die Karte zu spähen. „Die Eclairs hier sind einzigartig und die Clotted Cream ..."

„Also kein Sprachproblem." Elisa schüttelte für sich den Kopf. Über das Angebot nachzudenken, erübrigte sich, schließlich saß sie arbeitsbedingt viel herum und kam deutlich zu selten dazu, sich zu bewegen. Um trotzdem einigermaßen schlank zu bleiben, hielt sie streng Diät.

Benedict klappte überfahren den Mund zu.

„Wann findet diese Entführung genau statt?"

„Als Kind habe ich schlimm gestottert." Er legte die Hände flach auf dem Tisch ab. „Es ... manchmal ..." Er zuckte die Achseln. „Ich komme mittlerweile damit zurecht."

„Das war sicher kein Spaß", murmelte Elisa, obwohl sie sich gar nicht für seine Lebensgeschichte interessierte.

„Nein, aber ich hatte Glück. Eine bekannte Kinderpsychologin hatte sich zu der Zeit hier in Canterbury niedergelassen, und ich bekam einen Therapieplatz." Benedict zog die Hände zurück und verschränkte sie vor dem Bauch. „Es war nicht einfach für meine Eltern, die Fahrt hierher, die Kosten, die von der Versicherung nicht übernommen wurden ... Ich bin ihnen sehr dankbar, dass sie so viel in mich investiert haben."

„Ja." Irritiert fand sie nicht die richtigen Worte. „Wir sollten ..."

„Ich versuche, es nun auszugleichen. Meine Mum ist wohlauf, aber mein Dad leidet an diversen Krankheiten, die ihn einschränken."

Da es langsam doch noch zur Lebensbeichte ausartete, sah sie sich nach der Bedienung um, aber die war nirgends zu entdecken.

„Also, einen Kaffee nähme ich schon." Sie fluchte unterdrückt. „Tja, da muss ich wohl warten."

„Wir hoffen, dass er zur Hochzeit fit sein wird."

„Mein Vater ist tot." Eigentlich sprach Elisa nicht darüber, aber sie hoffte, dass er damit die Familiengeschichten bleiben ließ.

„Mein Beileid. Es muss Katja nun besonders nahegehen, schließlich sollte ein Vater seine Tochter zum Altar führen." Er seufzte bedauernd. Sein Blick senkte sich dabei auf den Tisch zu seinen Händen.

„Er ist vor sehr langer Zeit verstorben, und ich werde Katja führen." Zwar war davon bisher nicht die Rede gewesen, aber irgendwer musste es tun, und bei dem eklatanten Mangel an Männern in der Familie wäre die einzige Alternative Cousin Connor. Elisa würde sich nicht von einem Knirps zum Altar führen lassen wollen.

„Schande!" Benedict starrte sie an. „Weiß Daniel das?"

„Warum? Überlegt er es sich dann anders?" Eine weitere Option? Elisa grinste für sich.

„Wohl nicht, es ist nur ..."

Elisa meinte zu wissen, worauf es hinauslief. „Gegen die Tradition?"

Er hob die Achseln.

„Weißt du, meine Mutter schwadroniert auch gerne
über Verpflichtungen und Traditionen, denen wir uns
beugen müssten, aber so sind Katja und ich nicht. Wir
sind frei und wild. Wenn Daniel das nicht versteht,
steht ihm eine böse Überraschung bevor."

„Daniel weiß, was er tut." Benedict wirkte dessen völlig gewiss. Es irritierte Elisa gewaltig, gab ihr das Gefühl, ihre Schwester gar nicht zu kennen. Oder sich
selbst nicht mehr.

„Fein. Katja nicht." Es war eine Herausforderung, das
wussten sie beide, und Benedict lächelte schwach.

„Und du?"

„Wie bitte?" Was hatte Elisa mit dem zu tun?

„Weißt du, was du tust?"

Elisa klappte den Mund wieder zu. Sie brauchte einige Augenblicke, um sich zu fangen. „Es war ein Fehler."

Sie schob den Stuhl zurück, um aufzustehen, gerade
als die Servierkraft neben ihnen auftauchte.

„Haben Sie sich entschieden?"

„Ja", schnarrte Elisa. „Und zwar dazu, zu gehen!"

„Elisa, warte."

„Ich habe zu viel zu tun für ... sowas!" Sie wedelte mit
der Hand in seine Richtung.

„Für ein Gespräch mit der Verwandtschaft?"

Elisa lachte spitz auf. „Wir sind nicht verwandt."

Benedict folgte ihr hinaus auf die Straße. „Elisa,
warte, wenn ich dich beleidigt habe, tut es mir leid."

Seine Reue konnte er sich sonst wo hinschieben, beschied Elisa. Leider hatte sie knapp außerhalb der City
geparkt und musste ein gutes Stück laufen.

„Bitte, können wir es nochmal angehen?"

„Wozu? Katja wird die Entführung nicht mögen, warum sollte ich mich also daran beteiligen?" Der Riemen ihrer Handtasche rutschte von ihrer Schulter, und Elisa fing ihn gerade noch auf.

„Es ist ein Spaß."

„Mr Leighton!" Elisa konfrontierte ihn direkt. „Ich werde mich nicht beteiligen. Guten Tag!"

Als sie sich abwandte, glitt ihr Blick über eine Werbetafel. Etwas außerhalb von Dover fand ein Jahrmarkt statt. Natürlich war nicht anzunehmen, dass Elisa die richtige Schaustellerfamilie erwischte, aber vermutlich kannte man sich untereinander. Einen Versuch war es doch wert, oder?

Landesgrenze zu Kent, Mai 2018

Elisa warf die Tür zu ihrem Wagen zu und sah sich erschauernd um. Es war so schrecklich klischeehaft, dass sie gar nicht hatte herfahren wollen, aber die einzige Lakojka, die sie ausmachen konnte, war nun mal hier. Nachdem sie neben dem Jahrmarkt in Dover noch welche in York und Land's End abgeklappert hatte, war sie endlich auf eine Familie gestoßen, die ihr Auskunft gegeben hatte. Ihr Hinweis hatte Elisa hergeführt. Ironischerweise zurück nach Kent.

Vor ihr lag der hiesige Festplatz, der von knorrigen, alten Bäumen beschattet wurde. Der Geruch von Zuckerwatte und gebrannten Mandeln lag in der Luft, und Musik plärrte aus hoch angebrachten Lautsprechern aus unterschiedlichen Richtungen. Der Jahrmarkt war bereits in vollem Gange, aber es gab ohnehin keinen geeigneten Zeitpunkt, um Fragen zu stellen, wie die, die Elisa hatte. Trotzdem rumorte es in ihrem Magen, als sie vortrat und in den lustigen Trouble eintauchte. Die Hütte mit der Wahrsagerin zu finden, war ein Kinderspiel, den Mut aufzubringen, tatsächlich anzuklopfen und einzutreten, nicht.

Kerzen flackerten durch den Luftzug, den Elisa mitbrachte, und Ruß stieg auf. Kleine Glöckchen klingelten, und eine Note von Lavendel lag in der Luft. Die Wände waren mit bunten Tüchern verhängt worden, die mit Zeichen verziert waren, die Elisa nicht zuordnen konnte. Eines, das ihr direkt ins Auge fiel, war ein Kreis, der durch vier Halbkreise getrennt wurde. Ein anderes sah aus wie ein Männchen. Es gab weitere. Ein Mond zierte die Decke, Augen und Sterne und eine gewellte Linie, die nach Wasser aussah, waren verteilt.

„Kommen Sie näher, mein Kind." Die Stimme ließ Elisa aufschrecken. Sie stieß gegen einen kleinen Tisch und drückte sich mit heftig klopfendem Herzen gegen die Wand, nachdem sie die kleine Vase darauf gerettet hatte. Vor ihr befand sich ein kleiner kerzenbeschienener Raum, ebenfalls mit Tüchern dekoriert und einem Tisch in der Mitte. Eine Glaskugel thronte auf diesem, und ein Satz Tarotkarten lag daneben.

Ihr Gegenüber war sogleich als Wahrsagerin zu erkennen, trug sie doch, wie man es erwartete, ein pinkfarbenes Tuch um den Kopf geschlungen, das mit Münzen und Perlen bestickt war. Ihr tiefschwarzes Haar lockte sich wild darunter hervor. Ihre kohleschwarzen Augen waren fingerdick mit Kajal umrandet, und ihre Lippen, so schmal sie auch waren, trugen ein ebenso volles Pink wie die Bestickung ihres Hemdes. Auf ihrem eng gebundenen Mieder waren kleine Glöckchen befestigt, die sich auch auf den Lederbändern um ihre Handgelenken wiederfanden. Sie trug einen bodenlangen, weit ausfallenden Rock, und ihre Finger spielten mit ihrer Kette, oder besser deren Anhängern, die wie Steine aussahen und in die die Zeichen der Tücher geritzt waren.

„Kommen Sie, es gibt keinen Grund zur Furcht."

Elisa konnte sich nicht entspannen, zwang sich aber dazu, tatsächlich an den Tisch zu treten.

„Sind Sie Rona Lakojka?", fragte sie zittrig.

Es war nicht der beste Weg, die Frau zum Reden zu bewegen, das sah Elisa ein, als sich die kleinen Augen ihres Gegenübers misstrauisch verengten. Dabei sollte sie es mittlerweile besser wissen. Bei fast allen Befragten war sie ins Leere gelaufen.

„Und wer ist es, der fragt?"

Elisa räusperte sich. „Elisa Henley."

„Ich habe eine Gewerbelizenz, wie oft muss ich das bezeugen?" Glöckchen klingelten, als sie die Arme vor der Brust verschränkte und mit dem Fuß auftippte. „Wenn Sie die Kopie ständig verschlampen, ist es nicht mein Problem."

„Oh nein. Ich bin ..." Elisa zögerte, nicht sicher, ob sie mit der Wahrheit herausrücken sollte, oder lieber inkognito an Informationen kommen sollte. „... wegen einer Weissagung hier." Sie deutete auf die Kugel. „Funktioniert die wirklich?"

Sofort entspannte die Frau sich und schob eilfertig den Stuhl hervor. „Setzen Sie sich, Elisa, und wir werden *sehen*."

Rona holte Räucherstäbchen aus einer Schatulle und entzündete sie, um den Raum abzuschreiten, wobei sie

Worte vor sich hin murmelte. Erst nach einigen Runden war sie zufrieden und nahm selbst Platz. Sie lächelte. Kleine Fältchen entstanden um ihre Augen und die dünnen Lippen.

„Sie haben eine Empfehlung bekommen, nehme ich an." Sie griff über den Tisch nach Elisas Händen und drehte sie mit der Innenseite nach oben. „Ach herrje!"

Elisa hielt den Atem an und beugte sich vor. Es war doch unmöglich, dass die Wahrsagerin tatsächlich etwas in ihren Händen lesen konnte!

„Ihre Liebeslinie ist eine Katastrophe!" Rona fuhr eine Rille mit dem Zeigefinger nach und tippte sie jedes Mal an, wenn die Linie eine Unterbrechung machte. „Gewöhnlich empfehle ich, die Augen zu öffnen oder Vertrauen zu haben, aber bei Ihnen bin ich fast geneigt, das Gegenteil zu empfehlen: Lassen Sie die Finger von Beziehungen."

Elisa zog die Hand zurück. Dass ihr Liebesleben ein Desaster war, brauchte man ihr nicht zu sagen, und anzudeuten, dass sie es besser ganz ließe, war auch nicht hilfreich – allerdings bestätigte es ihre Einschätzung.

Die Wahrsagerin holte Elisas Hand zurück. „Das ist sehr düster. Wenn ich es nicht besser wüsste ..." Die kleinen Metallplättchen an ihrer Stirn klirrten, als sie den Kopf schüttelte. Bei genauerem Hinsehen erkannte man Prägungen auf ihnen. Elisa kannte die Währung der Münzen nicht, was aber nichts bedeutete.

Rona nahm den Stapel Karten auf, entschied sich dann aber anders. „Lassen Sie mich einen Blick in die Kugel werfen." Sie lächelte etwas angestrengt. „Sie werden vermutlich nur eine Trübung sehen können, für mich wird sich die Zukunft meines Gegenübers aber

darin spiegeln können." Sie faltete die Hände vor sich
auf dem Tisch, setzte sich kerzengrade hin und atmete
tief ein. Mit geschlossenen Augen summte sie leise, bevor sie die Hände hob und sie mit etwas Abstand um
die obere Hälfte der Kugel legte. Sie beschrieb einen
Kreis, der mit jeder Runde größer wurde und den Blick
auf die Kristallkugel wieder freigab. Sie war tatsächlich
nicht mehr klar, sondern gefüllt mit einem wallenden
Nebel.

Plötzlich zuckten Blitze in der grauen Wolkenwand,
und die Roma schrie auf. Das Innere der Kugel war
schlagartig wieder klar. Elisa stutzte und bemerkte erst
verspätet, dass ihr Gegenüber sie mit blankem Entsetzen anstarrte.

„Tut mir leid, aber ich kann Ihnen nicht helfen."

Elisa klappte der Mund auf. „Wie bitte?"

„Sie sind verflucht. Es ist ein starker Bann, und wenn
ich es richtig verstehe, einer, der von einer meiner
Ahninnen ausgesprochen worden ist. Er ist selbsterfüllend. Ich kann nichts tun."

Bleigewichte drückten Elisa auf ihren Stuhl nieder.
„Jesemy Lakojka."

Die Wahrsagerin keuchte und bekreuzigte sich
schnell. „Das hatte ich befürchtet."

„Sie ist Ihnen ein Begriff?" Es wunderte Elisa, denn
hätte man sie nach Perdita Abbington gefragt, hätte sie
lediglich die Achseln zucken können.

„Oh ja. Jedem Lakojka ist sie ein Begriff." Die Frau
nickte zittrig. Ihre Finger klammerten sich an den
Tisch, und sie wirkte völlig aufgelöst. „Unsere letzte
große Phuri daj."

„Pju ... Verzeihung, den Ausdruck kenne ich nicht."

„Stammesführerin", stammelte Rona. Sie atmete tief durch. „Sie sprach nur einen mächtigen Fluch aus." Ihre Augen legten sich auf Elisa. „Sie gehören zu *der* Familie."

„Es überrascht mich etwas, dass Sie so gut im Bilde sind. Ich weiß nichts über diesen Fluch." Elisa rutschte auf ihrem Stuhl herum. „Bitte erzählen Sie mir davon."

Die Romni schüttelte den Kopf. „Besser nicht."

„Bitte!" Dieses Mal war es Elisa, die über den Tisch hinweggriff. „Ich muss verstehen, was es mit diesem Fluch auf sich hat."

Da ihr Gegenüber noch immer abgeneigt schien, drückte Elisa ihre Finger. „Meine Schwester heiratet."

Rona seufzte. „Sie liebt ihren Verlobten, nehme ich an?"

„Ja. Sie wird fürchterlich unglücklich sein, wenn ihn der Fluch einholt." Elisa nickte zaghaft. „Und er wird ihn treffen, nicht wahr?"

Die weise Frau seufzte erneut. „Ich werde Tee machen. Wir benötigen beide etwas zur Stärkung."

Elisa widersprach nicht. Ihr Magen fuhr immer noch Achterbahn, und sie glaubte nicht, dass es besser werden würde. Was auch immer sie hier erfahren sollte, es würde sicherlich ihr Weltbild ins Wanken bringen.

Mit einer Kanne und zwei zierlichen Porzellantässchen setzte sich Rona schließlich wieder an den Tisch. „Elisa. Ein schöner Name. Ich bin Rona."

„Wie nett, Sie kennenzulernen", behauptete sie, als sie die Tasse entgegennahm. „Eine richtige Wahrsagerin gehörte bisher nicht zu meinem Bekanntenkreis."

„Das liegt daran, dass sich unsere Familien nicht vermischen." Rona nippte an ihrem Tee.

„Ich lebe nicht in der Gegend, das halte ich für den eigentlichen Grund." Elisa grinste und zuckte die Achseln. „Aber gewöhnlich gehe ich auch nicht auf Jahrmärkte oder zu Wahrsagern. Bisher hielt ich es für Hokuspokus." Elisa zwinkerte. „Seit heute weiß ich auch warum."

Sie hob die Hand, um sich die Innenseite zu beschauen, bevor sie sie drehte. „Steht es wirklich so schlimm um meine Liebeslinie?"

„Der Fluch erklärt die Brüche." Rona nahm die Hand wieder auf und setzte sie mit ihrer als Unterlage auf dem Tisch ab. „Sie haben Ihren Vater verloren und dies hinterlässt Spuren. Sie haben gewisse Ängste, sehen eine Partnerschaft nicht als Hort an, weshalb die bisherigen Beziehungen eher oberflächlich blieben. Sie haben nie Ihr Herz verloren."

Elisa durchfuhr ein heftiger Schauer. „So würde ich es nicht beschreiben", haspelte sie. „Ich bin eher skeptisch, ob sich der Ärger lohnt."

Rona grinste. „Er lohnt sich."

„Wenn der Partner nach wenigen Jahren stirbt?" Elisa konnte sich nicht vorstellen, wie man sich damit anfreunden sollte.

„Zu lieben ist nie ein Fehler", rügte die Wahrsagerin und drehte die Hand. „Sie haben eine Chance. Eine einzige." Sie deutete auf Elisas Handfläche. „Hier steht es geschrieben."

„Vielleicht hätte ich besser Katja hergebracht." Obwohl Elisa bezweifelte, dass die Schwester sich ausgerechnet kurz vor ihrer Hochzeit die Zukunft aus der Hand hätte lesen lassen wollen.

„Die Braut?" Rona schüttelte den Kopf. „Davon kann ich nur abraten. Bräute sind höchst sensibel, und ich kann mir keine hysterischen Auftritte meiner Kundschaft erlauben." Sie ließ die Hand los und hob ihre Tasse wieder an, um in die heiße Flüssigkeit zu pusten. „Aber ihr Schicksal kann ich Ihnen auch so verraten."

„Sie wird bald Witwe sein." So weit konnte Elisa selbst in die Zukunft blicken.

Rona zuckte die Achseln. „So will es die Phuri daj."

„Warum?" Natürlich gab es genügend Hinweise aus den Tagebüchern der Lady Perdita Abbington. „Ich weiß, die Rache einer verschmähten Frau ist bitter, aber gleich einen Fluch zu verhängen?"

„Oh nein, nein! Es war viel persönlicher."

Was war persönlicher als eine Liaison?

Rona rutschte auf ihrem Stuhl nach vorn und stützte die Arme auf dem Tisch ab.

„Bei uns gibt es keine Liebe, die stärker wäre als die zwischen Mutter und Tochter." Sie machte eine bedeutende Pause. „Wir sind eine Einheit, wir verlassen uns aufeinander. Die Mutter lehrt die Tochter alles, was sie weiß, und die gibt es an ihre Tochter weiter. Unser Stamm gehörte zu den wenigen, die Phuri daj zuließen. Wir stellten die Weisheit der Frau über die Stärke des Mannes. Aber die Linie wurde unterbrochen."

„Gemma?", mutmaßte Elisa. Ihre Finger verkrampften sich um den kleinen Henkel der Tasse.

„Und ihre Tochter", bestätigte Rona leise. „Der Phuri daj blieben nur ihre Söhne und die Hoffnung, dass sich eine ihrer Töchter eines Tages der Macht der Familie würdig erweisen könnte." Ein kleines Lächeln schlich sich auf die schmalen Lippen der Romni. „Es hat einige

Generationen gebraucht, bis unser Blut die Fähigkeiten aufgreifen konnte, und noch immer reicht keine von uns auch nur ansatzweise an die Kraft unserer verehrten Phuri daj heran." Sie seufzte. „Aber zumindest kann ich von mir behaupten, tatsächlich zu sehen."

„Das sind zwei Leben", krächzte Elisa, während sie versuchte, sich auf das Wesentliche zu konzentrieren. „Bei uns sind viele mehr zerstört worden. Muss das Ganze nicht auch mal sein Ende haben?"

„Wie gesagt, ich kann den Fluch nicht brechen." Die Wahrsagerin schüttelte den Kopf, als Elisa widersprechen wollte. „Es gibt nur den einen Weg: den Fluch zu erfüllen."

Elisa stöhnte verzweifelt. „Und wie soll das gehen?"

„Die Deinen müssen die Meinen lieben, um das wahre Eheglück zu erfahren. So lautet der Fluch. Also schlage ich vor, dich unter meiner Verwandtschaft umzuschauen." Sie lachte auf, wurde aber gleich wieder ernst. „Offen gestanden wüsste ich nicht einmal, wie man eine so mächtige Verwünschung lösen könnte. Bisher habe ich es eher mit Liebestränken und Schutzzaubern zu tun gehabt."

„Kennen Sie jemanden, der sich da besser auskennt?" Einen Versuch war es wert, fand Elisa. Ihre Enttäuschung hielt sich aber in Grenzen, als Rona verneinte.

„Glauben Sie mir, die einzige Möglichkeit, die ich sehe, ist die, einen aus meiner Sippe zu heiraten."

„Das hilft meiner Schwester nicht." Oder doch? „Gibt es genauere Vorgaben?"

„Nicht dass ich wüsste. *Die Deinen müssen die Meinen lieben, um das wahre Eheglück zu erfahren.* Leider kam die Geschichte nicht mit einem Zauberspruch zur

Auflösung." Sie goss sich Tee nach und bot Elisa ebenfalls eine Auffüllung an.

„Geschichte? Sie verwirren mich."

„Eine Art Gutenachtgeschichte. Ich habe sie bestimmt eine Million Mal gehört, und meine Brüder und Schwestern erzählen sie ihren Kindern." Rona winkte ab. „Es ist eine Geschichte über Vertrauen und Betrug. Sie lehrt uns, nicht dem schönen Schein zu verfallen und auf jede Gemeinheit unserer Umwelt gefasst zu sein."

„Bitter", murmelte Elisa. Ihr Spiegelbild waberte in ihrem Tee.

„Die Tochter, Gemma, sie hat den Versprechungen des Lords vertraut, und er hat sie aufs Übelste betrogen. Er hat sie verführt und sie sitzenlassen, als er eine lukrativere Verbindung fand." Rona zuckte die Achseln.

„Das war dumm, aber ich wette, es gab unzählige Mädchen in dieser Situation, und es gibt sie immer noch." Elisa hob die Hände. „Das soll das Verhalten meines Ururgroßvaters nicht rechtfertigen, er hat sich wie ein Arsch benommen, aber warum soll Katja darunter leiden?"

Rona seufzte. „Wer hat gesagt, dass solche Sachen gerecht sind?"

Elisa schnaubte verdrossen. „Also lässt sich nichts machen? Ich muss zusehen, wie Katja ihren David … oder Doug …" Irgendwie klang der Name falsch und sie runzelte die Stirn. Auch das war irgendwie nicht richtig, aber sie beschied, dass es gleich war. „… ihren Typen heiratet, wie er stirbt und meine Schwester genauso totunglücklich wird wie unsere Mutter?" Die Aussicht versetzte Elisa einen Schlag in die Magengrube.

„Sie kennen nicht einmal seinen Namen?"

Elisa begegnete geschlagen den neugierigen Augen der Wahrsagerin. „Ich kenne ihn kaum. Irgendwie halte ich mich von den Kerlen meiner Schwester ziemlich fern. Sie interessieren mich nicht." Etwas löste sich in ihr, und sie sackte zusammen. „Tja, mit ihrem Zukünftigen brauche ich mich gar nicht erst anzufreunden." Sie verdrehte die Augen, wusste aber, dass sie dringend etwas unternehmen musste.

Was, blieb jedoch die Frage.

14. Kapitel

„Du musst die Hochzeit absagen.“

Katja nahm lachend das Geld von dem Mann entgegen, dem sie gerade ein Fläschchen *Kleiner Feigling* aus ihrem Bauchladen angedreht hatte. Es dauerte einen Moment, bis die Worte ihrer Schwester zu ihr durchdrangen. Dann drehte sie sich um und musterte Elisa, die mit blassem Gesicht hinter ihr stand.

„Was hast du gesagt?“, fragte sie, weil sie nicht glauben wollte, was sie dachte, gehört zu haben.

„Ich halte diese Hochzeit für einen Fehler.“

„Nicht schon wieder, Elisa“, seufzte Katja. Hatten sie das Thema nicht schon durch gehabt? Sie hatte gehofft, Elisa hätte ihre Meinung die Hochzeit betreffend endlich geändert. Doch jetzt begann ihre Schwester erneut mit ihrer Nörgelei. Katja sah sich suchend um und wünschte, sie würde ein bekanntes Gesicht erkennen.

In den letzten Minuten hatten sie scheinbar die anderen Mädels verloren. Dabei waren sie in ihren pinkfarbenen Warnwesten mit der Aufschrift „Letzter Ausgang der Braut“ nicht zu übersehen. Sie befanden sich in einer Gasse in Canterbury mit fünf Lokalen, in denen es an diesem Samstagabend ordentlich abging. Der ideale Ort, um Katjas Junggesellinnenabschied zu feiern, auch wenn sie die Spiele, zu denen man sie zwang, nicht amüsant fand.

Sie schob den Bauchladen zurecht, der sich schmerzhaft in ihren Bauch drückte, und wandte sich ab. Eigentlich hatte sie gehofft, flache Schuhe, bequeme Jeans und ein normales Shirt tragen zu können. Schließlich war ihr bewusst gewesen, wie lange dieser Abend werden würde. Doch die Mädels hatten sie gezwungen, sich in ein sexy Outfit zu schmeißen. Angeblich würde das ihre Verkaufschancen steigern und zu besserem Trinkgeld führen. Als wäre sie darauf angewiesen, Geld für den gemeinsamen Start ins Leben an Daniels Seite zu sammeln. Sie fühlte sich wie ein saftiges Steak in der Ladentheke.

Vielleicht konnte sie die anderen schnell ausfindig machen. Hoffentlich würde Elisa wenigstens in deren Gegenwart schweigen. Ein weiteres Wort, mit dem sie ihre Abneigung Daniel gegenüber ausdrückte, und Katja würde explodieren. An ihrem Junggesellinnenabschied!

Die letzten Wochen waren so angenehm ruhig verlaufen. Sie hatte gedacht, das Theater mit Elisas Vorbehalten wäre abgehakt. Anscheinend hatte es sich nur um die Ruhe vor dem Sturm gehandelt. In einer Woche würde Katja mit Daniel vor den Altar treten. Sie hatte keine Lust, mit ihrer Schwester fortwährend über etwas zu diskutieren, das ihr wichtig war und das auf jeden Fall passieren würde.

„Bitte, überleg es dir", flehte Elisa und eilte ihr nach. Ihr braunes Haar war zerzaust, weil sie unablässig mit den Fingern hindurchfuhr. Heute war sie irgendwie noch unruhiger als sonst. Aus ihrem Verhalten könnte man schließen, sie würde sich tatsächlich große Sorgen machen.

Katja lief weiter. Sie glaubte, eine rosa Warnweste in einem der Lokale verschwinden zu sehen, und folgte dem grellen Pink. Vielleicht wollten die Mädels etwas zu trinken besorgen. Sie waren schon seit Stunden unterwegs. Katja hätte jetzt mit ihren Freundinnen dort drinnen sein können, wenn Elisa sie nicht von den anderen losgeeist hätte. Bestimmt war das Absicht gewesen, um wieder mit diesen Sticheleien loslegen zu können.

Eigentlich hätte Katja stutzig werden sollen, als Elisa sie auf die feiernde Gruppe Männer aufmerksam gemacht hatte. Ihre Schwester hatte schon zu Beginn des Abends unruhig und unmotiviert gewirkt. Die plötzliche Begeisterung war auffällig gewesen.

Elisa griff nach ihrem Arm. „Bitte, Katja. Jetzt warte. Wir müssen uns unterhalten. Das ist wichtig."

„Es ist nicht wichtig. Es ist lächerlich", korrigierte Katja trocken. Sie musste sich zwischen einer Gruppe von albern kichernden Frauen durchschlängeln. „Du bist mit meiner Entscheidung nicht zufrieden. Das habe ich längst verstanden. Den Grund dafür verstehe ich nicht. Inzwischen ist es mir allerdings auch egal. Deine Stichelei geht mir auf die Nerven."

„Die Ehe mit Daniel wird unglücklich enden. Das habe ich im Gefühl", verkündete Elisa hinter ihr.

„Ach was! Du bist doch nur eifersüchtig, weil du Single bist und noch keinen Mann gefunden hast, der mit deinen Eigenheiten zurechtkommt." Katja blieb stehen und ließ Elisa aufholen. „Dabei hast *du* die Männer vertrieben. Du trägst selbst schuld daran, wenn du allein bleibst."

„Du reagierst unfair."

Katja schüttelte vehement den Kopf und hob ihre Stimme. „Nein. Du verhältst dich kindisch. Erst dachte ich, du hättest Angst davor, unsere Beziehung könne darunter leiden, wenn ich eine eigene Familie gründe. Ich dachte, du würdest mich nicht verlieren wollen. Doch in Wirklichkeit gönnst du mir bloß mein Glück nicht."

„Das ist nicht wahr, Katja. Ich mache mir Sorgen um dich." Elisas Gesicht wurde immer blasser. Ein Muskel an ihrem Kiefer zuckte.

„Du denkst nur an dich und nimmst dich wichtiger als mich. Nicht einmal bei dieser einen Sache kannst du dich zurücknehmen und mir diesen einen Tag lassen."

„Weil ich will, dass du glücklich bist, weise ich dich doch überhaupt darauf hin, dass Daniel und du nicht zusammenpassen. Ich mache das alles doch nicht, um dich zu ärgern."

„Warum bist du überhaupt mitgekommen?", fragte Katja und fühlte sich müde. Immer die gleichen Diskussionen führen zu müssen, zerrte an ihren Nerven. „Wieso fährst du nicht nach Hause und lässt mich in Ruhe meinen Junggesellinnenabschied feiern? Weshalb verdirbst du mir stattdessen diesen Abend?"

„Das habe ich nicht vor. Ich will dir nichts ruinieren. Mir ist wichtig, dass es dir gutgeht."

Der Ärger kochte in Katja noch weiter hoch. Elisa benutzte sogar ihre angebliche Besorgnis, um ihre fadenscheinigen Behauptungen zu untermauern. „Hättest du einen eigenen Freund, wärst du nicht so besessen von dieser Geschichte. Ganz offensichtlich bist du nicht ausgelastet. Du solltest dich mal wieder flachlegen lassen."

Elisa ignorierte diese Aussage. „Du musst diese Hochzeit absagen. Oder ... oder verschieb sie zumindest. Das Leben von Daniel hängt davon ab."

„Bist du verrückt?" Elisas Behauptung fühlte sich an wie ein Schlag in den Magen. Was zum Teufel wollte ihre Schwester damit andeuten?

Elisa machte einen Schritt auf Katja zu und griff nach ihrer Hand. „Mir ist bewusst, wie sonderbar dir das alles erscheinen muss. Aber ich will dir nichts Böses. Du musst mir vertrauen. Bitte, Katja."

„Nein. Wenn du mir nur mit diesem eifersüchtigen Unsinn kommst, ohne mir vernünftige Gründe für dein unmögliches Verhalten zu nennen, muss ich gar nichts." Katja hob eine Augenbraue. „Los. Überzeug mich, dass du nicht bloß neidisch auf mich bist."

„Hier ist nicht der richtige Ort, um dir alles zu erklären. Lass uns nach Hause fahren und in Ruhe reden."

„Jetzt oder gar nicht." Katja fixierte Elisas Gesicht und wartete auf eine Regung, auf eine Erklärung, eine fadenscheinige Entschuldigung. Irgendetwas, damit ihr Herz nicht mehr so verdammt wehtat.

Doch Elisa schwieg.

„Du gehst zu weit. Seit Wochen übertrittst du sämtliche Grenzen der Vernunft. Du benimmst dich irrational."

Elisa öffnete den Mund und schloss ihn wieder.

Katjas Brustkorb schmerzte. Ihr Herz erstarrte zu Eis, und die Kälte pflanzte sich in ihrem Körper weiter fort.

„Sag irgendetwas, das verhindert, dass ich an deinem Verstand zweifle, Elisa. Ich flehe dich an."

„Du würdest mir nicht glauben."

„Versuch wenigstens, es mir zu erklären." Katjas Augen brannten. Sie blinzelte die Tränen der Enttäuschung weg.

„Eure Liebe ist verflucht", erklärte Elisa mit zitternder Stimme. „Wenn du ihn heiratest, wird er sterben."

Katja lachte trocken auf. „So ein Blödsinn."

„Ich sagte doch, du würdest mir nicht glauben. Wenn es um ihn geht, bist du blind." Elisa klang trotzig. Sie verschränkte die Hände vor der Brust.

„Du bist meine Schwester. Trotz allem liebe ich dich. Ich will, dass du auf meiner Seite stehst. Wenn du eifersüchtig bist und mir das gestehst, dann bin ich nicht böse auf dich", versprach Katja. „Nimm dich einfach zusammen und unterstütze mich."

„Daran liegt es nicht. Dieser Fluch existiert. Das kann ich sogar beweisen."

Nun wurde Katja hellhörig. „Du hast Beweise für einen Fluch? Gibt es Unterlagen? Zeig sie mir."

„Das Tagebuch einer unserer Vorfahrinnen gibt Hinweise darauf. Aber das habe ich natürlich nicht hier."

Kurz war tatsächlich Hoffnung in Katja aufgekeimt, ihre Schwester wäre nicht verrückt geworden. Sie wäre bereit, einen Schritt auf Elisa zuzumachen, wenn die einen Grund nennen würde, warum sie Daniel keine Chance gab. Doch das hier war absolut lächerlich. Die Notizen einer vermutlich Verrückten als Beweis zu bezeichnen!

„So sehr ich mich auch bemühe, dich zu verstehen, es gelingt mir einfach nicht. Du kannst Daniel offensichtlich nicht leiden und glaubst nicht an diese Ehe. Ich fürchte, es ist keine gute Idee, dich zu meiner Trauzeugin zu machen.“

„Katja …“ Elisa klang erschrocken.

„Ich muss nachdenken und melde mich bei dir, sobald ich verdaut habe, was gerade passiert ist, und sobald ich eine endgültige Entscheidung getroffen habe.“ Katja drückte Elisa den albernen Bauchladen in die Hand.

„Warte doch. Lass uns in Ruhe reden.“

Katja hob eine Augenbraue. „Änderst du deine Meinung meine Heirat betreffend?“

Eine Vielzahl von Gefühlen huschte über Elisas Gesicht. Dann schüttelte sie den Kopf. Sie wirkte ehrlich traurig über diesen Umstand.

„Richte den anderen meinen Dank für ihre Mühe aus. Ich möchte gerne nach Hause. Morgen werde ich mich persönlich bei ihnen bedanken, aber jetzt will ich nicht noch einmal zu ihnen zurückgehen“, schluckte Katja.

„Kein Problem. Ich übernehme das.“

Katja presste ein Danke hervor und wandte sich dann ab. Sie fühlte sich müde und ausgelaugt. So hatte sie sich das Ende ihres Junggesellinnenabschiedes nicht vorgestellt.

Erschöpft schloss sie die Wohnungstür. Im Vorraum schlüpfte sie aus ihren Schuhen und hängte ihre Tasche auf. Dann ging sie in die Küche, um sich ein Glas Wasser zu holen. Sie lehnte sich gegen die Arbeitsplatte und trank einen kleinen Schluck, während sie gedankenverloren aus dem Fenster starrte.

Immer wieder erschien Elisas Gesicht vor ihrem inneren Auge. Ihre Schwester hatte besorgt gewirkt. Durcheinander. Aufgewühlt. Irgendetwas schien sie tatsächlich zu bedrücken. Aber das gab Elisa noch lange nicht das Recht, Katja diese Hochzeit auszureden.

Daniel war der Mann, den Katja sich immer an ihrer Seite gewünscht hatte. Sie war glücklich wie noch nie. Elisa allerdings hatte sich von Anfang an in diese Beziehung eingemischt. Sie hatte Daniel schlechtgemacht und versuchte, einen Keil zwischen sie zu treiben. Darüber hatte Katja lange genug hinweggesehen. Ihr Verständnis war an seine Grenzen gestoßen.

Elisa zur Trauzeugin zu machen, war vermutlich keine gute Idee. Auch wenn es Katja schwerfiel, auf ihre Schwester während dieses wichtigen Tages an ihrer Seite zu verzichten, konnte sie Elisa diesen Job nicht mehr guten Gewissens überlassen.

Verdammte Scheiße. In ihrem Magen bildete sich ein heißer Knoten. Sie wollte diese Entscheidung nicht treffen. Nicht jetzt. Lieber verschob sie sie auf morgen.

In einem Zug leerte sie das Glas und ging dann ins Bad. Nach einer nicht sonderlich ausgiebigen Gesichtswäsche und kurzem Zähneputzen schlüpfte sie aus ihrer Kleidung. Auf nackten Füßen tappte sie Richtung Schlafzimmer.

So leise wie möglich betrat sie den Raum und kroch ins Bett. Sie wollte Daniel nicht wecken. Er hatte einen ruhigen Schlaf verdient.

Die Decke fühlte sich angenehm frisch auf ihrer Haut an. Das kühlte ihre Gedanken und ihren Verstand.

Morgen würde die Welt schon wieder ganz anders aussehen. Jetzt musste sie nur die Augen schließen und vergessen, was passiert war.

Daniel bewegte sich neben ihr. Er drehte sich zu ihr um und schmiegte sich mit einem leisen, zufriedenen Brummen an ihren Rücken. Als er den Arm um sie schlang, ließ sie sich wohlig in diese Umarmung fallen. Daniels Wärme hüllte sie ein und verdrängte alle ihre Sorgen. Seine Atmung wurde wieder ruhiger. Anscheinend nickte Daniel wieder ein. Sie schloss die Augen und versuchte selbst ein wenig Schlaf zu finden.

Noch einmal gab Daniel ein leises Geräusch von sich. Er räusperte sich. „Alles in Ordnung bei dir?", murmelte er mit rauer Stimme. „Du bist früh wieder zurück."

Sie überlegte, ob sie vorgeben sollte zu schlafen oder ob sie es sich mit einer Lüge einfach machen sollte. Doch er war der einzige Mensch, bei dem sie das Bedürfnis hatte, immer die Wahrheit zu sagen.

„Meine Schwester ist eine dumme Kuh", beschwerte sie sich.

„Was hat sie angestellt?"

„Sie hat verlangt, die Hochzeit abzusagen. Irgendwas von wegen Unglück, das passieren würde. Angeblich bringe ich dich in Gefahr. Vielleicht glaubt sie auch nur, ich würde dich unglücklich machen."

Daniel drehte sie in seinen Armen, bis sie sich in der Dunkelheit ansahen. Sein Gesicht war dank des wenigen Mondlichts, das durch die zugezogenen Vorhänge drang, nur zu erahnen. Trotzdem hatte sie seine Züge genau vor Augen.

„Sie hat das bestimmt nicht so gemeint", versuchte er sie zu besänftigen.

„Natürlich hat sie das. Schließlich benimmt sie sich seit Wochen so seltsam. Du hattest recht. Irgendetwas stimmt nicht mit ihr."

Er räusperte sich und spannte seine Muskeln an. „Sie hat nur etwas gegen mich."

„Sorry, dass ich dich damit mitten in der Nacht überfalle. Wir sollten schlafen und uns darauf freuen, in einer Woche verheiratet zu sein."

„Kannst du das glauben?", murmelte er und streckte sich, um ihr einen Kuss zu geben. Seine Lippen landeten neben ihrem Mund. Er lachte leise. „Meine Ehefrau."

„Das hört sich toll an. Mein Ehemann." Sie seufzte, rückte näher an ihn heran.

Als nackte Haut über nackte Haut rieb, gab er einen Laut von sich, der nach Schnurren klang. „Du musst frieren. Soll ich dich wärmen?"

Sie tat, als müsse sie überlegen. „Es ist schon ein wenig frisch hier drinnen. Du schaffst es bestimmt nicht so leicht, meine Haut zum Glühen zu bringen."

„Herausforderung akzeptiert. Gib mir fünf Minuten." Er küsste sie erneut. Diesmal fand er ihre Lippen, strich mit der Zungenspitze über den Spalt dazwischen, damit sie sich ihm öffnete.

Mit einem Seufzen streckte sie ihre Hand aus, um sie auf seine nackte Brust zu legen. Sie liebte die straffe Haut, die Wärme, die Kraft. Mit den Fingerspitzen fuhr sie tiefer, bis sie am Bund seiner Boxershorts ankam. Während sie den Kuss vertiefte, ließ sie ihre Hand in seinen Shorts verschwinden und umfasste ihn sanft.

Sein Körper hatte auf ihre Nähe bereits reagiert. Als sie jetzt vorsichtigen Druck ausübte, wuchs er in ihrer

Hand weiter an. Mit einem hungrigen Knurren rollte er sich auf sie, vergrub sie unter seinem schweren Körper.

„Wenn du mich nicht freigibst, kann ich meine Finger nicht mehr benutzen", beschwerte sie sich.

„Ich habe eine bessere Idee", behauptete er. „Wir können uns nämlich ruhig Zeit lassen."

Sie lachte. „Es ist nach Mitternacht. Lange dauert diese Nacht nicht mehr."

„Du und deine Ungeduld." Nach einem Brummen küsste er sie, legte all seine Liebe in die sanfte Berührung ihrer Lippen, ließ sich Zeit. Sehr viel Zeit. Viel zu viel Zeit.

Ein Strudel aus Sehnsucht bildete sich in ihrer Beckengegend. Wärme breitete sich von ihrem Magen in ihrem ganzen Körper aus. Ihre Haut begann zu kribbeln und sich, wie von ihm versprochen, aufzuheizen. Daniel wusste nur zu genau, wie er ihr Verlangen anstacheln konnte.

Sie ließ ihre Hände von seinen Schultern über seinen Rücken wandern. Als er nicht wie gewünscht mit einem schnelleren Tempo reagierte, verstärkte sie ihre Bemühungen. Mit festem Druck strich sie mit den Fingerspitzen über seine Haut, schlang ihre Beine um seine Hüften und rieb ihren nackten Oberkörper an ihm.

Er stöhnte leise, erstarrte, als sie ihre Nägel in seinen von Stoff verhüllten Hintern grub. Beinahe hätte er ihr in die Zunge gebissen.

Ungeduldig zerrte sie an seinen Shorts und brauchte seine Hilfe, damit sie das Kleidungsstück tiefer schieben konnte. Er strampelte den Stoff nach unten, bis er ihn auf den Boden werfen konnte. Die Reibung, die er dabei auf ihrer Haut erzeugte, machte sie noch kribbeliger.

Daniel lachte nur, als sie ihr Becken anhob, um ihm ganz nahe zu sein. Er beugte sich über sie und küsste ihren Hals. Seine Lippen bewegten sich tiefer. Seine Zähne kratzten über ihr Schlüsselbein. Dann kostete, leckte er sich tiefer, langte bei ihren Brüsten an und saugte sanft an den Knospen, die sich sofort verhärteten.

Die Luft entwich mit einem Keuchen aus ihren Lungen. Sie klammerte sich erzitternd an seinen muskulösen Oberarmen fest. Ein Hitzeblitz schoss durch ihren Unterleib. Gott, war das gut.

Er saugte fester, benutzte seine Zähne, um ihr Vergnügen noch zu verstärken. Sie konnte fühlen, wie das Blut in ihren Adern zu kochen begann. Ihre Brüste wurden schwer und empfindlich. Mit jeder weiteren Bewegung von Daniels Lippen vertiefte sich die Sehnsucht nach mehr.

Sie stellte ihre Beine auf und drückte ihre Oberschenkel zusammen, um ihn festzuhalten. Hoffentlich hörte er damit nicht auf. Aber andererseits konnten sie so nicht zum spannenden Teil dieses Spiels übergehen.

Daniel widmete sich ihrer anderen Brust. Er legte eine Hand um ihre zweite Brust, drückte sie leicht, rieb mit dem Daumen über die Brustwarze. Und da verlor sie die Geduld.

Es gelang ihr, ihn zu stoppen, indem sie ihre Finger in sein Haar krallte und seinen Kopf zu sich hochzog. Sie küsste ihn und drückte sich hoch, um ihren Körper an ihm zu reiben. Das lenkte ihn ab, sodass es ihr gelang, sich mit ihm herumzurollen.

Hungrig küsste sie ihn. Sie bewegte ihr Becken, um seine Härte an der Stelle zu spüren, die sich nach ihm sehnte. Es gelang ihr, ihn ein Stück in sich aufzunehmen, bevor Daniel sie wieder unter sich begrub.

Ihre Finger verschränkten sich von ganz allein miteinander. Während sie sich tief in die Augen sahen, schob Daniel sich langsam in sie. Schwer atmend hielt er inne.

Katja biss sich auf die Unterlippe. Sie wartete darauf, dass er sich in ihr bewegte, doch er zwang sie dazu, auszuharren. In ihr baute sich Anspannung auf. All ihre Enttäuschung über die Reaktion ihrer Schwester wurde endgültig in den letzten Winkel ihres Gehirns gedrängt. Zeit und Raum verloren ihre Bedeutung. Dieser Moment war alles, was zählte. Alles schmolz auf diesen Blick in seine Augen zusammen.

Er zog sich aus ihr zurück, versenkte sich bedächtig wieder in ihr. Das wiederholte er gleich noch mal. Es waren vorsichtige, tiefe Stöße, die sie bis in ihr Innerstes spürte. Das hier war mehr als Sex. Mit ihm zu schlafen, war immer mehr als Sex.

Das Bewusstsein, dass er der Mann war, den sie heiraten würde, mit dem sie den Rest ihres Lebens verbringen wollte, weitete ihr Herz. Verdammt sollte ihre Schwester sein. Was wusste Elisa schon? Sie konnte nicht spüren, wie überwältigend Katjas Liebe zu Daniel war. Wie sollte jemand verstehen, wie magisch das war, was sie verband?

Daniel senkte den Kopf und küsste sie. Auch er musste ähnlich empfinden. Anders war der bittersüße Geschmack seiner Lippen nicht zu erklären, dieses leichte Zittern, das von ihm Besitz ergriffen hatte, während er von ihr kostete.

Ganz schnell spannten ihre Muskeln sich an. Sie fühlte sich schwerelos und spürte, wie sie auf das Nichts zusteuerte, wollte sich mit ihm gemeinsam in diese perfekte Leichtigkeit fallen lassen, die ihr so viel Frieden schenkte.

Sie bekam zu wenig Luft, vergaß ganz zu atmen, weil der Druck weiter in ihr anstieg. Und dann war der Höhepunkt der Spannung erreicht, die sie in die Höhe schleuderte. Ihre Welt zersprang in unzählige kleine Splitter, die neben ihr schwebten, während unter ihr, ganz weit weg, die Realität auf sie wartete.

Ihr Körper umarmte Daniel, hielt ihn mit seinen Kontraktionen fest. Sein Stöhnen klang in ihren Ohren, kurz bevor er sich mit ihrem Namen auf seinen Lippen in sie verströmte.

Sachte startete die Rückkehr auf den Boden der Tatsachen. Ein Rest der Leichtigkeit blieb in ihr bestehen. Sie konservierte dieses Gefühl für einen Moment, indem sie an die Grenzen ihrer Geduld kommen würde. Sie hob die Erinnerung daran in ihrem Herzen auf, für eine Gelegenheit, bei der Daniel und sie ihren Glauben an ihre Liebe verlieren würden. Die wahre Liebe strengte sich an, um am Leben zu bleiben.

15. Kapitel

Abbington Hall, Juni 2018

Der Tag der Hochzeit kam früher, als Elisa erwartet hatte. Er war sozusagen plötzlich da, und alle Vorbereitungen, alle wilden Pläne, die sie zum Schutz der Schwester ersonnen hatte, waren dahin.

Sie hob den Kopf. Die Sonne blendete sie. Die Gewissheit, Katja im Stich gelassen zu haben, wog schwerer als der Schmerz des gleißenden Lichts. Sie wartete auf die Visagistin, ohne die Katja sie nicht in ihr Zimmer lassen wollte. Und es war unabdinglich, dass Elisa mit ihrer Schwester sprach. Unter vier Augen, erzwungenermaßen, wenn es sein musste. Die Entführung wäre wohl doch keine schlechte Idee gewesen.

„Hi."

Elisa schrie auf und machte einen Satz. „Jesus!" Sie musste einige Male blinzeln, bevor sie Benedict in den Fokus bekam. „Was schleichst du dich so an?"

„Entschuldige, ich dachte, du hättest mich den Weg entlangkommen sehen." Er deutete zum Parkplatz.

„Was willst du?"

„Hallo sagen. Elisa, ich weiß nicht, wie ich dich gekränkt habe, aber es tut mir aufrichtig leid. Können wir uns vertragen?"

„Ich habe keine Zeit für dich!" Demonstrativ wandte Elisa sich wieder der Auffahrt zu und legte dieses Mal die Hand vor die Augen, um das Sonnenlicht zu blockieren. Staub wirbelte am Horizont. „Es sind noch tausend Dinge zu erledigen.“

„Ich wollte auch nicht stören, sondern fragen, ob du es dir vielleicht anders überlegt hast. Wir hätten dich gerne dabei.“ Er rieb die Hände aneinander. „Es wird ein Riesenspaß!“

Elisa haderte, allerdings wäre ihr jede Verzögerung recht. „Wie läuft es ab?“

„Zu einem geeigneten Zeitpunkt lenkt einer von uns den Bräutigam ab, während sich die anderen mit der Braut aus dem Saal stehlen. Zugegeben, wir müssen den ursprünglichen Plan abändern, weil wir hier zu weit von Pubs oder sonstigen Vergnügungen entfernt sind, aber ...“

„Moment“, unterbrach Elisa ihn. Sie hob die Hände und schüttelte den Kopf. „Wann genau findet dieses nette Spektakel statt?“

„Während der Feierlichkeiten. Nach dem Bankett, wenn der formale Teil ...“

„Shit!“ Das war einfach zu spät und damit keine Hilfe. „Okay, wie auch immer. Vergiss es.“

Benedict klappte den Mund zu und starrte sie absolut verdutzt an. „Aus dir werd selbst ich nicht schlau“, gestand er, als Elisa erleichtert einen Wagen die Auffahrt entlangkommen sah und seufzte.

„Endlich!“

„Elisa?“ Er berührte sie kurz an der Schulter. „Wovor hast du Angst?“

Sie ließ ihn stehen, eilte die Stufen hinunter, obwohl der Wagen noch weit entfernt war. Benedict folgte ihr.

„Vor mir?“

Das war so albern, dass Elisa reagieren musste, auch wenn sie sich nicht ablenken lassen wollte. Sie wandte sich ihm zu, stemmte die Hände in die Hüften und ließ den Blick höhnisch über ihn wandern.

Sein dunkles Haar wehte in der leichten Brise, und diese unheimlich braunen Augen machten ganz den Anschein, durch sie hindurchsehen zu können.

„Nein, Benedict, du flößt mir keine Furcht ein." Lächerlich.

„Warum weigerst du dich dann, dich mit mir zu unterhalten?" Benedict verschränkte die Arme vor der Brust, was Elisa auf deren Umfang aufmerksam machte. Sie gönnte sich einen zweiten Blick und registrierte, dass er auch sonst nicht schlecht gebaut war. Lange Beine, deren Muskeln seine engen Jeans betonten, eine schmale Taille und breite Schultern. Er hatte ihre Musterung natürlich bemerkt und grinste. Ihr Blick fing die Kerbe in seinem Kinn ein, nicht die darüber thronenden Lippen.

„Weil du mich nicht interessierst und ich meine Zeit ungerne verschwende." Sie hob betont arrogant eine Braue. „Noch Fragen?"

Benedicts Selbstsicherheit schwand. Er ließ die Arme baumeln und trat von einem Fuß auf den anderen. „Einige."

Er war verflucht beharrlich. Elisa seufzte. „Zum Glück habe ich eine Begleitung!"

„Ja, davon habe ich gehört."

Zu Elisas Ärger grinste Benedict wissend. Sie hatte kurz erwogen, sich tatsächlich einen super heißen Gigolo zu mieten, war aber noch zur Vernunft gekommen. Wozu viel Geld ausgeben für ein Event, das sie platzen lassen wollte?

„So? Vermutlich von deinem feinen Cousin. Nun, gibt es dir nicht zu denken, dass eine Frau lieber eine andere Frau datet, als mit dir den Abend verbringen zu müssen?"

Benedict lachte auf. Seine Hände legten sich auf seine Brust. „Das tut weh!"

„Sorry. Darf ich mich jetzt um meine Aufgaben kümmern?" Das Taxi bog um das Rondell, das mit bunten Blumen bepflanzt war und hielt vor ihren Füßen. Benedict sprang vor, um die Tür zu öffnen.

„Ist dies die Dame, die du mir vorziehst?" Er hielt dem Fahrgast die Hand hin, die geziert ergriffen wurde. Lange Finger woben sich um Benedicts Handgelenk. Ebenfalls unendliche Beine folgten, die in einem knappen Rock endeten. Elisa riss die Augen auf. Sie hatte bei einer Visagistin für eine Hochzeit, die auf einem Gutshof stattfinden sollte, nicht mit einer so aufreizenden Aufmachung gerechnet. Das wiederum war aber typisch Katja.

Elisa japste nach Atem, als die Dame endlich vor ihr stand und konnte ihr Lachen kaum zurückhalten. Die Schwester hatte Humor, und sie hoffte inniglich, dass ihre Mutter den Auftritt mitbekam.

„Wie unhöflich, Kindchen!", bemerkte die Fachkraft und warf sich das herabgefallende Ende ihres Seidenschals über die Schulter. An ihren Ohren baumelten lange Ohrringe, die sich nicht in ihren Haaren verfangen konnten, denn die waren raspelkurz. Eine Sonnenbrille bedeckte die Augen, aber der auffällig lilafarbene Lidschatten schien trotzdem durch.

„Madame, verzeihen Sie. Ich bin Elisa Henley. Ich bringe Sie zur Braut." Sie streckte die Hand aus, um die ihres Gegenübers zu schütteln. „Wie spreche ich Sie an?"

„Miss Penelope, wenn es recht ist."

„Gern." Trotzdem kicherte Elisa. „Ich begleiche noch Ihre Rechnung."

Der Taxifahrer lud mittlerweile Boxen aus dem Kofferraum und kam dann geschäftig auf das Trio zu.

„Danke." Sie überreichte ihm das zuvor ausgemachte Entgelt. „Gute Geschäfte weiterhin."

„Danke, Miss." Er tippte sich an die Stirn.

„Eine Dragqueen", wisperte Benedict Elisa zu. „Weiß Daniel davon?"

„Geh und verpetz uns!" Elisa lachte befreit auf. Für einen klitzekleinen Moment hob sich der dunkle Mantel, der sie seit Tagen umhüllte, und wärmte ihr Innerstes. Eilig nahm sie die Stufen, um nach einem Lakaien zu rufen, der ihnen mit den Koffern helfen sollte.

„Kommen Sie, Miss Penelope. Die Braut erwartet uns bereits." Und tausend kleine Aufgaben auf sie. Ganz abgesehen von dem Gespräch, das sie dringlich mit Katja führen musste.

„Warte." Benedict hielt sie zurück und zog sie, nach einem Blick zur Visagistin, ein Stück zur Seite. „Du bist verrückt, weißt du das?"

„Weißt du, dass du soeben durchgefallen bist?", gab sie salopp zurück. „Die kleine Chance, die du hattest, ist bereits verpufft, also, darf ich nun meinen Pflichten nachgehen?" Sie klatschte effektvoll auf seinen Handrücken, um freizukommen, und grinste dabei diabolisch.

„Hey." Er fing ihre Finger ein, zog sie zurück und raunte ihr ins Ohr: „Ich habe also eine Chance?"

Ein Schauder rollte über ihre Kehrseite und erschreckte sie gehörig. Schön, hin und wieder gab sie dem Bedürfnis nach, hatte kürzere Beziehungen und auch mal kleine Techtelmechtel, aber es war ausgeschlossen, dass sie Benedict für eines von beiden in Betracht zog.

„Nein, nicht die geringste." Sie befreite sich und ließ ihn stehen. Am Kopf der Freitreppe hielt sie die Spannung nicht mehr aus und blickte über die Schulter zurück. Benedict sah ihr grinsend nach.

Elisa eilte die Stufen hinab. Sie hatte sich beim Umkleiden sputen müssen, da sie es zu lang hinausgezögert hatte. So sehr sie gehofft hatte, einen kurzen Augenblick mit Katja erhaschen zu können, so verzweifelt war sie, dass sie schon wieder den idealen Zeitpunkt verpasst hatte. Eigentlich sollte sie mit der Schwester gemeinsam zur Kirche fahren, allerdings war Katjas Zimmer leer.

„Granny!", rief sie auf halbem Weg hinab. Die alte Dame drehte sich um, wobei sie sich schwer auf ihre Gehhilfe stützte.

„Hast du Katja gesehen?"

Ihre Mutter trat hervor und schüttelte tadelnd den Kopf. „Elisa-Ann, habe ich dir nicht beigebracht ..."

Elisa hastete die Stufen hinab, ignorierte die Mutter und griff nach dem Arm der Großmutter. „Grandma Susan, bitte sag mir, dass Katja noch nicht ..."

„Sie ist bereits auf dem Weg. Selbstredend! Herrje, wie kannst du nur so verantwortungslos sein?" Sophie schob sich zwischen ihre Mutter und ihr Kind. „Du ruinierst noch alles!"

„Wäre nun wirklich kein Desaster", murrte Elisa.

„Elisa-Ann!"

„Kinder, die Hochzeit findet auch ohne uns statt", mischte sich Susan ein, wofür Elisa ihr dankbar war, auch wenn sie die Tiraden der Mutter gewohnt war.

Sophie schob sie hinaus. „Nun geh!"

Die Limousine wartete schon auf sie und fuhr augenblicklich an, als auch Elisa zugestiegen war.

Die Trauung sollte in der Kapelle zu Otterden Place stattfinden. Es waren nur wenige Minuten Fahrt nötig, bevor sie vor dem mit Blumengirlanden geschmückten Gotteshaus ankamen. Auf jeder der fünf Stufen standen kleine Bäumchen Spalier, die mit weißen Blüten aufgepeppt worden waren.

Die Cousinen standen im Tor und winkten Elisa zu sich.

„Nun komm schon! Worauf wartest du denn?"

Elisa haderte, schließlich rückte der Moment der Wahrheit immer näher, und sie hätte sich noch gerne mit der Großmutter beraten.

„Ich bringe Granny noch zu ihrem Platz", beharrte sie, wurde aber von der Mutter zurückgehalten.

„Oh nein! Du wirst uns nicht noch mehr Zeit kosten! Geh zu deiner Schwester, damit wir endlich loslegen können. Ich kümmere mich schon um meine Mutter!"

Elisa konnte gerade eben noch einen Blick in die bis zum Bersten gefüllte Kapelle werfen. Bäume wie auf den Eingangsstufen fanden sich auch innerhalb des

Gotteshauses und flankierten jede Sitzreihe. Girlanden schmückten die Rückseiten und den Altar. Weiße Lilien, Rosen und Nelken, wohin man sah.

Die Gäste drehten sich ungeduldig zur Tür, als Sophie und Susan eintraten, wodurch Elisa einen Eindruck der Sitzordnung bekam. Zur Rechten saß die Familie der Braut, geschmückt mit süßen kleinen Lilien-Buketts. Zur Linken die Familie des Bräutigams, die Nelken trug. Die Herren je eine Blüte mit etwas Grünzeug am Revers, die Frauen ein geflochtenes Band um das Gelenk.

Das Tor schwang zu, und Elisa wurde von den Cousinen zu ihrer Schwester geschleift. Sie schwatzten, aber die Worte drangen nicht verständlich zu ihr durch. Um sie herum begann sich alles zu verzerren: Töne, Gegenstände, alles verlor seine bekannte Struktur.

Katja tigerte in dem engen Raum herum, scheuchte Miss Penelope dabei von einer Ecke zur nächsten.

„Miss Katja, Sie müssen nun Ruhe bewahren." Die Visagistin flatterte umher, um noch eine Locke zu richten, oder ihr kühle Luft zuzufächeln.

Katja entdeckte ihre Schwester, stockte und lief rot an. „Wo zum Teufel hast du gesteckt?"

Elisa krächzte lediglich. Ihre Schwester ließ den Blick an ihr herabschweifen. „Immerhin bist du anständig angekleidet."

„Wir sollten endlich aufbrechen, meinst du nicht auch?", intervenierte die älteste der Drillinge, während die anderen beiden Cousinen nach Elisa griffen, die Katja den Weg verstellen wollte. Sie zogen sie zur Seite.

„Auf geht`s, bringen wir Katja unter die Haube!", jubelte die mittlere, während die jüngste Cousine an dem Schleier der Braut zupfte.

„Wir sollten …", haspelte Elisa und fühlte sich wie auf einem schwankenden Floß.

„Endlich anfangen!", beschied die Braut und stieß den Atem aus. Sie straffte die Schultern, als stiege sie in den Ring und lockerte dann ihre Gliedmaßen. „Auf geht`s."

Elisa folgte Katja den Gang hinab, die anderen Brautjungfern im Schlepptau. Sie war in kaltem Schweiß gebadet. Seit dem Morgen versuchte sie bereits, mit der Schwester zu sprechen, aber es ging wie verhext zu. Es war keine ruhige Minute geblieben, ständig hatte jemand was von der Braut gewollt und sei es, ihr die Haare zu richten oder den Nägeln den letzten Schliff zu geben. Selbst ihre Mutter war herumgeflattert wie ein aufgescheuchtes Huhn. Elisa war am Ende ihrer Nerven. Sie stakste auf ihren Stilettos herum, sicher, jeden Moment das Gleichgewicht zu verlieren und sich vor den Augen der versammelten Familien bis auf die Knochen zu blamieren.

Katja, die aufgrund der Schwierigkeiten mit ihrer Schwester nun doch auf den Brautführer verzichtete, streckte die Hand nach ihrem Zukünftigen aus, der ihr half, die Stufen zum Altar zu erklimmen. Er strahlte über das ganze, verdammt attraktive Gesicht. Elisa schwankte. Katja himmelte ihren Daniel an, der offensichtlich nicht weniger begeistert von seiner Braut war als sie von ihrem Bräutigam. Fast wirkte es nicht real, wie sie einander ansahen, als wären sie einander ihr Ein und Alles. Es war eine verfluchte Katastrophe.

Elisa wurde von den Cousinen mitgeschleift und auf ihren Platz hinter der Braut bugsiert. Grauen knabberte an ihrer Fassung. Der Geistliche blieb für sie nichts weiter als ein waberndes Etwas, dessen Stimme anstieg und abfiel.

Elisas Herz galoppierte los. Sie rannten mit Vollgas ins Verderben.

„Und so frage ich: Weiß jemand einen Grund, warum Daniel und Katja nicht vor Gott vereint werden dürfen, so möge er nun sprechen, oder für immer ...“

„Stopp!“, kreischte Elisa, bevor sie sich dessen bewusst wurde.

Totenstille legte sich auf die Versammelten. Katja drehte sich in Zeitlupe zu ihr um, wodurch Elisa das fragliche Vergnügen hatte, ihr Entsetzen voll auszukosten. Die Lippen der Schwester formten lautlose Worte.

„Vor über hundert Jahren legte eine Hexe einen schrecklichen Fluch über unsere Familie.“ Sie stockte. Wollte sie die Geschichte wirklich so erzählen?

„Unser Ururgroßvater Andrew Abbington verführte ein Dienstmädchen, Gemma, und schwängerte sie. Er versprach ihr, sie zu heiraten und hinterging sie, als er stattdessen unsere Ururgroßmutter Perdita ehelichte. Gemma starb ebenso. Was aus ihrem Baby wurde, konnte ich nicht herausfinden. Gemmas Mutter, Jesemy, war durch den Verlust außer sich. Sie verfluchte Andrew und all seine Nachkommen. Uns.“

Elisa streckte die Hand nach ihrer Schwester aus. „Verstehst du nicht! Unser Ururgroßvater starb bei einem Reitunfall. Unser Urgroßvater wurde bei der Jagd erschossen. Großvater stürzte die Treppe hinab, am helllichten Tage und absolut nüchtern, wie Granny mir versicherte!" Sie atmete schwer und brauchte einen extra Luftzug, um fortzufahren. „Dad starb bei einem Autounfall, Onkel Griffin ertrank im See. Ich kann die Liste fortführen, Katja. Jeder unserer männlichen Verwandten seit Andrew starb bei einem ominösen Unfall. Daniel ..." Sie streckte die Hand aus und deutete mit einem anklagenden Finger auf den verblüfften Bräutigam. „... ist nur der Nächste in dieser unglückseligen Reihe!"

Elisa umklammerte die Schultern der Schwester und schüttelte sie. „Wenn du ihn liebst, machst du jetzt und auf der Stelle Schluss!"

Elisa ging die Luft aus, und sie schwankte. Sie verlor den Halt an den Schultern der stocksteifen Schwester und torkelte zurück. Damit brachte sie die Cousinen zu Fall und landete auf einem Berg von Taftröcken.

„Ich sprach mit einer Nachfahrin, einer Wahrsagerin, sie hat alles bestätigt. Sie kann den Fluch nicht brechen, er ist selbsterfüllend." Elisa keuchte. „Wir müssen den Fluch selbst brechen, Katja, erst dann ..." Ihre Stimme versagte ihr, und sie brachte einfach keinen Ton mehr hervor.

16. Kapitel

Die Stille schmerzte Katja in den Ohren. Sie versuchte zu verstehen, was sie gerade gehört hatte. Elisas Erzählung klang total verrückt. Ein Fluch aus lange vergangenen Zeiten, eine Familienfehde, die Auswirkungen auf die Gegenwart haben sollte, Ehemänner, die angeblich seit Generationen auf unerklärliche Weise starben.

So ein Schwachsinn! Und wegen so etwas unterbrach Elisa diese Hochzeit?

Der Ausdruck auf dem Gesicht ihrer Schwester hatte ernst und besorgt gewirkt. Elisa glaubte tatsächlich an diese absurde Geschichte. Entweder war sie übergeschnappt, oder ...

Ihr Vater. Ihr Großvater. Bei ihrem allzu frühen Tod hatte es sich um ungewöhnliche Unfälle gehandelt. Katja hatte sich immer gefragt, warum es keine Männer in ihrer Verwandtschaft gab. Alle starben in den Jahren nach der Hochzeit. Ihre Großmutter hatte darüber hinter vorgehaltener Hand geflüstert, was ihre Mutter immer zu Beschwerden veranlasst hatte. Auch jetzt wirkte sie verärgert, aber nicht einmal ansatzweise so verwirrt wie Katja selbst. Handelte es sich um ein offenes Geheimnis der Familie?

Sie sah zu ihrer Großmutter, die einen erleichterten Ausdruck auf dem Gesicht trug. Die grauhaarige Dame lächelte bedauernd aber zufrieden. War sie froh, dass die Wahrheit ans Licht gekommen war? Glaubte auch sie an diesen geheimnisvollen Fluch?

Je länger Katjas Gedanken kreisten, umso logischer erschien ihr das, was Elisa behauptet hatte. Es musste einen Grund dafür geben, dass so viele – sogar alle, wenn die ganze Geschichte stimmte – Ehemänner in ihrer Familie in kurzem Abstand zu ihrer Hochzeit zu Tode gekommen waren.

Das würde aber dann bedeuten … Ihre Hände begannen zu zittern. Sie betrachtete die in der Kirche verteilten Blumengestecke in Creme und Rosa. Ihre Familie, ihre Freunde, alle waren gekommen, um diese Eheschließung zu bezeugen und zu feiern. Das Kleid, das Katja so perfekt erschienen war und in dem sie sich so wunderschön gefühlt hatte. Das alles erschien ihr mit einem Mal falsch.

Oh mein Gott! Sie durfte Daniel nicht heiraten. Wenn dieser Fluch tatsächlich existierte, würde sie ihn in Gefahr bringen.

Keine Hochzeit!

Kein drohender Tod.

Schließlich waren die Ehemänner ihrer Vorfahrinnen immer nach der Eheschließung gestorben.

Katja würde auch ohne Trauschein mit Daniel zusammenleben. Er war ihre große Liebe. Er stellte alles dar, was sie sich immer erträumt hatte. Doch war es so einfach?

Sie hatte seinen Antrag angenommen. Auch wenn sie die Hochzeit hier abbrachen, so hatten sie sich doch füreinander entschieden. Sie hatten sich eine gemeinsame Zukunft gewünscht. Damit hatten sie vermutlich bereits zu viel riskiert.

Das hier musste ein Albtraum sein. Das hier durfte nicht wahr sein. Das hier durfte nicht Daniels Tod bedeuten.

Plötzlich begann Daniel neben ihr laut zu lachen.

Überrascht wandte sie sich zu ihm um. In dieser Situation gab es keinen Grund, amüsiert zu sein. Katjas perfekt organisierte und lange geplante Hochzeit war auf den Kopf gestellt worden. Die Gäste murmelten, irritiert von Elisas Behauptungen, und sie selbst fragte sich, ob sie Daniel tatsächlich in Gefahr brächte, wenn sie seine Frau würde. Warum also lachte er beinahe irr?

„Wie heißt die Wahrsagerin?", erkundigte er sich an Elisa gewandt. Das Lachen reichte bis in seine Augen.

Perplex starrte die ihn an.

„Sag mir bitte den Namen der Wahrsagerin, mit der du gesprochen hast", bat er noch einmal mit etwas ruhigerer Stimme.

Elisa teilte ihn ihm mit, schien genauso wenig wie Katja zu verstehen, worauf er hinauswollte.

Daniels Augen glänzten immer noch, doch langsam hatte er sich wieder unter Kontrolle. Er griff nach Katjas Hand und zog sie näher an sich heran.

Ihr Körper zitterte. Sie versuchte zu begreifen, was gerade vor sich ging. Das alles klang verrückt, so verrückt. Und gleichzeitig konnte sie die Augen vor der Wahrheit nicht verschließen.

„Ich liebe dich", flüsterte Daniel beruhigend. „Und jetzt lass uns heiraten."

„Was?" Hatte er denn nicht zugehört? War ihm egal, was er gerade erfahren hatte?

„Bitte fahren Sie fort", bat er mit einem Lächeln in Richtung des Priesters.

„Nein!“

Die Hochzeitsgäste begannen erneut zu murmeln und zu tuscheln. Katjas Ausruf hatte die Situation nicht entschärft. Ihr war bewusst, dass von dieser Hochzeit noch in Jahren gesprochen werden würde. Egal wie die Feier enden würde. Doch Katja würde nicht zulassen, dass sie Daniel verlor. Über Elisas Bericht würde nicht hinweggegangen werden, als wäre er nicht wichtig.

„Willst du mich nicht mehr heiraten?“

„Doch. Natürlich habe ich meine Meinung nicht geändert. Aber das spielt keine Rolle. Nicht nach dem, was Elisa herausgefunden hat. Ich muss mich von dir trennen. Selbst wenn wir nicht am heutigen Tag heiraten, ist die Gefahr zu groß, dass dir etwas passiert. Das kann ich nicht riskieren.“

„Es ist alles gut, Katja. Mach dir keine Sorgen.“

In ihrem Nacken kribbelte es. Angst ballte sich wie eine Faust in ihrem Magen. Ihre Gedanken rasten. Und er sagte so etwas?

„Ich mache mir keine Sorgen. Ich bin voller Panik, weil ich nicht will, dass dir etwas zustößt. Wie soll ich dich heiraten, wenn ich dadurch vielleicht einen Fluch in Kraft setze?“

„Weil mir nichts geschehen wird“, versicherte er.

„Wie willst du das wissen?“ Sie drückte seine Hand, um ihm deutlich zu machen, wie ängstlich sie war. „Wenn meine Liebe dich in Gefahr bringt, werde ich aufhören, dich zu lieben. Ich werde dich aus meinem Herzen schneiden. Weil du mir so wichtig bist.“

Daniel schüttelte den Kopf. „Das ist doch verrückt.“

„Willst du denn sterben?", fragte Elisa, die ruhig geblieben war, nachdem sie die Bombe hatte platzen lassen. Jetzt klang sie besorgt.

„Natürlich nicht." Er lachte auf. „Aber ich werde auch nicht sterben. Nicht, dass ich an diese absurde Geschichte glaube. Es ist nur so ..."

Katja runzelte die Stirn. Warum wirkte er so amüsiert? Im Augenblick hatte sie das Gefühl, ihn gar nicht richtig zu kennen.

„Ich bin ein Nachfahre von Jesemy Lakojka. Meine Vorfahrin hat den Fluch über euch ausgesprochen. Doch dabei handelt es sich meiner Meinung nach um ein Märchen. In meiner Familie gibt es ein Sprichwort. Demnach entscheiden die Vorfahren unserer Ehefrauen, ob die Ehe glücklich wird. Vielleicht ist meine Familie in der Lage, uns mehr darüber zu erzählen. Ehrlich gesagt habe ich mich nie sonderlich dafür interessiert. Aber ich glaube, ab diesem Tag werden wir uns darüber so oder so keine Sorgen mehr machen müssen."

„Was? Du bist ...? Wie kann das sein? Ich habe dich doch nicht gesucht. Ich meine ... Natürlich war ich auf der Suche nach dem Richtigen, aber ..." Katja fehlten die Worte. Das alles ergab überhaupt keinen Sinn.

„Du erzählst doch keinen Unsinn, oder?", fragte Elisa streng. „Du behauptest nicht bloß, ein Nachfahre von Jesemy zu sein?"

Daniel schüttelte den Kopf.

„Beweis es."

Er machte ein ratloses Gesicht. „Wie soll ich das auf die Schnelle anstellen? Reicht es dir, wenn wir meinen

Stammbaum durchgehen? Oder magst du eine Beglaubigung meiner Familienzusammenstellung?"

„Ich kann für ihn bürgen", verkündete eine Stimme, die Katja fremd war. Eine Frau in schwer zu schätzendem Alter war aufgestanden und fixierte Elisa.

Die wirkte mit einem Mal etwas blass um die Nase. „Sie?", fragte Elisa. „Was machen Sie hier?"

„Daniel ist über einige Ecken mit mir verwandt. Sein Familienzweig hatte über die Jahre wenig Kontakt zu meinem. Seine Urgroßmutter hat einen Engländer geheiratet und ist sesshaft geworden. Ich wusste nicht, dass Daniel sich mit einer von euch eingelassen hat. Doch nach Ihrem Besuch habe ich mich umgehört. Ich dachte, es könnte interessant werden, dieser Hochzeit beizuwohnen. Aber das hier entwickelt sich amüsanter, als ich für möglich gehalten habe."

„Wer ist diese Frau?", verlangte Katja zu wissen. Sie hatte noch nicht einmal einen Bruchteil der Verwandtschaft von Daniel kennengelernt. Allein am heutigen Tag waren bestimmt nicht mehr als ein Dutzend Personen von seiner Seite anwesend, die sie bereits einmal gesehen hatte. Die anderen hatte er ihr noch nicht vorgestellt. Plötzlich hatte sie den Eindruck, es könnte ein Fehler gewesen sein, ihr unbekannte Menschen einzuladen.

Die Frau in dem auffällig bunten Kleid und den wild gelockten schwarzen Haaren glaubte wohl, etwas mit dem Fluch zu tun zu haben. Elisa hatte sich anscheinend schon einmal mit ihr unterhalten. Was ging hier vor?

„Ich heiße Rona Lakojka", antwortete die Fremde mit den dunklen Augen. „Nachfahrin von Jesemy Lakojka, die den Fluch über Ihre Familie ausgesprochen hat."

Elisa wandte sich Daniel zu. „Stimmt das? Ist diese Frau tatsächlich mit dir verwandt?"

„Das ist Großtante Rona." Daniel nickte. „Ich habe nicht geahnt, dass du über diesen albernen Fluch Bescheid weißt, dessen Wahrheitsgehalt ich übrigens anzweifle."

„Das behauptest du jetzt."

„Wenn ich auch etwas dazu sagen dürfte?", bat jemand. Katja sah sich um und bemerkte Daniels Cousin, der aufgesprungen war und sich durch die Stuhlreihen zwängte, um näherzukommen.

Elisa riss die Augen auf. „Warum mischst du dich ein, Benedict?"

„Weil ich die Geschichte bestätigen kann."

Sie schüttelte den Kopf und verschränkte abwehrend die Arme vor der Brust.

„Wenn du bei unseren Zusammentreffen nicht so unhöflich zu mir gewesen wärst, hättest du die Wahrheit bereits erfahren", erklärte Daniels Cousin. „Ich wollte mich mit dir über unsere Familie unterhalten. Aber du hast das Gespräch eilig beendet."

Die beiden kannten sich? Katja runzelte die Stirn. Elisa hatte sich so weit wie möglich aus den Hochzeitsvorbereitungen herausgehalten. Daniels Familie interessierte sie schon gar nicht. Weshalb hatten sie sich getroffen? Katja verstand langsam überhaupt nichts mehr.

„Ich trage nicht die Verantwortung für diesen Schlamassel“, blaffte Elisa. „Schiebt nicht mir den schwarzen
Peter zu!“

„Das tut doch niemand. Es ist nur so ...“ Daniel seufzte.
„Egal. Ich verstehe endlich, warum du dich mir gegenüber so abwehrend benommen hast. Nach dieser
schrecklichen Aktion kann ich nachvollziehen, warum
du versucht hast, mich loszuwerden. Aber das alles ist
jetzt geklärt. Du musst Katja nicht mehr verteidigen.“

Elisa wirkte verunsichert. Sie runzelte die Stirn und
sah zwischen Daniel, Benedict und ihrer seltsamen
Verwandten hin und her. Noch schien sie nicht glauben zu wollen, dass sich alles zum Guten gewendet
hatte.

Katja ging es da nicht anders. Ihr Herz schmerzte. Dieser Tag war ihr so wichtig gewesen. Seit Wochen hatte
sie sich darauf gefreut, hatte alles durchgeplant, damit
diese Hochzeit perfekt wurde. Und jetzt stand sie neben
Daniel vor dem Altar. Doch statt seine Frau zu werden,
musste sie zusehen, wie er sich vor ihrer Schwester zu
verteidigen versuchte. Ihr perfekter Tag war keiner
mehr. Ruiniert. Alles ruiniert.

Nur langsam drang die Bedeutung dessen, was gerade
passiert war, zu ihr durch. Der Schock über Elisas Offenbarung verflog. Die Gefahr war gebannt. Doch jetzt,
wo ihre Gedanken langsam wieder zur Ruhe kamen,
musste sie sich fragen, was jetzt passieren sollte.

„Wenn du mit dieser dämlichen Geschichte bloß zu
mir gekommen wärst“, sagte Daniel zu Elisa. „Wenn du
mit mir darüber gesprochen hättest, wäre es nicht so
weit gekommen. Ich hätte dir alles erklären können.

Vielleicht hätten wir uns mit meiner Familie unterhalten müssen, um diese Sache aus der Welt zu schaffen. Aber du hättest nicht zu so drastischen Mitteln greifen müssen, wie diese Hochzeit zu crashen."

Elisa errötete. „Woher hätte ich denn wissen sollen, dass du Teil der Lösung bist? Es ist wohl ein ziemlicher Zufall, dass der Bräutigam meiner Schwester ausgerechnet aus der Familie stammt, die den Fluch über unsere ausgesprochen hat."

„Dabei handelt es sich um keinen Zufall", behauptete Daniel.

Jetzt zuckte Katja zusammen. Die Worte ihres Geliebten klangen, als hätte er sie absichtlich ausgewählt, sich vielleicht sogar bewusst auf die Suche nach ihr gemacht. Das konnte er mit seinem Kommentar doch wohl unmöglich behaupten wollen.

„Ich habe Katja gesehen und wusste sofort, dass sie die Eine ist. Unsere Herzen waren füreinander geschaffen. Das habe ich im ersten Moment gespürt."

Der Knoten in Katjas Magen lockerte sich etwas. Dennoch blieb ein leichtes Grummeln in ihrem Bauch zurück.

„Sei nicht so verdammt selbstsicher", ärgerte Elisa sich. „Du hattest keine Ahnung, aus welcher Familie sie stammt. Also deute nicht an, du hättest deine Finger im Spiel gehabt. Vielleicht hat sich das Schicksal bloß einen absurden Scherz erlaubt."

„Das hätten wir herausgefunden, wenn du mit dieser verrückten Theorie zu mir gekommen wärst, statt den gemeinen Plan umzusetzen, Katja und mich auseinanderzubringen. Hättest du versucht, mich besser kennenzulernen, wäre uns das alles erspart geblieben."

„Wärst du nicht so verdammt eingebildet, hätte ich
dir vielleicht auch eine Chance gegeben und hätte dir
dabei auf den Zahn fühlen können", behauptete Elisa.

Benedict lachte auf. „Stimmt. Das klingt ganz so, wie
ich dich kennengelernt habe. Offen und warmherzig."

Elisa sandte ihm einen bösen Blick.

„Du hast mich von Anfang an nicht leiden können",
stellte Daniel klar. „Ich war deiner Meinung nach nicht
gut genug für deine Schwester. Du wolltest mich als
deinen Feind sehen. Mehr hat dich doch gar nicht interessiert."

Während Elisa, Daniel und sein Cousin damit beschäftigt waren, sich gegenseitig die Schuld an dieser
Eskalation zuzuschieben, sah Katja sich um. Ihre Mutter tuschelte mit ihrer Großmutter, anscheinend ande-
rer Meinung als die ältere Dame. Bestimmt machte sie
sich Gedanken darüber, was ihre Freunde zu den Ge-
schehnissen auf der Hochzeit sagen würden. Vermutlich wünschte sie sich, Elisa hätte die Informationen
über diesen Fluch nicht ausgegraben. Die Gerüchte, die
danach kursieren würden, wären ihr bestimmt unan-
genehmer als das Risiko, Katja könnte viel zu früh ihren Ehemann verlieren.

Katjas Großmutter wirkte beinahe heiter, als sie versuchte, beruhigend auf ihre Tochter einzuwirken. Ganz
offensichtlich hatte die grauhaarige Dame an diesen
Fluch geglaubt. So viele schienen Bescheid gewusst zu
haben. Lediglich Katja hatte sich ahnungslos auf ihren
großen Tag gefreut. Wie unfair, sie im Unklaren zu lassen.

„Schatz?" Daniels ruhige Stimme bat um Aufmerksamkeit.

Sie wandte sich ihm zu, fühlte sich immer noch total überrumpelt. Nicht einmal sein Lächeln schaffte es wie üblich, ihr Herz flattern zu lassen.

„Es tut mir leid." Elisa trat neben sie und umarmte sie. „Ich wollte dir den heutigen Tag nicht verderben. Wenn ich gewusst hätte, dass Daniel in der Lage ist, den Fluch zu brechen, hätte ich gar nicht erst den Mund aufgemacht."

„Schon in Ordnung", behauptete Katja, obwohl es sich für sie nicht so anfühlte. „Du warst lediglich um mein Glück besorgt. Aber warum hast du nicht mit mir darüber gesprochen?"

„Ich wusste nicht wie. Du hast in seiner Nähe so glücklich gewirkt. Ihr harmoniert so gut miteinander, sodass ich befürchtet habe, du würdest über meine Befürchtungen hinweggehen. Die Geschichte des Fluches muss total verrückt klingen, wenn man sich mit dem Thema noch nicht beschäftigt hat, wenn man all die Namen und Todesdaten nicht kennt. Ich selbst habe als kleines Kind davon erfahren und trotzdem lange nicht daran geglaubt. Über Jahre hinweg habe ich die Sache verdrängt. Doch als du begonnen hast, dich für Jungs zu interessieren, kam alles wieder hoch. Besonders als das mit Daniel und dir ernster wurde. Ich dachte, es wäre einfacher, mich ihm gegenüber ablehnend zu verhalten. Meine Hoffnung, das könnte euch entzweien, war verrückt. Ich habe mich euch gegenüber nicht fair benommen. Es war gemein, euch keine Chance einräumen zu wollen. Das hatte Daniel nicht verdient. Und du schon gar nicht."

Katja drückte ihre Schwester an sich. „Du hast als Kind davon erfahren? Es muss schwer gewesen sein, das für sich zu behalten."

„Unsere Großmutter hat mir das Geheimnis anvertraut." Elisa seufzte leise. „Es war wichtig, davon zu erfahren und gleichzeitig ..."

„Danke, dass du so viel Zeit in die Recherche dieses Fluches investiert hast. Aber jetzt müssen wir herausfinden, was passiert, wenn ich Daniel tatsächlich heirate."

„Er ist der Richtige."

Katja lachte auf. „Das war er zumindest, bis ich von diesem Familienfluch erfahren habe."

„Es tut mir leid, dass ich euch den perfekten Tag versaut habe", wiederholte Elisa.

Energisch schob Katja ihre Schwester von sich. Es war wichtig gewesen, die Wahrheit zu hören. Und dennoch wünschte sie, die letzten Stunden wären anders verlaufen.

Daniel stand ganz in der Nähe. Sie musste nur zwei Schritte machen, bevor sie vor ihm stand. Immer noch waren sie auf den ersten Blick als Brautpaar zu identifizieren. Sie liebten sich noch immer. In der Kirche warteten ihre Gäste immer noch auf das Jawort. Und trotzdem hatte sich alles geändert.

„Bist du bereit?", fragte Daniel leise. „Oder sollen wir die Hochzeit lieber verschieben? Ich könnte verstehen, wenn dir im Moment nicht mehr danach ist, die Ehe tatsächlich zu schließen."

„Doch. Ich liebe dich. Ich möchte deine Frau werden. Aber ... keine Ahnung."

„Diesen Fluch habe ich nicht ernst genommen“, versicherte er. „Ich hatte davon gehört, aber deine Familie nicht damit in Verbindung gebracht. Es hatte nichts mit meiner Entscheidung für dich zu tun. Allerdings verstehe ich mit dem neuen Wissen, warum ich mich so magisch zu dir hingezogen gefühlt habe. Ich bin froh, jetzt endlich zu wissen, warum deine Schwester sich mir gegenüber so seltsam verhalten hat. Und jetzt können wir dort weitermachen, wo Elisa uns unterbrochen hat.“

Er beugte sich zu ihr und küsste sie. Sanft und zärtlich. Ein Versprechen für mehr. Die Welt begann sich schneller zu drehen. Glück flutete jede Zelle ihres Körpers mit einer Gewalt, die stärker war als jeder Fluch. Der Schwindel ließ sie beinahe taumeln.

„Bist du sicher? Was bedeutet das jetzt für uns?“, fragte Katja atemlos, sobald er sich von ihr löste.

„Der Fluch ist gelöst“, versprach Daniel.

Sie wollte ihm glauben, aber es fiel ihr verdammt schwer.

„Ich liebe dich, Katja. Wir beide sind vom Schicksal füreinander bestimmt. Wir gehören zusammen. Für immer. Und jetzt will ich dich offiziell zu der Meinen machen.“

„Das will ich auch.“ Katjas Herz floss über vor Liebe zu ihrem Verlobten. „Lass es uns zu Ende bringen.“

Es mussten ein paar Gäste beruhigt werden. Der Pfarrer wirkte von der Situation völlig überfordert. Ganz offensichtlich wusste er nicht, ob man ihn auf den Arm nehmen wollte oder ob er Teil der verrücktesten Hochzeit seiner Karriere war. Katjas Mutter ergriff das Wort und richtete ein paar Worte an die Gäste, bis alle wieder auf ihren Plätzen saßen. Zum ersten Mal an diesem Tag war Katja froh über den energischen Befehlston ihrer Mutter.

Und dann stellte der Pfarrer Katja und Daniel die Fragen, auf die sie den ganzen Tag gewartet hatten.

Viel zu schnell war zu Ende, auf was sie die letzten Monate hingearbeitet hatten. Doch etwas änderte sich in diesem Moment für immer. Katja konnte es tief in ihrem Herzen spüren. Dieser Fluch, der seinen drohenden Schatten unerkannterweise über sie geworfen hatte, verschwand und hinterließ nichts als strahlende Wärme.

Katja sah in Daniels Augen. Er griff nach ihrer Hand und zog sie näher. Ihr Herz klopfte schnell und freudig, als er sich zu ihr beugte und sie küsste. Daniels Lippen lagen mit zärtlicher Sanftheit auf ihren. Nun waren sie Mann und Frau. Nichts und niemand konnte sie trennen. Nicht einmal der Fluch konnte ihnen etwas anhaben. Das Schicksal hatte sie füreinander bestimmt.

17. Kapitel

Abbington Hall, später am Abend

Elisa saß völlig erschöpft auf ihrem Stuhl. Ihr Tisch war einer der Vorderen, der im großen Bankettsaal in einem Halbkreis aufgestellt worden war. Vor ihr gab es nur noch die Tischreihe mit dem Brautpaar samt dessen Eltern. Jeder der fünfundzwanzig Tische fasste zwölf Personen. Elisa hatte das Vergnügen, mit den Cousinen, deren Mutter Mariette und Grandma an einem Tisch zu sitzen. Lediglich die Cousinen konnten mit einer Begleitung aufwarten, allesamt Bänkertypen, geschniegelt und schwatzend, als wären sie die Herren der Welt. Grandma war eingeschlafen. Der ältere Herr neben ihr war der Geistliche, der die Eheschließung vollzogen hatte, und Tante Mariettes Sitznachbar war ein Freund der Familie. Damit blieb nur der Platz neben Elisa frei, denn Ashley hatte es nicht einrichten können, und bei dem ganzen Durcheinander war die Frage der Begleitung nebensächlich geworden.

„Die Devisen steigen ins Unermessliche!", beharrte einer der Bänker. Sein Haar war auffällig glänzend zurückgekämmt, die Hemdsärmel über die Ärmel des Sakkos geklappt und die Krawatte bereits gelockert. „Wer jetzt nicht einsteigt, ist selber schuld!"

Elisa glaubte nicht, die Gesellschaft den Rest der Feierlichkeiten ertragen zu können. Schon gar nicht, da sich der Schleier der Taubheit langsam lüftete und das Gewäsch der Bänker tatsächlich von ihrem Hirn verarbeitet wurde.

Mit erwachender Panik sah sie sich um und fing einen bekannten Blick auf. Benedicts.

Elisa fluchte innerlich. Eine Entführung wäre ihr nun nur recht, aber sie hatte die Planung ordentlich sabotiert. Sie hatte es nicht verdient, gerettet zu werden, so garstig wie sie gewesen war. Sie schüttelte den Kopf und ließ den Blick weiterschweifen. Tante Andrea hatte darauf bestanden, einige Adlige einzuladen und sonnte sich bei ihnen in deren Aufmerksamkeit. Da sie allesamt im Alter der verwitweten Countess of Linnley waren, war der Tisch nicht weiter von Interesse. Unglücklicherweise waren die einzigen jüngeren Gäste die Freundinnen des Brautpaares und unendliche viele Verwandte von Daniel.

Die Auswahl war nicht prächtig, aber Elisa ertrug auch keinen weiteren Moment in ihrer derzeitigen Gesellschaft. Bevor sie jedoch entschieden hatte, zu wem sie gehen sollte, zog Benedict den freien Stuhl neben ihr hervor und ließ sich seufzend nieder.

„Was für ein Tag ...“

Elisa spürte, wie sich jeder Muskel in ihr anspannte. Wenn er jetzt darauf herumritt, dass sie die Hochzeit ziemlich ruiniert hatte, gäbe es einen zweiten, von ihr provozierten Skandal an diesem Abend.

„Warst du damit die ganze Zeit beschäftigt? Bist du die ganze Zeit einem Fluch hinterhergejagt?“ Er grinste spöttisch. „Kein Wunder, dass du gewirkt hast, als liefest du jeden Moment Amok.“

„Ach ja?“, quetschte sie zwischen zusammengepress-
ten Lippen hervor.

„So wie jetzt auch.“ Benedict schob ihr das Weinglas
zu. „Wir sind hier, um zu feiern, schon vergessen?“

Elisa schnaubte, nahm aber das Glas und goss es in einem Zug hinunter. „Und wir haben Grund dazu.“

Schließlich war alles gut. Daniel war ein Nachfahre
der Frau, die Elisas Familie verflucht hatte. Der Bann
war gebrochen. Oder?

Ihre Finger spannten sich um den Stil des Weinglases,
und sie stellte es schnell wieder ab, um es nicht verse-
hentlich zu zerbrechen.

„Es stimmt doch? Er ist mit den Lakojkas verwandt?“

„Ah.“ Benedict ließ seinen Blick über die Gesellschaft
gleiten. Ihre Cousinen hatten sich leicht abgewandt
und hörten offensichtlich weg. Auch Tante Mariette
war urplötzlich an den Investmentplänen der Bänker
interessiert und näher zu ihrer Ältesten gerückt.

Amüsiert landete Benedicts Blick wieder bei ihr. „Bin
ich ein Zigeuner?“ Noch immer grinste er, obwohl etwas in seinen Augen ihr verriet, dass er das Thema
nicht ganz so leichtnahm wie es scheinen sollte.

„So wie ich es verstanden habe, ist der Ausdruck Zigeuner eine Beleidigung.“

Sein Mundwinkel zuckte.

„Komm mit.“ Er hielt ihr die Hand hin, während er
aufstand. „Da gibt es eine Kleinigkeit, die ich dir zeigen
möchte.“

Elisa zögerte nicht, ließ sich auf die Füße ziehen und
warf nur noch einen Blick zurück, um sich zu versi-
chern, dass ihre Grandma noch schlief. Einen Moment
konnte Elisa sie sich selbst überlassen, beschied sie,

schließlich waren genügend Verwandte am Tisch, die ein Auge auf die alte Dame haben konnten.

„Also“, hob sie an, als sie den Ballsaal durch eine der Flügeltüren, die ihn seitlich abschlossen, verließen. „Was willst du mir im Garten meiner Großmutter zeigen, was ich nicht schon dutzende Male gesehen habe?“ Noch immer hielt er ihre Finger und zog sie leicht, auch wenn sie keinen Widerstand leistete.

„Hab Geduld.“

„Was ist eigentlich aus der Brautentführung geworden?“, fragte sie, da es sich merkwürdig anfühlte, mit ihm durch den abendlichen Park Abbington Halls zu schlendern.

Benedict warf einen Blick auf seine Armbanduhr. „Zwanzig Minuten, du wirst Katja gleich treffen.“

Elisa verharrte, was zu einem sachten Ruck führte, bis er merkte, dass sie stehen geblieben war.

„Wo?“

„Komm.“

Elisa schüttelte den Kopf. „Benedict, wohin gehen wir?“ Sie erinnerte sich an ihr Gespräch über die Durchführung einer Brautentführung und verlor gelinde die Fassung. Der Mund klappte ihr auf. „Es gibt hier meilenweit keine Pubs oder Ähnliches!“

Benedict feixte. „Stimmt.“ Er zog sacht an ihrem Arm. „Komm. Es ist nicht mehr weit.“

Das konnte sich Elisa zwar nur schwer vorstellen, schließlich befanden sie sich im Herzen des Abbington Anwesens, das einige Hektar umfasste und nichts außer Wiese, Wald und Ackerfläche.

Sie tauchten in ein Waldstück ein. In der Ferne meinte sie, Musik zu hören. „Was …?“

Waren das Geigen? Gelächter schallte zu ihnen hinüber und wurde lauter, je näher sie kamen. Schließlich erreichten sie eine kleine Lichtung, die vollgestellt war mit Zelten, Wohnwagen und Sitzgelegenheiten aller Art. Ein Sofa stand unter einem uralten Baum am anderen Ende der Lichtung, bunt gemusterte Sitzkissen lagen um die drei kleinen Lagerfeuer herum. Quer über den Platz waren Lichterketten gespannt, die bereits glühten, obwohl es noch einige Stunden Sonnenlicht geben würde. Tücher in hellen, leuchtenden Farben lockerten die kargen Wände der Wohnwagen auf, versteckten sie beinahe. Auf ihnen erkannte Elisa die Runen wieder, die sie bereits in Rona Lakojkas Wahrsagerzelt gesehen hatte.

„Was zum Teufel …", wisperte sie.

Die Menschen, die die Lichtung beherbergte, waren ähnlich bunt gekleidet, wie man es sich beim fahrenden Volk vorstellte. Bänder waren in die Zöpfe der jungen Frauen geflochten, und goldene Kettchen schmückten ihre Hälse und Gelenke. Die Männer waren mit Jeans und weißen Hemden bekleidet. Die älteren trugen Samtkappen, während die anderen ihr schwarzes Haar irgendwie zum Glänzen gebracht hatten. So hoffte sie es zumindest, denn die Vorstellung, sie hätten schlicht fettige Haare, verbat sie sich rigoros. Sie wollte nicht in Klischees abdriften, sondern versuchen, offen zu sein. Für Katja.

„Willkommen auf der richtigen Party." Benedict schob sie mit sanftem Druck weiter.

Sie bemerkte eine Gruppe Musikanten zur Linken, die von tanzenden Frauen verdeckt wurden. Das Gefiedel wurde von Flöten und Pfeifen begleitet, und eine Trommel gab den Takt vor.

Sie wurden entdeckt, und Benedict wurden einige Begrüßungen zugerufen.

„Okay, das habe ich nicht erwartet", hauchte Elisa. „Was läuft hier?"

„Eine Hochzeitsfeier." Benedict führte Elisa tiefer in die Lichtung. Er schnappte sich auf dem Weg zwei Becher und reichte ihr einen. „Auf Daniel und Katja!"

Elisa wiederholte seine Worte und nippte vorsichtig an dem Becher. Man roch den Alkohol und schmeckte ihn auch.

„Wow, willst du mich abfüllen?" Elisa warf ihm einen neugierigen Blick zu, um seine Motive einzuschätzen. Sie war nie sonderlich freundlich zu ihm gewesen, also schied ein amouröser Hintergrund sicher aus.

„Nein. Mehr als einen Becher bekommst du von mir auch nicht, aber zum Anstoßen möchtest du sicher kein Wasser, oder?"

Elisa nahm es so hin. „Also, worauf habe ich mich hier eingelassen?"

„Macht es dich nervös, nicht zu wissen, wie es weitergeht?" Benedict nippte an seinem Becher. „Du musst immer alles unter Kontrolle haben, nicht wahr?"

„Wird das eine Persönlichkeitsanalyse?", knirschte sie und nahm unvorsichtig einen weiteren Schluck. Elisa hustete, hielt sich dabei den Handrücken an die Lippen und wandte sich leicht ab.

„Hey." Benedict schlug ihr sacht auf den Rücken. Seine Nähe war augenblicklich zu spüren und nahm ihr erst recht den Atem. Schade, dass es mit einer Liebelei zwischen ihnen wohl nichts würde.

„Ist das Selbstgebrannter?", keuchte Elisa. Sie sah über die Schulter zurück, direkt in seine geheimnisvollen dunklen Augen.

„Ich hätte nicht gedacht, dass du den Unterschied schmeckst." Er grinste leicht. „Aber ja. Er ist so etwas wie unsere Spezialität."

„Ich habe selten etwas Schlimmeres getrunken." Elisa räusperte sich. „Aber zum Anstoßen werde ich es überleben. Wann kommen die beiden?"

„Warum so ungeduldig? Komm, ich zeige dir, wie wir uns amüsieren können, bis Katja eintrifft." Eine sachte Berührung an ihrem Ellenbogen schickte ein süßes Kribbeln durch ihren Arm. War es der Schnaps, der sie plötzlich so sensibel auf ihn reagieren ließ?

„Hast du dir schon einmal die Zukunft weissagen lassen?", fragte er. „Einige Cousinen sind bewandert im Karten- oder Handlesen."

„Danke, aber ich kenne meine Zukunft bereits", murrte Elisa. Die Erinnerung war bitter. „Rona war deutlich."

Benedict pfiff. „Stimmt ja!"

„Machst du das auch?"

War jeder von ihnen eine Art Weissager? Handelte es sich dann dabei auch um ein Klischee?

„Freiwillig nicht, aber die Verwandtschaft ist verflucht beharrlich. Also, was hat Rona dir prophezeit? Ewiges Liebesglück, großen Reichtum und grandiosen Erfolg?" Benedict lachte. „Sicher keine Sternstunde von Rona."

„Eigentlich denke ich, dass sie es gut getroffen hat“, widersprach Elisa, als sie an einen Pavillon traten, hinter dem Frauenkehlen lachten. „Eine eindringliche Warnung, mich von Männern fernzuhalten.“

„Ernsthaft?“ Benedict hielt sie zurück und drehte sie zu sich um. „So einen Quatsch hat sie dir verkauft?“

„Oh, sie meinte es als freundliche Warnung.“ Sie neigte den Kopf zur Seite. „Sie hat auf den ersten Blick erkannt, dass etwas Dunkles über mir schwebt.“

Benedict hob seinen Blick über ihren Scheitel, als erwartete er, dort tatsächlich eine schwarze Wolke zu sehen.

„Den Fluch, Dummkopf.“

„Versuche es mit Kisha. Sie ist eine Groß-Großtante oder so etwas und hat die Gabe von ihrer Mutter geerbt und nicht, wie unser Zweig der Familie, über einen Sohn der Phuri daj.“

Er deutete auf den Vorhang. „Lass uns sehen, ob Kisha nettere Aussichten für dich hat.“ Er hob das Tuch und deutete hinein. „Nach dir.“

Obwohl Elisa keine zweite Vorhersage brauchte, um sich der Tatsache gewiss zu sein, dass eben kein ewiges Liebesglück in ihrer Zukunft auf sie wartete, schlenderte sie in das Zelt. Das Gelächter erstarb, als die fünf Frauen aufsahen und Elisa als Fremde erkannten.

„Bene, wen bringst du da mit?“, fragte die Jüngste in der Runde. Sie kam mit wiegenden Schritten auf sie zu, wobei jede Bewegung von sachtem Glockenklang begleitet wurde.

Sie legte die Hand auf Benedicts Brust und hauchte ihm einen Kuss auf die Wange.

„Elisa.“

Sein Arm legte sich um die Mitte der Frau, deren Haremshosen ein strahlendes Pink aufwiesen. Das Bustier dazu war azurblau und knapp, auch wenn Glöckchen und Bommel einen Teil ihres Oberbauchs bedeckten. Ihr Haar lockte sich um ihr schmales Gesicht und war ebenso geschmückt wie ihre Kleidung.

„Die Schwester der Braut."

Alle Augen richteten sich durchdringend auf Elisa.

„Ich hoffe doch, du bittest mich nicht, den Fluch zu brechen", schnarrte die älteste der Frauen. Ihre glimmenden, von Kohle umrahmten Augen schnitten in Elisas Haut.

„Ich dachte, er sei gebrochen", rutschte es Elisa heraus, bevor sie ihre Panik bezwingen konnte. Letztendlich war es gleich. Schließlich hatte sie es nicht anders erwartet. Ihr Liebesleben war die Hölle. Auf Besserung hoffte sie gar nicht.

Die Augen der Alten verengten sich zu schmalen Schlitzen, und sie verkniff die schmalen, faltigen Lippen.

„Wir wollten uns die Zukunft vorhersagen lassen, aber wenn du Elisa nicht in deinem Zelt haben möchtest, gehen wir, Kisha." Er schob das Mädchen in seinen Armen von sich und griff nach Elisas Hand.

„Du willst schon gehen?", schmollte das Mädchen. Sie zog eine Schnute und machte große Bambiaugen. „Bleib doch. Lass mich in deine Zukunft sehen." Sie wollte seine Hand ergreifen, aber Benedict schüttelte sie ab.

„Kisha?"

Die anderen drei Frauen verschwanden durch die losen Seitenwände des Zelts, als die Alte einen Wink mit ihrer überladenen Hand machte. Dutzende Armreifen klimperten und reflektierten das Licht der umherstehenden Kerzen. Jeder Finger trug einen dicken, schweren Ring.

„Setzen!", orderte Kisha harsch und schloss die kohleschwarzen Augen. Sie hob das Doppelkinn und die Hände, um sie aneinanderzureiben.

Benedict führte Elisa näher an den wackligen Tisch und drückte sie auf einen Hocker nieder, der nicht eben stand. Sie musste sich ausbalancieren und war damit einen Moment abgelenkt.

„Ihre Hand!", befahl Kisha und wedelte mit ihrer. Elisa atmete tief durch und war doch nicht darauf gefasst, von der Romni berührt zu werden. Ein Schlag durchzuckte sie.

„Jesemy, was ist das für eine Energie?" Die Alte riss die Augen auf und griff fester zu, als Elisa ihre Finger zurückziehen wollte. Kishas Blick zuckte verständnislos zu Benedict, und Elisas folgte ebenso fix. Er grinste breit, als wüsste er genau, was die alte Frau meinte.

„Stimmt was nicht mit mir?" Es irritierte sie, wie die beiden sich ansahen. Dass die Alte plötzlich freundlicher wurde, machte es nicht weniger merkwürdig.

Kisha drehte ihre Hand und wischte mit ihrer über Elisas Handinnenfläche, um sich tief über den Tisch zu beugen.

„Da ist er, der Fluch." Ihr Zeigefinger glitt über Elisas Liebeslinie. „Hier ist der erste Bruch. Der Vater." Sie sah auf und blinzelte. „Aber da sind mehr. Einige Jahre später. Zwei tiefe Kerben, nahe beieinander. In den Jugendtagen? Ein weiterer toter Verwandter? Die erste große Liebe, die tragisch endete?"

Elisa zuckte zusammen. Onkel Griffin kam ihr in den Sinn.

„Mein Onkel ist vor meinen Augen gestorben. Wir waren allein, und ich konnte nichts tun, um ihn zu retten. Ich war wie gelähmt." Elisa bekam ihre Hand nicht frei und zog stattdessen die Schultern hoch. „In dem Jahr darauf sah ich ein, dass Männer Schweine sind." Sie zwang sich ein Lächeln auf die Lippen, als belastete es sie nicht mehr.

„Der Onkel, ein Abbington?", mutmaßte Benedict und murmelte dann dunkel.

„Ja." Elisa lief unentwegt ein eisiger Schauer über den Rücken. „Musst du hierbleiben? Immerhin geht es um meine Zukunft, nicht um deine." Und die ging ihn nun mal nichts an.

„Möchtest du, dass ich draußen warte?", schlug Benedict vor. „In Ordnung."

Dass er tatsächlich ging, hätte sie nicht vermutet, und so blieb sie noch nervöser zurück. Allein mit der alten Wahrsagerin, die sich wieder tief über ihre Hand beugte, suchte sie nach den passenden Worten.

„Mein Liebesleben interessiert mich nicht. Ich bin ein gebranntes Kind und Liebe ..." Sie lachte harsch auf, was in ihrer Kehle schmerzte. „... suche ich nicht."

„Aber sie ist da." Der Nagel der Alten bohrte sich in Elisas Handfläche.

„Wie bitte?"

„Die Liebe." Erneut tippte sie auf Elisas Liebeslinie. „Hier."

Elisa beugte sich vor, um ebenfalls in ihre Handfläche zu starren. Dann besann sie sich. Es war dumm, daran zu glauben. Ob der Fluch nun gebrochen war oder nicht, es war viel zu gefährlich, das Herz zu verlieren.

„Äh danke, aber steht da auch etwas über …"

Die Wahrsagerin hob die Hand. Ihr scharfer Blick legte sich wieder auf Elisa, und ihre Finger schlossen sich wie Eisenklammern.

„Es wäre töricht, diese eine Chance in den Wind zu schießen."

Elisa fehlten die Worte, ihr klappte lediglich der Mund auf. Die Alte funkelte sie an. Nach einer Ewigkeit blinzelte sie, ließ Elisas Hand los und lehnte sich tief seufzend zurück.

„Alles hängt damit zusammen. Ihr Leben steht an einer Gabelung. Auf der einen Seite Liebe, Familie und Glück und auf der anderen …" Sie sprach nicht weiter, obwohl das der Punkt war, der Elisa interessierte.

„Und?"

„… ist ein einsamer, entbehrungsreicher Weg." Die Weissagerin erhob sich ächzend. „So. Ich brauche nun etwas Ruhe."

Elisa verstand es als Rauswurf und stand schwankend auf. Sie war sich nicht ganz sicher, ob sie nicht doch auf eine genauere Antwort bestehen sollte.

„Schicken Sie Benedict bitte kurz zu mir." Die Alte wandte sich ab und schlurfte durch die hinteren Vorhänge.

Elisa blieb allein zurück. Einen Augenblick war sie ratlos, dann stapfte sie zur gegenüberliegenden Seite hinaus, wo Benedict mit dem Mädchen von zuvor sprach.

„Cara, Dany ist sicher bereits auf dem Weg, und ich sollte dafür sorgen, dass er uns nicht direkt findet."

Cara lehnte sich mit vollem Körpereinsatz gegen ihn, legte ihre Zeigefinger auf seine Lippen und kam auf die Zehenspitzen. Zu dem Kuss kam es nicht. Benedict bemerkte Elisa und schob Cara von sich.

„Kisha hat mich entlassen und will nun ein Wort mit dir wechseln." Sie deutete mit dem Daumen über die Schulter zurück.

Benedict seufzte. „Katja sollte jeden Moment eintreffen." Er fuhr sich durch das schwarze Haar und trat von einem Fuß auf den anderen. „Kann ich dich einen Augenblick allein lassen?"

„Ich bin eine erwachsene Frau, Benedict, ich kann auf mich aufpassen." Elisa verdrehte die Augen. „Geh schon, ich sehe mich um."

„Nein." Benedict griff nach ihrem Ellenbogen und zog sie näher. „Es gibt einige Bräuche, von denen du nichts weißt, und die ..." Er räusperte sich. „Du bist hier fremd. Dein Aussehen wird dich in Schwierigkeiten bringen, wenn du allein hier herumstromerst."

„Ich kann auf mich aufpassen", beschied Elisa fest. Sie befreite ihren Arm und machte einen Schritt zurück.

„Warte", hielt er sie erneut auf.

„Ich führe sie herum", erbot sich Cara. Sie rankte sich an Benedicts Seite und lächelte hoffnungsvoll zu ihm auf. „Lass dir von Kisha deine Zukunft zeigen." Sie klimperte mit den falschen Wimpern, wobei sie zu ihm aufschmachtete.

„Nicht nötig." Benedict befreite sich sanft von dem jungen Mädchen. „Ich bin meinem Schicksal bereits begegnet." Er schob sie weiter von sich. „Aber ich wäre dir dankbar, wenn du Elisa Gesellschaft leistest, während ich mit Kisha spreche."

Die Kleine fing sich und nickte.

Benedict griff nach Elisas Hand und drückte ihre Finger. „Ich bin gleich zurück."

Elisa schüttelte für sich den Kopf und wandte sich ab, um das Gelände zu überblicken. Es war überraschend voll. Kinder liefen herum, kicherten und scharwenzelten zwischen den Beinen der Erwachsenen herum. Die standen in Gruppen zusammen, tratschten, tanzten, aßen und tranken.

„Ich liebe ihn!"

Elisa unterbrach ihre visuelle Erkundung und richtete ihren verblüfften Blick auf das Mädchen, das sie wütend betrachtete.

„Mit mir wäre er glücklich!"

„Benedict?" Elisa schmunzelte. „Er hat kein Interesse an mir, keine Sorge." Es war ergreifend, wie hoffnungslos naiv das Mädchen war. Oder einfach nur romantisch?

Elisa konnte sich vage erinnern, wie es war, Hals über Kopf verknallt zu sein. Die Arme würde bald auf dem Boden der Tatsachen landen.

„Richtig. Er liebt mich!"

Elisa schüttelte den Kopf. Sie tat ihr ernsthaft leid.

„Wir werden gemeinsam über das Feuer springen, gleich nach dem Brautpaar."

„Cara." Benedict war zurück und drängte sich zwischen sie. „Wir sprachen darüber, nicht wahr?"

„Aber ich liebe dich!" Tränen kullerten über die Wangen des Mädchens. Benedict wischte ihr über die Wange. „Wir sind verwandt, Cara. Ich heirate nicht meine eigene Cousine."

„Du bist so ein Scheusal!“, beschied das Mädchen, scheuerte ihm eine und rauschte davon.

„Du hast ihr das Herz gebrochen.“

„Sie ist jung, sie wird drüber hinwegkommen.“ Benedict fuhr sich durchs Haar und warf ihr einen vorsichtigen Blick zu. „Sie weiß, dass ich keine Romni heiraten werde.“

„Warum nicht? Es werden auch welche in England leben, die nicht mit dir verwandt sind.“ Elisa hielt wieder ihren Pappbecher mit dem selbstgebrannten Schnaps und beäugte die Flüssigkeit misstrauisch.

„Ah! Da ist Katja!“ Er klang nicht nur erleichtert, er holte auch befreit Luft. „Lass uns zu ihr gehen.“

Elisa hielt ihn zurück, indem sie ihm die Hand an den Arm legte. „Was ist mit den potenziellen Roma-Bräuten?“

„Ich wusste immer, dass ich eine Engländerin heiraten werde.“ Er mied ihren Blick.

„Hm, das ist bemerkenswert. Oder schlicht rassistisch?“ Elisa zog die Finger zurück, die angenehm prickelten. In ihrem Magen flatterte es, und sie schalt sich, sich diesem Gefühl nicht auszuliefern. Die Erleichterung, dass Katja allem Anschein nach in Sicherheit war, musste nicht mit einer heißen Nacht gekrönt werden.

Benedict lachte auf. Seine Haltung lockerte sich, und er sah sie endlich direkt an. „Nein. Es ist nur eine Gewissheit. Etwas, was für mich immer schon feststand.“

Er streckte die Hand aus. „Komm. Katja braucht einen Selbstgebrannten und muss einige Segenswünsche über sich ergehen lassen.“

Elisa ergriff seine Finger, ohne es zu wollen. „Die Arme! Vergiftet an ihrem Hochzeitstag!" Elisa prustete.

„Und dann über dem Lagerfeuer verbrannt."

„Ha!" Elisa schlug nach seiner Brust. „Das wagst du nicht!"

„Vielleicht lasse ich mit mir verhandeln." Benedict zog sie quer mit sich über den Platz, wo sich die Menge zu einem Kreis formte. Jedes junge Mädchen versuchte Katja zu berühren, während die älteren Frauen ein Lied anstimmten.

„Du solltest deine Schwester küssen."

Elisa schnaubte. „Eigentlich bevorzuge ich Männer", lachte sie. „Aber schön, küsse ich die Braut!"

Benedict folgte ihr durch den Pulk.

„Elisa!", hauchte Katja überwältigt und sank ihr willig in die Arme, um sich umarmen zu lassen. „Damit habe ich nicht gerechnet!"

„Ich hätte dich warnen sollen, aber dies hier hat mich auch kalt überrascht."

„Wer hat dich entführt?", fragte Katja. Allerdings war sie bereits abgelenkt. „Benedict, herrje, du sprachst von einem kleinen Spaß, nicht davon, dass man mich quer über das Anwesen schleift!"

„Daniel erwartet eine Herausforderung, ich wollte ihn nicht enttäuschen. Solange er dich sucht, haben wir einige wichtige Dinge mit dir vor."

„Puh!" Katja hakte sich bei Benedict ein. „Ich habe nicht gewusst, dass der Hochzeitstag zu einem Aufgabenmarathon wird."

„Hättest du mal das Kleingedruckte gelesen", feixte Elisa zufrieden. Es war ja nicht so, dass sie Katja nicht gewarnt hätte.

„Erst einmal stoßen wir an." Wie von Zauberhand tauchte ein Pappbecher auf, und Benedict überreichte ihn Katja. „Auf ein fruchtbares Eheleben!"

Ein Chor von Stimmen wiederholte die Worte, Becher wurden gehoben, und alle tranken auf die Segenswünsche.

„Kisha wird dir nun deine Zukunft offenbaren."

Die Menge öffnete sich und bildete eine Gasse zum Zelt der Wahrsagerin. Benedict schob Katja vorwärts, trennte sich aber von ihr, um dafür zu sorgen, dass Elisa folgte.

„Echt jetzt?", wisperte sie ihm zu. „Was wird man ihr erzählen? Dass eine glückliche Verbindung auf sie wartet und sie fünf Kinder haben wird, die allesamt wohlauf, prächtig und zuckersüß sein werden?" Sie verdrehte die Augen.

„Wenn es so in ihrer Zukunft stehen wird." Benedict zuckte die Achseln. „Hoffen wir es mal. Was war es bei dir? Kisha meinte, du verweigerst dich dem Schicksal."

„Ha!" Elisa verschränkte die Arme vor der Brust. „Mein Leben steht an einem Scheideweg. Entweder die große Liebe oder absolute Einsamkeit erwarten mich."

Sie schnaubte verdrossen und verfolgte, wie Katja unter der Plane des Zeltes verschwand. Benedict änderte ihre Richtung.

„Es dauert eine Weile." Am Rande der Lichtung blieb er stehen und nahm ihr den Pappbecher ab, um ihn auf dem Boden abzustellen. Als er hochkam, rieben seine Hände über seine Schenkel. Er warf ihr einen nervösen Blick zu.

„Was ist los, Benedict?"

Er wirkte fahrig, wechselte das Standbein und verfiel wieder in seine Sprachblockade.

„Äh. Es … also …"

Elisa seufzte. Sie streckte die Hand nach ihm aus und strich mit den Fingerspitzen über seinen Oberarm. „Kurz und schmerzlos. Einfach raus damit."

Benedict fing ihre Hand auf, als sie sie zurückzog und folgte ihrer Bewegung. Er blieb nahe vor ihr stehen und sah ihr direkt in die Augen.

„Daniel wusste, dass er Katja heiraten würde, in dem Moment, als er ihr begegnete."

Elisa stutzte.

„Das liegt bei uns in der Familie."

Sie seufzte leise. Wahrsager gab es offenbar zuhauf in seiner Sippe – männliche wie weibliche.

„Es ist …" Er räusperte sich. „Ähm …"

„Du machst mich neugierig, Benedict, und das bin ich nicht gerne." Sie hob das Kinn etwas an, denn so ganz geheuer war ihr die Situation nicht. „Ich nehme an, du willst etwas sagen, was dir unangenehm ist. Soll ich raten?"

Er schluckte.

„Brauchst du mich für irgendetwas? Irgendein Ritual? Muss ich Katja zu irgendetwas bringen? Oder Daniel?" Da sie noch immer ganz nah bei ihm stand, bemerkte sie, wie er schluckte.

Er befeuchtete sich die Lippen, stemmte die Hände in die Hüften und senkte den Blick auf den Boden. „So etwas in der Art."

„Gut, ich bin dabei." Elisa versuchte es mit einem beruhigenden Grinsen und einer Beichte. „Ich war eine Ziege, es tut mir leid. Ich war voreingenommen, ließ meinen Frust an dir aus und projizierte meine Abneigung auf dich." Sie zuckte die Achseln. „Vermutlich ist Daniel kein schlechter Kerl, und Katja wird glücklich mit ihm."

„Es geht mir nicht um Daniel und Katja", gestand Benedict. Wieder räusperte er sich. „Und du warst eine Ziege, aber das nehme ich dir nicht übel. Du trägst Ballast mit dir herum." Er legte die Hand an ihre Wange und wischte mit dem Daumen über ihren Mundwinkel.

Elisa biss sich auf die Lippe. Plötzlich selbst nervös, senkte die die Lider. „Hör zu, ich ..."

„Warte." Sein Daumen drückte sich auf ihren leicht geöffneten Mund. Es bannte seinen Blick, und er schluckte erneut. „Ich ..."

„Wir sollten ...", hob sie schnell an, weil sie befürchtete, nicht mit dem umgehen zu können, was er sagen wollte. Etwas wie Vorahnung ließ sie beben. Sie hob die Hand, um seine von ihrem Gesicht zu nehmen. Benedict konterte mit einem sachten Kuss.

Verblüfft ließ sie sich in eine Umarmung ziehen.

„Gib mir eine Chance", murmelte er nach einigen zärtlichen Küssen und lehnte die Stirn an ihre.

„Ich schwöre dir ..."

„Warte." Elisa befeuchtete sich die Lippen, bevor sie es wagte, ihm wieder in die Augen zu sehen. „Ich bin nicht ..." Ihre Zunge weigerte sich, den Satz zu beenden. Sie konnte es nicht sagen, während sie ihm in die Augen sah.

„... interessiert." Benedict löste sich von ihr. „Aber du könntest mir die Gelegenheit geben, dein Bild von mir zu korrigieren. Deine Meinung zu ändern." Er ergriff ihre Hände und drückte ihre Finger. „Ein Date? Eines, bei dem du nicht nach fünf Minuten davonläufst." Sein Grinsen war nur wacklig. „Es muss nichts Spektakuläres sein."

„Eigentlich wollte ich sagen, dass ich keine leichte Kost bin." Elisa lachte auf. „Ich bin nicht nett und … ich plane auch nicht in die Zukunft. Ich sehe für mich kein Leben als Ehefrau und Mutter." Sie zog die Finger zurück und steckte sich das Haar hinter das Ohr. „Meine Beziehungen erreichen nie einen Jahrestag. Ich bin eher der Typ für Affären und One-Night-Stands." Sie trat unruhig zurück. „So bin ich eben."

„Dann gehst du mit mir aus?" Benedict suchte ihren Blick. „Wir werden sehen, was daraus wird."

„Einverstanden." So nervös wie nun war Elisa schon lange nicht mehr gewesen, bei der Aussicht, sich mit jemandem zu treffen. Aber so merkwürdig es klang, es fühlte sich absolut richtig an.

Erleichtert atmete Benedict tief durch. „Das lässt mich hoffen." Er streichelte über ihre Wange. „Was hältst du davon, wenn wir schauen, ob Katja mit ihrer Weissagung zufrieden ist? Daniel müsste auch jeden Moment …"

Ein Aufbranden des Gemurmels unterbrach ihn. Sie wandten sich beide zur Lichtung, um festzustellen, woher die plötzliche Aufregung rührte.

„Daniel", fasste Benedict die Situation zusammen. „Dann werden wir nun wohl zur Feuerzeremonie übergehen." Mit einem zufriedenen Grinsen legte er den Arm um Elisa und führte sie zurück in die Mitte der Lichtung, wo bereits eines der Lagerfeuer vorbereitet war. Elisa fühlte sich so leicht wie nie zuvor, und als

Katja und Daniel über das Feuer sprangen, jubelte sie ihnen an Benedicts Seite zu.

18. Kapitel

„Kannst du die Teller mit nach draußen nehmen?", bat Katja und öffnete den Ofen, um das Blech mit dem Hühnchen herauszuholen.

Trotz des Geschirrtuchs, das ihre Hände schützte, spürte sie die Hitze auf ihren Fingern. Schnell balancierte sie das Blech mit einer Hand und angelte nach Untersetzern, die jedoch zu hoch oben in einem Schrank lagerten, als dass sie sie erwischt hätte. Frustriert stöhnte sie auf. „Und kannst du mir bitte die Untersetzer geben?"

„Wird erledigt, Boss." In Daniels Stimme war Lachen zu hören. „Aber erst will ich einen Kuss."

Als er hinter sie trat und sich an ihren Rücken drückte, verdrehte sie die Augen. „Jetzt?"

„Genau jetzt. Ich glaube, den habe ich mir verdient."

„Draußen warten die anderen auf uns. Unsere Gäste haben Hunger", gab sie zu bedenken. „Und dein Sohn versucht vermutlich gerade, meiner Mutter in den Finger zu beißen. Wenn sie Pech hat, erwischt er ihren Po."

Daniel lachte. „Solange er deinen süßen Hintern in Ruhe lässt, kann er warten. Alle sollen sich gedulden. Ich will meiner Frau an unserem Hochzeitstag zeigen, wie sehr ich sie liebe." Er strich ihr das Haar aus dem

Nacken und presste einen Kuss auf die empfindliche Haut. Seine Arme umschlangen sie.

Katja erschauderte bis zu den Zehenspitzen. Die Wärme seines Atems breitete sich in ihrem ganzen Körper aus. Ihr Herzschlag beschleunigte sich. Ihre Haut prickelte. „Wie machst du das nur?", stöhnte sie.

„Was meinst du?" Er küsste sich vor bis zu ihrem Ohrläppchen und biss sanft zu.

Ihr Knie wurden ganz weich. Sie musste das Blech mit dem Hühnchen zur Seite stellen, sonst hätte sie sich die Finger daran verbrannt, oder das Essen wäre ihr einfach zu Boden gefallen. Vermutlich würde die Arbeitsplatte die Hitze nicht gut vertragen. Aber das war ihr im Augenblick sowas von egal.

In seiner Umarmung drehte sie sich zu ihm um. „Mich abzulenken, obwohl eigentlich noch so viel zu tun ist."

„Das ist meine geheime Superkraft."

„Funktioniert das bei allen Frauen?", fragte sie, während er sie auf die Stirn küsste.

Er schüttelte den Kopf. „Diese Fähigkeit habe ich nur, weil ich dein Ehemann bin. Liegt vielleicht an dem Ring, den du an deinem Finger hast."

Ihr Blick huschte zum Ringfinger ihrer rechten Hand. „Zwei Jahre. Ist das zu fassen?"

„Erst der Anfang, mein Schatz", versprach Daniel. „Es werden noch unzählige Jahre folgen."

Sie zog eine Schnute. „Wird das langweilig werden."

„Mir wird bestimmt etwas einfallen, damit du nicht auf falsche Gedanken kommst. Vielleicht sollten wir noch ein paar Kinder machen, die dich beschäftigen."

„Dank deiner Potenz habe ich bereits einen tollen Jungen an der Backe, der viel mehr tut als mich auf Trab zu halten. Oliver wird demnächst schon ein Jahr alt. Ich will mir gar nicht vorstellen, wie viel Chaos bei uns herrschen wird, wenn er das mit dem Laufen noch besser hinbekommt als bisher."

„Du machst dir zu viele Sorgen." Er legte ihr einen Finger unter das Kinn und hob es an, um ihren Hals küssen zu können. Seine weichen Lippen bewegten sich verführerisch tiefer. Seine freie Hand strich über ihren Rücken und weckte das Verlangen in ihr, ihm sein Hemd vom Körper zu reißen.

Sie versuchte sich an einem Rest Vernunft festzukrallen. Ihr Sohn. Sie unterhielten sich über ihren Sohn. „Du hast gut reden. Ein Wort von dir, und er strahlt dich an. Aber ich muss fünfmal reden, damit er überhaupt den Kopf nach mir umdreht."

„Ich bin sein Held, während er in dir anscheinend hauptsächlich seine Essensbeschafferin sieht."

Empört boxte sie ihn in die Schulter. „Hey! Das ist nicht wahr. Das hört sich total gemein an."

„Tut mir leid. Ich habe übertrieben. Oliver liebt dich. Niemand darf ihn trösten außer dir."

„Das stimmt."

Er drückte einen Kuss auf ihr Schlüsselbein. „Wenn du ihn nicht ins Bett bringst, weigert er sich einzuschlafen. Du bist die wichtigste Person in seinem Leben. Ich könnte fast neidisch sein."

„Schon besser", brummte sie versöhnt.

„Ich weiß, du hast das Gefühl, dir fällt zu Hause die Decke auf den Kopf. Es wird besser werden, versprochen. Spätestens wenn er in eineinhalb Jahren in den Kindergarten kommt."

Katja stöhnte auf. Gott, das klang verdammt lang.

„Er wird selbstständiger. Ihr spielt euch im Alltag aufeinander ein. Du wirst schon sehen. Aber jetzt lass uns das Thema wechseln." Um ihre Gedanken ordentlich durcheinanderzuwirbeln, knabberte er an der Linie ihres Kinns.

Stöhnend legte sie den Kopf in den Nacken. Sie bemerkte, wie er sich nach dem Saum ihres Kleides streckte und ihn langsam nach oben schob. Seine Finger glitten dabei mit leichtem Druck über ihre Haut. Erbebend taumelte sie nach hinten, bis sie an der Arbeitsplatte anlangten. Wenn er sie jetzt hochhob und sie darauf absetzte, könnten sie ...

„Ich hoffe, es ist heiß genug", murmelte Daniel an ihrem Hals.

„Wovon sprichst du?" In ihrem Kopf herrschte völliges Durcheinander. Sie hatte keine Ahnung, was er ihr sagen wollte.

„Das Blech. Ich hoffe, es ist heiß. Richtig heiß und feucht."

Sie wimmerte leise, als seine Zunge über ihre empfindliche Haut strich. „Gerne zeige ich dir, worauf diese Beschreibung auf jeden Fall zutrifft."

Er lachte. Das Vibrieren seiner Lippen auf ihrem Hals jagte einen Schauer über ihren Rücken. Ihr Blut schien zu kochen. Wärme breitete sich in ihrem ganzen Körper aus. Sie wollte ihn. Hier. Jetzt.

„Hoffentlich kühlt das Blech nicht zu schnell aus“, überlegte er. „Sonst müssen wir unseren Gästen kaltes Essen servieren.“

„Die sollen froh sein, dass sie überhaupt etwas kriegen.“

Noch einmal lachte er.

„Komm schon. Lass mich nicht betteln.“ Sie musste sich räuspern, weil ihre Stimme belegt war. „Vielleicht haben wir ein paar Minuten, bevor man uns vermisst.“

Die Hand, die ihren Oberschenkel streichelte, wanderte höher. Sie konnte spüren, wie er einen Finger seitlich in ihren Slip einhakte und daran zog. Viel zu sanft, als dass er den Stoff damit wirklich nach unten schieben könnte. Fest genug, um ihr Verlangen weiter anzuheizen.

„Ein paar Minuten?“, flüsterte er nahe an ihrem Ohr. Seine andere Hand lag plötzlich auf der anderen Seite auf der nackten Haut an ihrer Hüfte. „Schaffe ich es so schnell, dich kommen zu lassen?“

„Wenn du dich bemühst ...“

Ihr Slip rutschte über ihren Schenkel nach unten. Dann packte Daniel sie an der Taille, hob sie hoch und setzte sie auf der Arbeitsplatte ab. Während er ihr in die Augen sah, dafür sorgte, dass das Feuer in seinem Blick auf ihre Haut übersprang, raffte er ihr Kleid über ihre Schenkel nach oben. Als seine Finger über die Innenseite ihrer Beine tanzten, biss sie sich auf die Unterlippe.

Sein Mundwinkel zuckte. Er leckte sich über die Lippen, was die Muskeln in ihrem Becken dazu brachte, sich zusammenzuziehen.

Das Herz schlug ihr schmerzhaft gegen die Rippen. Sie beobachtete, wie Daniel sich hinkniete und einen Kuss auf ihren Oberschenkel drückte. Sein Mund wanderte höher, während seine Lippen ihre Haut sanft streichelten.

Vor lauter Vorfreude vergaß sie das Luftholen. In ihren Ohren rauschte es. All ihr Sehnen konzentrierte sich auf diese eine Stelle zwischen ihren Beinen.

Endlich fühlte sie seinen Mund genau dort. Die Wärme seines Atems jagte Gänsehaut über ihren Körper. Seine Lippen liebkosten sie mit festerem Druck und schenkten ihr Wonnen, die ihr Herz beinahe zum Explodieren brachten. Die Liebe zu ihrem Mann flutete ihre Adern.

Als seine Zunge vorschnellte, schrie sie auf. Darauf hatte sie gewartet. Seine Finger streichelten sie, schoben sich in sie, bewegten sich mit genau dem richtigen Tempo, um ihren Genuss zu erhöhen.

Sie schloss die Augen und drängte den Gedanken an alles andere weit von sich. Die nächsten Augenblicke gehörten nur ihnen. Sie befanden sich ganz allein in einer Zeitblase, die die einzelnen Eindrücke intensivierte. Sekundenlang gab es nichts außer ihnen beiden.

Ungeplant machte sie ihm seine Aufgabe leichter als gedacht. Die Muskeln in ihrem Körper spannten sich an, strebten auf die Erlösung zu. Schwindel ließ sie schwanken. Sie krallte ihr Finger in Daniels Haar, hielt ihn an Ort und Stelle, als der Höhepunkt sie überrollte.

Zitternd warf sie den Kopf zurück und zerbarst in tausend Stücke.

Daniel erhob sich, drückte sie an sich. Zärtlich küsste er sie, während sie langsam wieder zu Atem kam. Sie konnte sich selbst auf seinen Lippen schmecken.

„Alles Gute zum Hochzeitstag", sagte Daniel mit einem Lachen.

Seufzend umarmte sie ihn fester. „Ich liebe dich. Das war ein tolles Geschenk."

„Bist du schon zufrieden? Dann kann ich den Schmuck, den ich besorgt habe, ja wieder zurückgeben."

„Wage es nicht!", drohte sie. „Ich nehme Juwelen *und* sexuelle Befriedigung. Eine immer noch unzureichende Gegenleistung dafür, dass ich dein Kind zur Welt gebracht habe."

„Du hast recht. Dafür hättest du noch viel mehr verdient. Aber jetzt bringen wir erst mal diesen Tag hinter uns. Dann zeige ich dir am Abend in unserem Schlafzimmer, wie dankbar ich dir wirklich bin."

„Das klingt vielversprechend. Können wir das nicht vorverlegen?", schlug sie vor. „Du bist noch nicht auf deine Kosten gekommen."

„Keine Chance. Ich werde mich gedulden. Da draußen wartet unsere Verwandtschaft sehnsüchtig auf uns. Wenn wir jetzt verschwinden, dauert es nicht lange bis zu einer Meuterei."

Sie seufzte. „Du Spielverderber."

„Wo bleibt das Essen?" Elisas Stimme erklangt vom Gang vor der Küche. Ihre Schritte kamen viel zu schnell näher. „Hast du es anbrennen lassen? Noch rieche ich nichts, aber bei dir weiß man nie. Soll ich etwas bestellen?"

Mit einem erschrockenen Laut schob Katja Daniel von sich und sprang von der Arbeitsplatte. Hastig zog sie ihren Slip hoch und strich ihr Kleid zurecht. Wie peinlich, von Elisa in flagranti erwischt zu werden. Wobei sie vom spannenden Teil noch viel zu weit entfernt gewesen waren.

„Alles in Ordnung?", wollte Elisa wissen, als sie den Raum betrat. Ihr Blick huschte über Katja und Daniel. Eine Sekunde lang wirkte sie verwirrt. Dann erschien ein breites Grinsen auf ihrem Gesicht.

Katjas Wangen erhitzten sich. Nicht dass sie sich tatsächlich dafür schämen müsste, dass Daniel und sie sich noch immer anziehend fanden. Schließlich hatte sie vor, dafür zu sorgen, daran auch in den nächsten Jahren nichts zu ändern.

„Ihr seid ja unverbesserlich", sagte Elisa mit einem Lachen in der Stimme. „Ich könnte ja fast ein wenig neidisch werden, wenn ich nicht selbst den perfekten Mann für mich gefunden hätte."

Katja räusperte sich. „Ein Glück, dass Benedict dich erträgt. Vielleicht werdet ihr ja irgendwann genauso glücklich wie wir."

Ein seltsamer Ausdruck huschte über Elisas Gesicht. „Diesbezüglich würde ich gerne einen Rat von dir einholen. Unter vier Augen."

Neugierig hob Katja eine Augenbraue. „Gehst du schon mal vor?", bat sie Daniel. „Sag den anderen, das Essen kommt gleich. Du kannst ja gleich ein paar Sachen nach draußen bringen, damit sie etwas zu tun haben."

Ihr Mann nickte ihr zu. „Zu Befehl, Boss." Er griff sich einen Stoß Teller sowie eine Salatschüssel und verschwand aus der Küche.

„Den hast du ja gut abgerichtet." Elisa holte eine Schüssel aus einem Schrank, dann eine Gabel und hob das Hähnchen vom Blech hinein.

„Du wolltest nicht mit mir allein sein, um mir beim Anrichten zu helfen", stellte Katja fest. „Also, mach es nicht so spannend. Bestimmt kommt bald der Nächste, um zu überprüfen, was so lange dauert."

„Vermutlich hast du recht. Mutter hat Mühe, die hungrige Meute im Griff zu behalten. Aber ..." Ihre Schwester verstummte und schien ganz auf ihre Aufgabe konzentriert.

Katja lachte. „Seit wann bist du so schüchtern?"

„Ist es okay, wenn ich die Feier eures Hochzeitstages kurzzeitig an mich reiße?"

„Wofür?"

„Du bist die Erste, die davon erfährt. Mutter ahnt nichts und Benedict ... naja, es ist auch eine Überraschung für ihn. Wir sind inzwischen zwei Jahre zusammen, und es läuft gut. Darum nehme ich an, er könnte sich darüber auch schon Gedanken gemacht haben. Aber das könnte ihn trotzdem schockieren." Während Elisa die Schüssel neben den Salat stellte, hielt sie ihren Blick unablässig auf ihre Hände gerichtet.

Aus einer Schublade holte Katja das Besteck, das sie benötigen würden. Warum hatte sie den Tisch im Garten nicht vorab gedeckt, wie sie es geplant hatte? Dann hätte sie jetzt mehr Zeit, sich auf Elisas wirres Gestammel zu konzentrieren. Ach ja, sie hatte keine Gelegenheit dazu gehabt, weil ihr Sohn kurzfristig beschlossen hatte, seine feine Kleidung mit Brei zu beschmieren.

„Du musst mir ein wenig mehr verraten", bat sie. „Sonst wird das mit dem Rat nämlich nichts."

„Ich will ihn fragen, ob er mich heiraten will", platzte Elisa heraus.

Katja vergaß, die Gabeln in ihrer Hand zu zählen. „Du möchtest ihm einen Antrag machen?"

„Keine Ahnung, ob er schon dafür bereit ist. Vielleicht sollte ich einen anderen Ort für meine Bitte auswählen. Aber ich möchte euch dabei haben, und es gibt einen guten Grund, es jetzt offiziell zu machen."

Ihre Schwester klang ordentlich durcheinander. Wenn sie besorgt war, Benedict könne ihren Antrag ablehnen, warum plante sie dann überhaupt, ihm die Frage aller Fragen zu stellen? „Solltest du das Gefühl haben, es geht doch zu schnell, warte doch noch ein paar Monate."

„Das geht nicht so einfach." Elisa seufzte.

Besorgt ließ Katja das Besteck Besteck sein und trat zu ihrer Schwester. Sie legte ihr einen Arm um die Schulter. „Du wolltest einen Rat von mir zu dieser Sache?"

Mit einem bittenden Ausdruck in den Augen nickte Elisa.

„Möchtest du wissen, was ich davon halte?"

Sie zuckte mit den Schultern. „Eigentlich wollte ich dich nur um Erlaubnis bitten, euren Hochzeitstag dafür zu missbrauchen. Aber ... ja, ich würde gerne deine Meinung dazu hören."

„Warum willst du ihm wirklich einen Antrag machen?", fragte Katja. Sie kannte ihre Schwester gut genug, um zu wissen, dass da noch mehr war.

„Du und dein Radar."

Katja legte den Kopf schieb. „Vor zwei Jahren habe ich nicht verstanden, was tatsächlich in dir vorgegangen ist. Ich habe die Anzeichen übersehen. Das war ein Fehler, der mir nicht noch einmal passieren wird."

„Ich hätte dir damals sofort die Wahrheit sagen sollen. Und deshalb tue ich es jetzt." Elisa holte tief Luft. „Ich möchte ein Kind."

Mit einem Jubelschrei umarmte Katja sie fest. „Gratuliere. Du hast mir nicht erzählt, dass ihr Kinder plant."

„Benedict weiß nichts davon. Er hat vielleicht noch gar nicht vor, Vater zu werden. Aber mir läuft die Zeit davon."

Sie schob Elisa auf Abstand. „Machst du Witze? Heutzutage werden die meisten Frauen viel später Mütter."

„Sowas kommt für mich nicht in Frage. Ich will eine Horde Kinder. Am besten mit nicht zu großem Abstand zu deinen. So fleißig, wie ihr übt, kriegt ihr bestimmt bald ein zweites Baby."

Katja errötete. „Aber du kannst ihm keinen Antrag machen, damit du ihn zu einem Kind zwingen kannst."

„Natürlich nicht. Das ist mir bewusst. Wenn wir erst verlobt sind und die Hochzeit planen ..."

„Ich verstehe, wie wichtig dir das ist. Ich habe dich immer als Mutter gesehen. Das ist allerdings kein Grund, ihn zu heiraten. Du zäumst das Pferd von hinten auf. Erzähl Benedict lieber zuerst, dass du dir ein Kind wünschst. Und dann könnt ihr gemeinsam entscheiden, ob er dazu bereit ist und ob ihr heiraten wollt."

Noch einmal seufzte Elisa. „Du bist so verdammt logisch manchmal."

„Du solltest ihn nicht vor der Familie mit den Neuigkeiten überraschen. Unterhaltet euch in Ruhe, ohne dass unsere Mutter ihren Senf dazu abgeben kann. Damit würdet ihr ihn endgültig in die Flucht schlagen. Soll ich dir mein Haus für die Aussprache zur Verfügung stellen?"

„Das wäre großartig." Elisa wirkte erleichtert. Der Druck war sichtbar von ihr abgefallen. „Du bist die beste Schwester der Welt!"

„Mach ich gerne", sagte Katja mit einem Lachen. „Ich schicke ihn zu dir, wenn du gleich mit ihm reden möchtest. Am besten geht ihr dafür rüber ins Wohnzimmer. Ich muss dafür sorgen, dass die anderen Gäste mit Essen beschäftigt sind."

Sie wartete nicht auf eine Antwort und griff nach der Schale mit dem Hühnchen und dem Salat. Dann marschierte sie zufrieden Richtung Garten.

„Viel Glück", rief sie über die Schulter zurück.

„Danke dir. Das kann ich brauchen." Elisa klang immer noch nervös.

Lächelnd trat Katja zu den anderen in den Garten hinaus. Sie beugte sich zu Benedict, um ihn zu bitten, zu ihrer Schwester zu gehen. Dann kümmerte sie sich darum, dass sich alle am Tisch versammelten und zu essen begannen. Es war nicht einfach, das Kleinkind zum Stillsitzen zu bringen, doch irgendwann gelang ihr auch das, indem sie es auf Daniels Schoß statt im Hochsitz platzierte. Um den Rest des Mittagessens zu holen, betrat sie die Küche noch einmal. Obwohl sie mit gespitzten Ohren lauschte, konnte sie nebenan nichts hören.

Ob die beiden flüsterten? War Benedict einfach verschwunden? Wenigstens schrien sie sich nicht an.

Es dauerte ungefähr eine Stunde, bevor Katja erfuhr, was im Haus vor sich gegangen war. Die anderen hatten sich nach Elisa und Benedict erkundigt. Es war Katja nur mit Mühe gelungen, nichts zu verraten. Doch als ihre Schwester jetzt mit Benedict aus dem Haus trat, sprang sie auf.

Die beiden hielten Händchen. Die beiden hielten Händchen!

Und die Art, wie sie lächelten!

Begeistert überlegte Katja, ob sie klatschen sollte. Nur nichts verraten. Die beiden sollten ihren großen Auftritt haben. Elisa hatte ihn sich verdient, nach allem, was sie getan hatte, damit die Frauen dieser Familie sich nun keine Sorgen mehr machen mussten.

„Können wir kurz eure Aufmerksamkeit haben?", bat Elisa.

Ihre Mutter hob den Kopf. Die Cousinen unterbrachen ihr Geschnatter und beäugten sie neugierig. Doch die restlichen Anwesenden hatten Elisas Bitte nicht gehört.

„Habt ihr eine Sekunde?", sagte Katja mit erhobener Stimme.

Endlich wurde es am Tisch etwas ruhiger. Mit angehaltenem Atem wartete sie auf die Ankündigung ihrer Schwester. Konnten sie demnächst noch eine Hochzeit planen?

„Wir werden heiraten", platzte Elisa heraus.

Katja jubelte und zog die beiden in eine feste Umarmung. „Ich gratuliere euch ganz herzlich. Ihr seid ein tolles Paar. Bestimmt werdet ihr genauso glücklich wie Daniel und ich."

„Vielleicht annähernd genauso", warf Daniel mit einem Lachen ein. „Das Traumpaar in dieser Familie sind schließlich wir. Herzlichen Glückwunsch, Schwägerin. Gut gemacht, Cousin. Wurde auch langsam Zeit. So verrückt wie du nach Katjas Schwester bist, hätte ich schon früher damit gerechnet."

Benedict lachte. „Ehrlich gesagt habe ich den Antrag bekommen. Ich wollte mir noch etwas Zeit lassen, um meine Traumfrau nicht zu erschrecken. Ihr wisst doch, wie nervös Hochzeiten sie machen."

Als Katja losprustete, errötete Elisa.

„Das Thema Liebe verunsichert meine liebe Schwester", präzisierte Katja. „Zumindest war das der Fall, bevor du sie mit deinem Zauber belegt hast."

„Kein Zauber mehr, bitte." Elisa hob abwehrend die Hände. „Ich habe genug von Magie und Flüchen und vorbestimmtem Schicksal. Ich will mein Glück genießen und dankbar sein, dass ich mich ausgerechnet in den einzigen Mann verliebt habe, den ich guten Gewissens heiraten kann."

Ihr Verlobter riss die Augen auf. „Wie bitte?"

„Daniel hat nicht an den Fluch geglaubt. Katja hat nichts davon geahnt. Aber wir beide wissen, wie gefährlich die Worte von Jesemy Lakojka wirklich sind. Der Fluch ist gebannt. Um ganz sicherzugehen, dass er keine Auswirkungen mehr auf die Abbingtons hat, kann es allerdings nicht schaden, wenn wir die Verbindung unserer Familien mit einer weiteren Hochzeit vertiefen."

„Ich fühle mich manipuliert", beschwerte sich Benedict mit amüsiertem Tonfall. „Dieser Frau geht es anscheinend gar nicht um mich."

„Blödmann." Elisa rollte mit den Augen und küsste ihn. Das Feuer darin und die Liebe, die in ihrem Blick lag, als sie ihn danach betrachtete, ließen ihn seine Worte offensichtlich schnell vergessen.

Während auch die anderen Anwesenden dem glücklichen Paar gratulierten, atmete Katja tief durch. Wieder eine Frau in dieser Familie, die unter die Haube kam, ohne dass sie Angst vor dem Fluch haben mussten. Den durften sie jetzt endlich vergessen.